윌리엄 셰익스피어 **리어왕**
다시 쓰기

★

던바

에드워드 세인트 오빈 소설

공진호 옮김

HOGARTH
SHAKESPEARE

현대문학

케이트에게

1

"나는 약을 안 먹었네." 던바가 속삭였다.

"약을 안 먹었네 / 정신 나갔네 / 우리는 일어났는데 / 약을 안 먹었네!" 피터가 노래하다 말고 음모를 꾸미듯 속삭였다. "어제는 샤워 가운 깃에 침을 흘렸는데, 오늘은 약을 안 먹었어요! 약을 뱉어 엽란을 진정시켰거든요! 영감님도 매일 받는 저 싱싱한 백합꽃을……"

"누가 그걸 보내는지 생각만 해도!" 던바가 내썹었다.

"고정하세요, 영감님."

"나의 왕국을 훔치더니 기껏 악취 나는 백합꽃이나 보내고."

"아하, 영감님이 왕국의 주인이었다는 거죠?" 피터가 열의를 보이는 접대부의 목소리로 말했다. "33호실 개빈을 꼭 한번 만나 보세요. 개빈은 위장을 하고 여기 들어왔죠. 진짜 이름은," 그가 그녀의 목소리를 낮추어 말했다. "**알렉산더 대왕**이에요."

"말도 안 되는 소리. 알렉산더가 죽은 게 언젠데." 던바가 투덜댔다.

피터가 이번엔 할리 스트리트[*]의 고문의사로서 말했다. "그런데 저 문제 많은 백합꽃이 조현병 성향, 다시 말해서 완전히 진행되지는 않고 약간의 조현병 경향을 보인다면 그 증상이 최소한의 치명적 부작용만 남기고 완화되었을 겁니다." 그가 허리를 숙이고 속삭였다. "바로 거기에 내 죽은 약을 넣었거든요, 백합꽃 꽃병에!"

"나는 정말 왕국의 주인이었단 말이야. 내가 그걸 어떻게 도둑맞았는지 말했나?"

"여러 번 하셨죠, 영감님, 아주 여러 번." 피터가 꿈결인 듯 말했다.

던바는 팔걸이의자에서 무거운 듯 몸을 일으키고 두어 걸음 비틀거리더니, 특급 독방의 보강 유리 창문으로 비껴 들어오는 강한 햇살에 눈을 찡그리고 몸을 폈다.

"내가 윌슨에게 비상임 회장으로 남겠다고 했지. 비행기, 수행원, 건물, 그 밖에 적절한 특권들은 그대로 유지하고 무거운 짐은—" 그가 백합꽃이 든 큰 꽃병을 들어 조심스럽게 바닥에 내려놓았다. "트러스트를 경영하는 일상 업무의 무거운 짐을 내려놓

---

[*] 런던의 전문의들이 모여 있는 거리 이름.

겠다고 했네. 또 이제부터 세상은 내 완벽한 놀이터가 될 것이고, 때가 되면 내 개인 호스피스가 될 거라고 했지."

"어, 그거 아주 재미있군요. '세상은 내 개인 호스피스'라니, 처음 들어 보는 말입니다."

"그러니까 윌슨이 '트러스트는 전부'라고 하더군." 던바가 이야기에 빠져들며 점점 흥분했다. "'그걸 나누어 주면 회장님한테는 아무것도 안 남을 겁니다. 무엇이든 주고도 갖고 있을 수는 없어요'라는 거야."

"그건 유지될 수 없는 입장이군요." 피터가 말을 잘랐다. "R. D. 랭이 한 말이긴 하지만."

"내 말 좀 가로막지 말게. 내가 윌슨한테 그건 세금 대책이라고 했지. 우리 애들에게 지금 회사를 주면 상속세를 피할 수 있다고 하니까 윌슨이 '모든 걸 빼앗기느니 상속세를 무는 게 낫죠'라고 하더군."

"오, 이 윌슨이란 자가 마음에 드네. 보아하니 믿을 만한 친구 같아요. 약발이, 아니 분별력이 있는 머리들을 가진 거 같아요."

"윌슨의 머리는 하나뿐이야. 윌슨은 괴물이 아니라고. 괴물은 내 딸들이지." 던바가 짜증을 냈다.

"머리가 하나뿐이라니! 아주 따분한 작자네요! 나는 우울증 약을 먹고도 이상할 정도로 머리가 많은데."

"알았어, 알았어." 던바가 말했다. 그리고 천장을 쳐다보더니 윌슨을 흉내 내 쩌렁쩌렁한 목소리로 "'권력 없이 권력에 따르는 과시적 요소들에 집착할 수 없습니다. 그건 정말" 하고는 그다음 말을 피하려고 머뭇거리다 회반죽 천장에 붙어 있던 그 말이 떨어지기라도 한 듯 말했다. "'방종이에요.'"

"오, 방종과 쇠퇴와 죽음이 한 음절, 한 음절, 좁은 무덤 속으로 내려가도다. 우리는 저 계단을 얼마나 사뿐히 걸어 내려왔는가, 프레드 애스테어처럼, 지팡이 대신 큰 낫을 휘두르며!" 피터가 배우다운 떠는 목으로 말했다.

그러자 던바가 얼굴을 붉혔다. "이런 빌어먹을! 제발 내 말 좀 가로막지 말게. 내 말을 가로막는 사람은 없었어. 모두 다소곳이 듣기만 했지. 말을 해도 아부나 이득을 위해 환심을 사려는 교언영색 일색이었는데, 그런데 자네는, 자네는……"

"자, 여러분, 이 사람 좀 그냥 내버려 둡시다. 무슨 말을 하는지 어디 한번 들어 봅시다." 피터가 성난 군중을 향해 연설하듯 말했다.

"'나는 내가 염병할, 하고 싶은 대로 할 수 있어!" 던바가 고함쳤다. "내가 그렇게 월슨에게 말했어. '나는 내 결정을 통보하는 거야. 자네한테 조언을 구하는 게 아니야. 무조건 해내!'"

던바가 다시 천장을 쳐다보았다.

"'저는 회장님의 변호사일 뿐만 아니라 지금까지 살아남은 가장 오랜 친구이기도 합니다. 제가 그런 말씀을 드린 건 회장님을 보호하기 위해서입니다' 하더군. 그래서 내가 '자네, 우리의 우정을 지나치게 믿는군. 내가 혼자 힘으로 일으킨 회사에 대한 잔소리는 용납하지 않겠네'라고 호통을 쳤지." 던바가 천장을 향해 주먹을 흔들었다. "그리고 바로 내 책상 위에 있는 박엽지로 된 둥우리의 파베르제 달걀을 확 움켜잡았지—그 달에만 세 개째였어. 러시아인의 제왕적 허식이란 얼마나 따분한지 몰라. 우쭐한 유태인 부정 축재 정치인들이 로마노프 왕조의 왕자인 체하는 거지. 나는 그딴 게 필요 없어. 그래서 '이 빌어먹을 로스케 쓰레기!'라고 소리치며 그걸 책상 뒤에 있는 벽난로에 집어 던졌어. 벽난로 앞이 온통 깨진 진주, 에나멜 조각투성이였지. 내가 '우리 딸아이들이 저걸 뭐라고 부르는지 아나?' 하고 월슨에게 묻고는 '블링*이라고 하더군! 빌어먹을 로스케 블링!'이라고 말해 주었네. 월슨은 무표정했어. 그렇게 '아이처럼 짜증 내는 일'이 거의 매일 계속돼서 내 의료진이 상당히 걱정하던 때였지." 던바가 흥분했다. "그런데 말이야, 월슨이 무슨 생각으로 그랬는지 이제 알겠어. 나는……"

"죄송하지만, 정신병적 통찰력이 생겼다는 거죠?" 피터가 할리 스트리트의 고문의사로서 말했다.

"거 참! 의사 흉내 좀 그만 내게."

"그럼 누구 흉내를 낼까요?" 피터가 물었다.

"부디 그냥 본래 모습으로 있게."

"그건 아직 준비가 안 됐어요, 헨리. 흉내 내기 쉬운 사람의 이

✦ bling. 주로 미국 흑인 힙합 가수와 백인 중산층 청소년이 과시하기 위해 착용하는, 비싸고 번쩍이는 귀금속을 가리키는 속어.

름을 대 봐요. 존 웨인은 어때요?" 피터는 그의 대답을 기다리지 않았다. "우리는 이 감옥에서 도망치는 거야, 헨리." 그가 음절들을 길게 늘여 말했다. "그리고 내일 해 질 녘이면 윈더미어 바에 가서 바텐더에게 술을 시키는 거야. 제 운명은 스스로 책임지는 진짜 사나이답게."

"내 이야기를 마저 해야 한다니까." 던바가 투덜거렸다. "오, 하느님, 내가 미치지 않게 해 주세요."

피터는 던바의 비탄을 무시했다. "사실 난 유명한 희극 배우거든요, 아니, 배우였거든요, 아니, 한때 그랬죠, 어쩌면 이제는 잊힌 인물인지도 모르지만. 어쨌든 난 우울증, 그 희극적 고통, 아니, 희극적인 것의 비극적 고통, 아니, 비극적 희극 배우의 비극적 고통에 대한 허구를 앓고 있어요."

"제발 좀 그만해. 정신이 헷갈려."

"오, 나는 우울증 약을 먹었네 / 우울증 약을 먹었네." 피터가 의자에서 펄쩍 뛰어 일어나더니 던바의 팔짱을 끼고 그에게 따라서 돌라고 들썩였다. "나는 우울증 약을 먹었네 / 나는 **조증 환자!**" 그리고 갑자기 멈추고 팔짱을 풀었다. "끼익 하는 타이어 소리." 그렇게 내레이터 목소리를 삽입하고 몸짓으로 흉내를 내기 시작했다. "그가 절벽 가장자리에서 운전대를 잡고 전력을 다하고 있다."

"내가 자네의 여러 얼굴들을 여러 화면에서 본 적이 있는데." 던바가 막연하게 말했다.

"나는 내가 독특한 사람이라고 주장하지 않아요." 피터가 겸손을 뽐내듯 말했다. "나는 유일하지 않죠. 사실 어머니의 부주의로 1953년에 이 눈물의 골짜기로 배출되었을 때, 피터 워커는 이미 런던 전화번호부에만 이백서른한 명 있었어요. 어떻든 유일하다기보다는 과잉이었죠."

던바가 방 가운데 얼어붙은 듯 섰다.

"내가 옆길로 샜군요. 영감님의 '의료진' 얘기 좀 해 주세요." 피터가 쾌활하게 말했다.

"내 의료진?" 던바가 요동치는 생각 속에서 익숙한 표현의 난간을 붙들고 말했다. "그래, 그렇지. 내가 윌슨에게 내 의사 결정을 알리기 바로 하루 전, 내 주치의인 닥터 밥이 윌슨을 한쪽으로 이끌더니, 내 '뇌에 작은 문제'가 생겼다고 했어. 그리고 '지나치게 걱정할 건 아니다'라고 했다네."

"의당 걱정할 게 그렇게 많은 세상에 **지나치게** 걱정할 건 아니라뇨?" 피터는 묻지 않을 수 없었다.

던바가 끈질기게 달려드는 파리를 물리치는 듯한 손짓으로 그를 침묵하게 했다.

"아니, 그게 아니라, 그 말 잘하는 의사—그 금도금한 뱀, 그 십이면체 같은 놈—가 그랬다고. 그놈은 전문가였을 거야, 나를 유일한 환자로 둔 걸 보면, 아니 내가, 아무튼 바로 나, 헨리 던바가 그의 유일한 환자였던 걸 보면." 그가 가슴을 두드리며 말했다. "헨리 던바!"

"설마 캐나다 대중 매체의 거물 헨리 던바는 아니겠죠!" 피터가 겉으로 보기에 온통 흥분해서 물었다. "세계 제일의 부자, 영향력도 필경 세계 제일일 바로 그 사람?"

"그래, 그래, 그게 바로 나야, 내가 본인이야, 아니 적어도 그게 내 이름이야. 어떤 생각을 할 때는 문법이 좀 틀려. 말이 뱅뱅 돌지, 소용돌이처럼 뱅뱅 돌아. 그건 그렇고, 내 주치의, 그 가증스러운 배신자의 말에 따르면, 내 짜증을 '최소치로' 줄이는 게 좋다네. 또 내 수행원들이 내 짜증에 부화뇌동하지 않는 게, 다시 말해서 내 짜증을 너무 심각하게 받아들이는 것처럼 보이지 않는 게 좋을 거라더군."

"내일 오후, 허리케인 헨리가 호수 지방 자치구를 통과함에 따라 짜증 지수가 최대치를 기록할 것으로 보입니다. 시청자 여러분께서는 지하실로 기어들어 가거나 바위에 몸을 묶으시라고 충고의 말씀을 드립니다." 아나운서 피터가 알렸다.

던바가 더 많은 파리가 덤비는 것을 막듯이 팔을 마구 흔들었다.

"나는…… 나는. 내가 어디까지 말했더라? 아, 그렇지. 윌슨은 내가 화내는 걸 보며 무표정하게 있더군. 그게 올바른 처신이라고 생각한 거야. 그동안 나는 파베르제 달걀에 주목했지. 껍질은 벗겨져 못 쓰게 되었지만 속은 금으로 돼 있어서 내 기분대로 산산조각 나지는 않았더군. 그래서 그 젠장칠 노리개를 마구 짓밟았는데, 생각보다 단단해서 깨지지는 않고 나만 미끄러져 넘어질 뻔했지. 벽난로 선반을 잡지 못했으면 창피하게 나자빠졌을 거야. 충성스러운 윌슨이 일어섰다 도로 앉더군. 나는 그 충격적인 일로 순식간에 정신이 번쩍 들었지. 그리고 격분 상태에서 벗어나자 나약한 기분이 들더군. '내가 늙었나 보네, 찰리.' 그러고는 그 노리개 달걀을 집어 들면서 한편으론 두려운 마음을 내리눌렀지. 그건 다보스에서 당한 그 멍청한, 정말 멍청한 사고 이후로 줄곧 나를 떠나지 않는 두려움이야. 또 넘어질지 모른다는 두려움, 이 기만적인 몸을 더는 신뢰할 수 없다는 끊임없는 두려움이지. 내가 윌슨에게 이렇게 말했네. '나는 더 이상 예전 수준의 업무 책임을 지고 싶지 않네. 딸아이들이 나를 돌볼 거야. 이 늙은 아버지를 끔찍이 돌보는 것만큼 그 아이들이 좋아하는 건 없으니까.'"

"한마디로 '그는 자기 딸들을 자기 어머니가 되게 했어요!' 하이마트 길과 방랑벽이 만나는 곳에서 프로이트도 주교한테 그런 말을 했답니다."✦

✦ "As Freud said to the Bishop, on the corner of Heimatstrasse and Wanderlust." 저자의 설명에 따르면 'As Freud said to the Bishop'은 'As she said to the Bishop'에서 she 대신 Freud를 대입한 말장난이다. 'As she said to the Bishop'은 'That's what she said'와 같은 뜻으로, 상대방은 성적인 것과 무관한 말을 하는데, 그것을 성적인 것으로 치환해서 응답하는 농담에 쓰이는 상투어다. 결과적으로 상대방이 한 말은 성적인 것과 아닌 것, 이중의 의미를 갖게 된다. 그런데 여기에 한술 더 떠, 리비도 이론을 제창한 정신분석학자 프로이트를 집어넣음으로써 프로이트가 주교와 성적인 관계를 가지면서 "그는 자기 딸들을 자기 어머니가 되게 했어요"라는 말을 했다고 하는 것이다. Heimatstrasse는 스위스 취리히에 실제로 있는 거리인데, 뜻을 풀어 보면 '고향의 거리'가 된다. Wanderlust는 '방랑벽'이지만 전체적으로 외설적인 농담이므로 'wander' 즉 '방황'과 'lust' 즉 '욕망, 색욕'으로 풀어서 생각해 볼 수 있을 것이다.

"나는 가까운 창문을 열고 하늘을 향해 그 달걀을 내던졌네." 던바는 집요했다. "그리고 내가 '누군가 오늘 아주 기분 좋겠군' 하니까, 윌슨이 '머리가 박살 나지 않았다면요. 머리는 금보다 깨지기 쉬우니까요'라더군."

"아아, 현명한 윌슨이 그렇게 말했군요."

"그래서 내가 도로 책상 뒤 의자에 앉으면서 '그렇다면 지금쯤 경악할 소리가 났겠지. 자, 자네도 하나 가져. 파베르제로 오믈렛을 만들어도 될 만큼 로스케 블링이 많으니까' 하고는 서랍을 열어 그 시시하고 반짝이는 노리개를 윌슨에게 던졌네. 윌슨, 그 친구가 어느 일요일 처음으로 우리 집에 점심 식사 모임으로 온 그날, 우리는 여느 평범한 가족처럼—평범한 가족 놀이를 하는 가족처럼—뒤뜰에서 야구를 하고 있었어. 그날 이후로 윌슨은 몇십 년 동안 나하고, 우리 가족하고 캐치볼을 했지. 아무튼 윌슨이 내가 던진 걸 솜씨 좋게 받아, 작은 다이아몬드가 격자 문양으로 박힌 진홍색 달걀을 쓱 한번 보고는 아무 말 없이 옆에 있는 테이블에 굴려 놓더군. 그 달걀은 빈 마이센 커피 잔 옆으로 굴러가 흔들거렸지."

"그 상세한 묘사가 아주 마음에 들어요." 피터가 열광하는 연출가로서 말했다. "정말 마음에 들어."

"윌슨이 '최소한 지분 한 덩어리는 가지고 있어야 합니다. 그리고 미리 말씀드리지만 글로벌 원의 소유는 허락되지 않습니다. 민간인이 개인적으로 747을 소유할 수 없습니다' 하길래 내 언성이 높아졌지. '허락? **허락**? 누가 던바의 뜻을 거부한다는 거야? 누가 던바의 기분을 거스른다는 거야?'"

"아 그렇지, 던바." 피터가 말했다. "던바만이 권력을 가지고 있지, 아니, 가졌었지, 아니, 한때 그랬지."

"그런 걸 조건으로 걸고 증여하겠어! 내 뜻대로 할 거야, 반드시!"

그때 노크 소리가 났다. 던바는 갑자기 조용해지더니 쫓기는 듯한 얼굴이 되었다.

"빨리!" 피터가 펄쩍 일어나 얼른 던바에게 가면서 말했다. "명심하세요, 영감님. 약을 먹는 척만 하고 삼키진 말아요." 그가 속삭였다. "내일은 대탈출의 날, 대탈옥의 날이에요."

"응, 응. 대탈출." 던바가 속삭였다. "들어와!" 그가 호기롭게 외쳤다.

피터는 〈미션 임파서블〉의 테마 음악을 조용히 흥얼거리며 던바에게 윙크했다.

던바가 윙크로 답하려 했지만 한쪽 눈만 감기지 않아 양쪽 눈을 여러 번 깜박였다.

두 명의 간호사가 약통과 플라스틱 컵이 잔뜩 실린 손수레를 밀고 들어왔다.

"안녕하세요, 여러분," 둘 중 손위인 로버츠 간호사가 말했다. "오늘은 좀 어떠세요?"

"우리 사이에는 물론이고, 우리 각자에게 한 가지 이상의 감정

이 있을 수 있다는 생각을 해본 적이 있소, 로버츠 간호사?" 피터
가 물었다.

"또 그 낡은 수법을 쓰시는군요, 워커 씨. 오늘 모임에는 다녀
오셨어요?" 로버츠 간호사가 말했다.

"다녀왔소. 나와 같은 처지에 있는 동료들과 따뜻한 동료 의식
을 느꼈다고 알릴 수 있어 기쁘오."

멀둔 간호사는 킥킥 웃지 않을 수 없었다.

"부추기지 마." 로버츠 간호사가 못마땅해 하는 한숨을 쉬었
다. "또 술집으로 도망치려는 건 아니겠죠?"

"아니 나를 뭐로 보는 거요?" 피터가 물었다.

"뭐로 보긴요, 아주 심각한 알코올 중독자로 보죠." 로버츠 간
호사가 비꼬는 투로 말했다.

"아니 도대체 누가 이 악명 높은 명승지를 두고 도망친다는 건
지 모르겠네." 피터가 다시 배우다운 떠는 목으로 말했다. "이 천
연 진정제 같은 안식처, 인정의 젖이 비단 같은 강처럼 흘러 돈
많은 고객들의 불안정한 마음을 치유해 주는 이 골짜기를 두고
말이야."

"흠. 우리가 워커 씨를 주시하고 있어요." 로버츠 간호사가 말
했다.

"여기 메도미드성은 99.9퍼센트 철통같은 경비를 하고 있습니
다!" 피터가 독일 지휘관으로 탈바꿈해서 말했다. "100퍼센트가
못 되는 이유는 제군들이 사관 한 명을 창턱에 내놓은 채 문을

잠가서 밤새 한 손가락이 동상에 걸렸기 때문이오!"

"말도 안 되는 소리는 이제 그만하세요. 이 꽃병은 왜 바닥에 있는 거죠? 멀둔 간호사, 이거 좀 치워. 그리고 워커 씨를 워커 씨 방에 좀 모셔다드려. 던바 씨는 오후의 휴식을 취해야 하니까. 이 제 던바 씨가 조용히 쉬게 워커 씨는 가실 시간이에요." 로버츠 간호사가 말했다.

"또 보십시다, 동지." 존 웨인이 던바에게 윙크하며 말했다.

던바가 알아들었다는 표시로 눈을 깜박였다.

그들이 나가자 로버트 간호사가 손수레를 방 한가운데로 밀어 다 놓았다.

"워커 씨는 던바 씨에게 별로 좋은 영향을 주는 것 같지 않아 요, 개인적인 생각이지만." 그녀가 말했다. "가만있는 던바 씨를 쑤석거리기만 하잖아요."

"응, 로버츠 간호사 말이 맞아요. 워커는 말하는 게 좀 정신없 긴 하지. 어떤 때는 사람을 놀라게 만든다니까." 던바가 다소곳이 말했다.

"왜 아니겠어요. 솔직히 말해서 나는 〈피터 워커의 여러 얼굴〉 이 싫었어요—그게 나오면 늘 채널을 돌렸죠. 대니 케이 쇼라면 대환영이지만. 그때만 해도 순수의 시대였어요. 딕 에머리도 좋 아요. 아, 그 배우 정말 웃겼는데." 로버츠 간호사가 베개를 불룩 하게 만져 주며 말했다. 던바는 정신 나간 노인의 바로 그 모습으 로 침대 가장자리에 앉아 있었다.

"이제 오후 약을 드실 시간이에요." 로버츠 간호사가 약통 두 개를 따로 놓고, 손수레 한쪽에 기둥처럼 쌓인 플라스틱 컵을 한 개 집었다.

"여기 이건 우리 기분을 아주 편안하고 좋게 해 주는 초록색 약과 갈색 약." 그녀가 던바를 가엾은 노인 취급하며 그가 이해하기 쉬운 말로 설명했다. "그리고 아주, 아주 바쁘고, 아주 중요한 사람이었기 때문에 휴식을 취할 자격이 있어서 여기 메도미드에서 멋지고 오랜 휴가를 보내도록 딸들이 그 비용을 대 주는데, 그런 딸들이 자기를 사랑하지 않는다는 어리석은 생각을 하지 않게 해 주는 크고 흰 약."

"나도 딸아이들이 나를 사랑한다는 걸 알아, 정말이야. 그냥 머릿속이 혼란스러울 뿐이지." 던바가 작은 컵을 받아 들며 말했다.

"물론 그러시겠죠. 그래서 우리의 도움을 받으시려고 여기 계신 거예요."

"나한테 딸이 하나 더 있는데……"

"딸이 하나 더요? 어머나! 해리스 박사님과 약의 강도를 상의해 봐야겠어요." 로버츠 간호사가 말했다.

던바가 컵을 기울여 알약들을 입에 털어 넣고, 로버츠 간호사가 내민 물을 받아 한 모금 마셨다. 그는 돌보아 줘서 고맙다는 듯 웃음을 짓고 침대에 누워 한마디 말도 없이 눈을 감았다.

"그럼 안녕히 주무세요." 로버츠 간호사가 손수레를 밀고 나가며 말했다. "좋은 꿈꾸세요!"

문 닫히는 소리가 나자마자 던바는 눈을 번쩍 떴다. 그리고 자리에서 일어나 앉아 손에 약을 뱉고, 무거운 듯 몸을 일으켜 도로 응접실로 지척지척 나갔다.

"괴물들. 내 심장과 내장을 쪼아 찢는 독수리들." 그가 투덜거렸다. 그는 엉긴 피와 내장이 줄줄이 묻은 덥수룩한 머리 깃털을 머릿속에 떠올렸다. 기만적이고 음란한 암캐들, 그들은 그의 주치의를 타락시켰다. 던바의 건강을 돌보라고 임명받아 혈액과 소변을 채취하고 전립선 암 검사를 하고 약한 편도선에 손전등을 비출 권한을 받은 던바의 주치의를 타락시켜 **지극히 개인적인** 부인과 의사로, 남창으로, 교미 기계로, 뱀 같은 딜도로 삼았다!

던바는 떨리는 엄지손가락으로 알약들을 꽃병 안으로 밀어 넣었다.

"약으로 나를 거세할 수 있을 것 같아? 애해! 조심하는 게 좋을 거다, 이 암캐 같은 년들아, 내가 간다. 난 아직 끝나지 않았어. 복수하겠다. 내가—아직은 어떻게 할지 모르지만—내가⋯⋯"

도무지 할 말이 떠오르지 않았다. 결의가 솟구치지 않았다. 그러나 울분은 계속 끓어올랐다. 이윽고 그는 공격을 준비하는 늑대처럼 낮게 으르렁거리기 시작했다. 서서히 커지는 그 소리를 분출시킬 데는 없었다. 그는 꽃병을 머리 위로 들어 올려 감옥 같은 병실 창문에 던질 기세였지만, 그것을 박살 내지도 내려놓지도 못한 채 그대로 몸이 얼어붙었다. 몸과 마음을 마비시키는 전능과 불능의 완벽한 내전으로 모든 행동이 취소되었다.

2

"아버지가 어디 계신지 왜 나한텐 말을 안 해? 내 아버지이기도 한데." 플로렌스가 말했다.

"얘는, 당연히 말해 줘야지." 애비게일이 허스키한 목소리로 말했다. 영국식 교육으로 두텁게 포장된 캐나다식 말투였다. 그녀는 기울인 머리와 어깨 사이에 전화를 끼우고 담배에 불을 붙였다. "그냥 그 끔직한 데의 이름이 당장 생각나지 않아서 그래. 오늘 나중에 누구를 시켜 너한테 이메일로 알려 주라고 할게―약속할게."

"윌슨이 아빠가 걱정되어 뒤따라 런던에 갔지만, 도착한 날 해고당했어. 40년 동안 함께했는데……" 플로렌스가 말했다.

"알아. 정말 끔직하지? 아버지가 그렇게 복수심이 강한 사람이 되었다니." 애비게일이 침실에서 햇살이 비치는 맨해튼의 건물들을 멍하니 내다보며 말했다.

"윌슨은 아버지가 그렇게 냉정을 잃은 모습을 본 적이 없대."
플로렌스가 말했다. "듣자 하니 언니가 아빠한테 어떤 정신 감정
을 받게 한 뒤에 햄프스티드 하이스트리트를 지나가는 사람들에
게 막 횡설수설했대. 현금 인출기들이 카드를 모두 먹어 버린 데
다 휴대 전화마저 서비스가 중단되었다는 걸 알고 화가 나서 그
걸 지나가는 버스 밑으로 던져 버렸고. 아니 어떻게 그런 일이 일
어났는지 모르겠어."

"얘는 참, 너도 아버지 성미 알잖아."

"아니, 그게 아니라, 아버지 카드 말이야. 게다가 휴대 전화까
지―"

"얘, 아버지가 완전히 발작해서 햄프스티드 히스에 있는 어느
속 빈 나무에 들어가 **혼잣말**하고 있는 걸 경찰이 발견했다잖아."

"혼잣말하는 사람들을 모조리 정신 병원에 집어넣으면 그들을
돌봐 줄 사람이 하나도 안 남겠네."

"야, 너 이제 정말 사람 짜증 나게 하는구나. 닥터 밥은 아버지
가 아주 심각한 정신병적 휴식에 드는 걸 봤대." 애비게일이 자기
가 한 말의 극적 아이러니를 음미하기 위해 그를 내려다보고 웃
음을 지었다.

닥터 밥이 양손 엄지손가락을 세워 그 인상적인 표현을 축하했
다.

"이제 아버지는 스위스에서 가장 좋고 편안한 요양원에 있어."

애비게일이 말했다. "아이 참, 요양원 이름이 생각나지 않네, 혀 끝에서 뱅뱅 돌아. 정말 솔직히 말해서 그 요양원 웹사이트를 봤을 때 내가 그곳에 들어가고 싶더라니까." 그녀가 속마음을 털어놓았다. "**완벽한 천국** 같았어. 내가 좀 전에 짜증 내는 것같이 들렸다면 미안해. 하지만 우리가 아버지를 사랑하는 게 너만 못한 건 아니지. 사실 말이지, 우리가 너보다 좀 더 먼저 시작했잖아. 그러니까 어쩌면 우리가 아버지를 더 사랑한다고 말하는 게 맞겠지—이익 잉여금이란 관점에서 보면 말이야. 그건 그렇고, 시장에선 여전히 아버지가 트러스트의 얼굴마담인데, 만일 헨리 던바가 제정신이 아니라는 소문이라도 나면 그다음 날 당장 주가가 20억 달러는 날아갈 거야. 또 그다음 날 그만큼 더 날아가겠지—소문 하나로 그렇게 돼."

"주가야 어떻든, 나는 아버지가 괜찮다는 것만 확실히 알고 싶어. 아버지한테 문제가 생겼다면 도와 드리고 싶어."

"야, 정말 숭고하기도 하셔! 그런데 우리 중 누군가는 진작에 아버지를 도와 던바 트러스트를 운영해 왔거든. 그리고 네가 미처 몰랐을까 봐 말하는데, 그건 우리가 여태까지 살아오면서 아버지가 실제로 해 오던 일이지. 네가 예술가가 되고 네 자식들을 '건전한 환경'에서 키우겠다고 그 '추악한 권력 다툼'에서 손을 떼기로 한 건 나도 잘 알아. 그런 네가 이제 와서 천박한 주가 따위나 신경 쓰는 게 아니기를 바란다—매달 네 계좌로 유가 증권 이익 배당이 굴러 들어가는 한."

"그만 좀 떠벌려, 언니. 난 그냥 아버지가 보고 싶단 말이야, 그뿐이야. 최대한 빨리 어떤 요양원인지 이메일로 알려 줘."

"아무렴. 우리 그만 다투자, 그건 너무나…… 앗, 얘가 전화를 끊었네." 애비게일이 말했다. 휴대 전화 스위치를 누르고 침대 옆 테이블에 달가닥하는 소리가 나게 던지듯 놓았다. "나 참, 이 계집애 아주 짜증 나. 어떤 때는 맨손으로 죽이고 싶다니까." 그녀가 가운을 벗어 내리고 침대에 다시 오르며 말했다.

"나라면 그렇게 안 해. 전문가한테 시키지." 닥터 밥의 다른 쪽에 누워 있던 메건이 위태로울 정도로 따분한 얼굴로 말했다.

"그거 면세 대상일까? '전문가 서비스' 명목으로." 애비게일이 말했다.

메건은 자신의 악의에 자못 우쭐했지만 그럭저럭 웃음을 지어 보였다.

"이봐!" 닥터 밥이 짐짓 놀라는 척하며 말했다. "동생 가지고 무슨 얘기야."

"이복동생." 메건이 지적했다.

"던바 가문 사람이 아닌 부분만 수술로 제거하면 아주 좋을 텐데, 안 그래, 메건?"

"그거 아주 합리적인 절충안 같은걸." 메건이 말했다.

"제 엄마를 닮은 긴 다리." 애비게일이 말했다.

"제 엄마의 눈도." 메건이 말했다.

"아무튼 앞으로 닷새 동안만 쟤를 속이면 돼, 목요일 이사회까지만." 애비게일이 말했다. "그럼 우리가 이사회의 지지를 얻을 거야. 아버지의 '비상임 회장' 역할을 박탈할 때가 되었어―그건 젖지 않는 물을 달라는 것이나 마찬가지였어―그 모든 빌어먹을 메모란!"

"언니가 보낸 이메일 아주 좋았어," 메건이 갑자기 활기를 띠며 말했다. "언니가 '너 그 메모 안 받았어? **아버지는 영원히 살 것이다**'라고 한 거."

"웃을 일이 아니란 건 알지만, 아버지가 햄프스티드 하이스트리트에 서서 '무조건 해내! 무조건 해내!'라고 외치는 모습이 절로 떠올라."

"지금까지 아버지의 감성 지수는 그걸로 요약되지. '무조건 해내!'라고 외치고 아버지 뜻대로 하거나 누군가를 해고하는 걸로. 런던에 갈 때 글로벌 원을 못 탄다고 했을 때 아버지 얼굴 기억해?"

"내가 '747이 왜 필요해요?' 하고 물었지. 그리고 '걸프스트림을 타시면 돼요―훨씬 더 아늑하잖아요' 하고 나서 나는 아버지가 그 자리에서 심장마비를 일으키는 줄 알았어."

"걸프스트림? 나를 뭐로 보는 거냐? 나를 어떻게 보고, 나를 뭐로 **혼동**하는 거냐? 내가 **그렇고 그런** 부자야?'" 메건이 아버지 흉내를 내며 성마른 아이의 말투로 말했다.

"아버지는 늘 우리한테 사업에서 감상은 금물이라고 했으니까, 우리는 하라는 대로 한 것뿐이야." 애비게일이 다소곳이 말했다. "아버지가 양육권 소송 중에 엄마를 정신 병원에 집어넣은 것도 단연 감상이 배제된 행동이었지. 뭐, 아버지가 처방한 약이니 본인도 한번 맛보라 그래. 그런데 당신이 아버지에게 처방한 약, 그거 뭐였어?" 그녀가 닥터 밥이 소외감을 느낄지 모른다는 듯 덧붙였다.

"비특이성 탈억제제. 주변에서 안 좋은 일이 생기면, 그게 주는 암시의 영향을 더 쉽게 받으라는 거야. 요컨대 피해망상에 잘 걸리게 하려고 고안한 거지." 닥터 밥은 방에 도청 장치가 없기를 바랐다.

"그렇게 조금으로도 그러다니 좀 한심해." 메건이 말했다. "당신의 정신 자산은 어디 있어요, 던바 씨?" 그녀가 조롱하듯 물었다. "돈이 없고, 전화도 없고, 차도 없고, 수행원도 없는 상태에서 우리 친구 정신과 의사의 몇 가지 가혹한 질문과 약간의 증강된 과대망상이 아버지를 징징거리며 햄프스티드 히스로 가게 하고 속이 빈 나무 속에 들어가 웅크리고 있게 하기에 충분했지."

"속이 빈 나무를 찾았다니 운이 좋았네." 애비게일이 불평하는 아이에게 기뻐할 일을 생각하라고 말하는 유모처럼 말했다.

"무엇보다 압권은 아버지가 가장 충성스러운 자기편을 자른 거야." 메건이 말했다. "도저히 믿을 수가 없어. 우리가 직접 월슨 변호사를 제거하려고 했다면 정말 힘들었을 텐데, 아버지가 정신이 온전할 때 내린 마지막 명령을 우리가 마지못해 받드는 척하고 그를 이사회에서 물러나게 한 것은 신의 한 수였어."

"아무튼, 난 그저 내가 세상에서 가장 운 좋은 사내란 걸 말하고 싶을 뿐이야." 닥터 밥이 자신의 환자였던 던바에게서 화제를 돌리고 싶어 한마디 하고, 박자를 맞춰 구부린 다리의 허벅지에 장단을 치다가 머릿속에서 뱅뱅 돌던 뮤지컬 〈카바레〉 노래를 부르기 시작했다.

"비들디 디디디,

두 여자,

비들디 디디디,

두 여자,

비들디 디디디,

남자는 나 혼자, 예!'"

"그 끔찍한 노래 좀 그만 불러," 메건이 말했다. "우리의 삼각 관계에 주제곡은 없어도 돼."

"맞아." 애비게일이 닥터 밥의 가슴에 담배를 비벼 끄는 상상을 하다 단념하고 침대 옆 테이블의 진짜 재떨이를 쓰며 말했다.

"둘이 아주 짝짜꿍이 잘 맞아," 닥터 밥이 말했다. "누구든 당신들과 있으면 위협을 느끼겠어."

"부인하지 마, 당신이 약간 위협받는 기분을 즐긴다는 걸." 애비게일이 그의 젖꼭지를 잡아 비틀며 말했다.

닥터 밥이 숨을 죽이고 눈을 감았다.

"더 세게!" 그는 헐떡거렸다.

메건이 굶주린 듯 달려들어 다른 쪽 젖꼭지를 물었다.

"어이쿠!" 닥터 밥이 말했다. "너무 세!"

메건이 눈을 치켜뜨고 그를 보며 웃었다.

"어이쿠." 그가 괄호 모양으로 누운 잔인한 두 여자 사이를 꿈틀거리며 빠져나가다 침대 중간까지 내려갔다.

"계집애같이." 애비게일이 말했다.

"젖꼭지를 꿰매야겠으니 실례. 미국에서 유일하게 본의 아닌 유방 성형 수술을 받는 남자가 되고 싶지 않으니까." 닥터 밥이 말했다.

닥터 밥은 의료용이라기보다는 최고급 서류 가방으로 보이는 것을 집어 들고 벌거벗은 채 화장실로 달려갔다. 가슴이 얼마나 손상되었는지 보려고 거울 앞에 서자 시야를 물들인 야릇한 푸른빛(그 미묘한 부작용이란!) 사이로 안색을 흐리는 비아그라 홍조가 보였다. 그는 탐욕스러운 자매의 요구에 엉망이 되어 갔다. 그가 가장 두려워하는 부작용은 지속 발기증이었다.

그는 가방을 열자 금방 절실했던 안도감을 느꼈다. 뒤로 젖혀진 윗부분에는 벨크로 가죽끈에 고정된 작은 주사약병들이 있었다. 케타민과 헤로인, 이빨에 잘린 젖꼭지를 꿰매기 위해 필요한 마취제 리도카인 염산염이 있었다. 그는 둘째 줄 가운데에서 리도카인 병을 꺼내 세면대 가장자리에 놓았다. 가방 아랫부분에는 보라색 우단이 깔린 납작한 칸막이 함이 있고, 그곳에 의료 기구들—메스, 상처 당김기, 캐뉼라 관, 뼈 자르는 톱, 청진기, 지혈 집게, 등등—이 각기 오목하게 제 모양에 맞는 자리에 들어 있었다. 그 함을 들어내자 그 보라색 우단이 깔린 아래층에는 오목한 홈들이 있는데, 그곳에는 빽빽하게 정렬된 균일한 모양의 주황색 플라스틱 약통들이 몇 줄 들어 있었다. 그는 퍼코세트 두 알을 꺼내 먹고, 이 진통제의 최면 작용을 중화시키고 정신을 바짝 차리자는 충동적인 생각에 덱세드린을 한 알 먹었다. 던바 자매와 있을 때 정신이 멍하면 안 되기 때문이었다.

닥터 밥은 흉근에 리도카인을 주사한 뒤 가방 속에 따로 마련된 칸에서 배율이 높은 반달형 안경을 꺼냈다. 그리고 화장 거울 둘레의 불을 켜고 상처를 환하게 밝혀 확대해 보았다. 핀셋으로 상처를 벌리고 검은 실을 집게로 잡아 가장자리를 꿰매야 하는, 자기 몸에 직접 하기에는 까다로운 수술이었지만, 닥터 밥은 그의 기술과 경험으로 봉합선 끄트머리에 가는 실 조각만 깔끔하게 남기고 훌륭하게 상처를 꿰맸다.

그는 다시금 메건의 포악에 혀를 내둘렀다. 요양원에 가야 할 사람은 그녀의 아버지가 아니라 바로 그녀였다. 닥터 밥은 애비게일과의 장래를 (어렴풋이) 생각해 볼 수 있었다. 다만 그녀는 너무 나이 들어 가고 있고, 영국 기숙학교의 무기력한 권리 부여 분위기에 지나친 감명을 받은 사람에게서 볼 수 있는 약간 우스꽝스러운 버릇이 있는 게 흠이었다. 그녀는 대체로 도덕관념이 없었다. 인습에 따른 도덕성을 보일 때가 있지만 보통은 기회주의적으로 부도덕했다―다시 말해서 그녀는 닥터 밥처럼 정상적이었다. 반면에 메건은 염병할 사이코패스로, 그녀의 애정 표현을 보면 그것을 다룰 시설이 있는 병원에 감금해야 마땅했다. 그는 궁극적으로 두 자매와의 인연을 끊을 생각이었다. 그동안 그들에게 이사직을 뇌물로 받았다. 650만 달러의 연봉과 던바 주식의 1.5퍼센트에 해당하는 스톡옵션을 받는 자리였다. 여든 살 먹은 노인의 불안 증세를 인위적으로 높여 더 이상 세계적으로 가장 복잡한 기업 왕국을 경영하기에 적합하지 않은 정신질환자임을 증명해 주는 일의 대가였다. 나쁘지 않은 거래였다. 그는 12년 동안 천천히 주식을 취득했다. 크리스마스 선물로 던바에게 조금씩 받은 것도 있고, 여윳돈을 모두 트러스트에 투자하기도 했다.

화장실 문을 두드리는 소리에 닥터 밥은 보호책이 추가로 필요하다고 느껴 두루마리 붕대를 집었다.

"들어가도 돼?" 메건이 거의 양심의 가책을 느끼듯 나직이 말했다.

"응." 닥터 밥이 얼른 붕대를 큰 폭으로 잘랐다.

메건이 화장실로 들어와 그의 어깨에 키스했다.

"미안해, 내가 지나쳤다는 거 알아."

"용서해 주지."

그녀가 손톱으로 그의 갈비뼈에서 좌골까지 살짝 훑어 내렸다. 그러자 비아그라의 효력이 바로 나타났다.

"여기, 여기서 해 줘." 메건이 대리석 세면대에 걸터앉아 닥터 밥의 허리를 다리로 휘감으며 말했다.

닥터 밥은 붕대를 놓고 메건의 뒷무릎 바로 윗부분을 잡았다.

그러자 메건은 강인한 허벅지를 내려 그의 양손이 세면대와 그녀의 허벅지 사이에 끼여 꼼짝하지 못하게 했다. 그리고 매처럼 재빠르게 움직여 날카로운 이로 그의 젖꼭지 상처를 쪼았다.

"당했지!" 그녀가 의기양양하게 웃었다.

닥터 밥이 뒷걸음질 치며 손을 뺐다.

"이 미친년이!" 그가 소리쳤다.

"나한테 그딴 식으로 말하지 마! 그러다간 물고기 내장처럼 속을 훑어 낼 줄 알라고!"

닥터 밥은 자신이 헛되이 던바에게 자주 했던 조언처럼 화를 억제하려고 하나부터 열까지 세었다.

"미안."

"당연히 그래야지." 메건이 세면대에서 뛰어 내려 그 앞에 서며 말했다. 그녀는 돌출한 검은 실밥을 잡아 당겼다 탁 놓았다.

"나한테 그런 불쾌한 말을 한 대가야."

"내가 그럴 만한 짓을 했지." 다시 벌어진 상처에서 피가 흘렀다.

"그만들 하시지. 사이좋은 연인들 같네. 난 이제 내 재수 없는 남편한테 가 봐야 해." 애비게일이 화장실 안으로 머리를 디밀고 말했다.

"난 내 남편 유골한테 가 봐야 하고." 메건이 애비게일 앞을 지나쳐 복도로 나가며 말했다.

"오늘 밤 저녁 먹으러 오는 거 잊지 마." 애비게일이 닥터 밥에게 말했다.

"어떻게 잊을 수 있겠어?" 닥터 밥이 말했다. 그가 정말 어떻게 잊을 수 있겠는가? 이 세 사람은 이제 갈라질 수 없었다. 저물녘 빙벽에 같은 밧줄에 한데 묶인 등산가들처럼.

3

"내가 누구지?"

"물론 헨리 던바이시죠." 로버츠 간호사가 커튼을 걷으며 말했다.

"이름을 말하는 게 아니야. 이 멍청한, 멍청한 여자 같으니라고. 내가 누구인지, 누가 내 정체를 말해 줄 수 있겠냐고." 던바가 내 씹었다.

"멍청하다는 말은 별로 고맙지 않군요, 사양하겠어요. 오늘 아침 던바 씨의 '정체'는 로버츠 간호사에게 사과해야 하는 아주 무례한 노인이에요."

"미안하오, 로버츠 간호사." 던바는 그날 매우 중요한 일이 있을 것이므로 최대한 말썽을 피해야 한다는 조각난 의식을 붙들었다.

"그러셔야죠. 살다 보면 아침부터 괜히 기분이 안 좋을 때도 있고 그렇죠, 안 그래요?"

"그렇고말고. 난 거의 매일이지만."

"자, 쓸쓸하게 방에서 혼자 아침 식사를 하시겠어요, 아니면 조금만 더 분발해서 식당으로 가 다른 손님들과 즐거운 이야기를 나누실래요?"

"조금만 더 분발하지."

"들던 중 반가운 소리군요." 로버츠 간호사는 필요 없는 휠체어에 던바를 앉혀 두툼한 카펫이 깔린 방을 나갔다. 그는 몸을 뒤로 젖혀 그녀를 보고 측은해 보이는 웃음을 지었다.

그는 아침 약이 입 안에서 녹을까 걱정되어 발작적으로 기침하는 체하며 그것을 손수건에 뱉어 냈다. 약을 안 먹으니 활기와 더불어 분노와 격분도 더 차올랐다. 추측과 욕망의 바퀴가 더 빨리 회전하기 시작하자 더 많은 힘이 생기는 게 느껴졌다. 하지만 그는 그것들이 아주 이탈해 버려야 회전이 멈출지 알지 못했다. 햄프스티드에서 정신과 의사에게 진료를 받은 직후에 느낀 고통으로 되돌아가는 건 생각조차 할 수 없었다. 제발 그것만은 다시 겪지 않기를, 견고한 것은 아무것도 없고, 그가 발을 디디고 선 곳은 기껏해야 잔인하고 성마른 어린애에게 곧 해체될, 맞추다 만 조각 그림 같다는 느낌, 무엇보다 그가 바로 그 어린애라는 그 최악의 느낌만은 제발 다시 없었으면—모든 것의 배신에 대한 책임은 다른 누구에게 있지 않았다. 그 공포, 결국 공포스러운 것은 그의 정신이 작용하는 방식이었다.

"오늘은 실외 활동 금지예요, 기침이 심하니까요. 왜 그 엄청 큰 부츠를 신으셨는지 모르겠어요. 슬리퍼가 편하지 않겠어요?" 로버츠 간호사가 말했다.

"또 그러는군." 던바가 중얼거렸다. 잠식해 들어오는 광기도 견딜 수 없지만, 잠식해 들어오는 정신 병원도 견딜 수 없었다. 도망치려면 피터의 도움이 필요하다. 오늘 탈출하지 못하면 다시는 떠날 수 없을지 모른다. 그는 악취 나는 백합꽃으로 가득한 방에서 로버츠 간호사가 손을 토닥거려 주는 가운데 죽을지 모른다.

"뭐라고요?"

그는 화를 참아야 한다. 완벽한 위선자여야 한다. 던바, 단도직입적 언동으로 유명하고, 확고한 의견을 가지고 있기로 유명하고, 깜짝 놀랄 인수 합병으로 유명한 그는 위선자가 될 줄 알아야 한다.

"아무것도 아냐. 오늘은 안에만 있겠네, 푸른 불 근처에 웅크리고서."

"푸른 불이라뇨?" 로버츠 간호사에게 이 말은 수상쩍게도 포르노로 들렸다.◆

"텔레비전 말이야. 늘 벽난로에서 깜박거리는 푸른 불 같아."

◆ '푸른'으로 옮긴 blue는 구어로 '외설적, 음란한, 불경스러운'이라는 뜻을 가지고 있다. '푸른 빛' 즉 blue fire는 속어로 '선정적인 애정 표현' 정도의 의미로 생각된다.

"난 또 뭐라고." 로버츠 간호사는 안도했다. "그걸 그렇게 부르니까 큰 위안을 주는 것처럼 들리네요."

"위안을 주고말고. 내가 가진 방송 채널들 중 어느 쇼가 히트를 쳐서 광고 수익이 올라가면 더욱."

"흠. 해리스 박사님의 말 명심하세요. 이제 회사는 믿을 만한 사람들이 맡고 있으니 더 이상 사업 걱정은 할 필요 없다는 것을. 이제는 오래도록 즐거운 휴식을 취하시기만 하면 돼요." 로버츠 간호사가 던바의 휠체어를 밀고 식당으로 들어가며 말했다.

식당이 있는 건물은 요양원의 중심부를 이루는 빅토리아조 양식의 시골 저택이었다. 벽지는 윌리엄 모리스 디자인을 정성 들여 복제한 것이었고, 일부 오크나무 테이블들은 대개 진품이었다. 저택의 크기는 빅토리아조에 살던 대가족에게는 넉넉했겠지만, 미친 사람과 노인과 죽어 가는 사람을 방치하는 시설에 대한 현대의 요구를 따라가지 못했다. 식당은 거대한 온실과 오래된 음침한 식당을 터서 더 많은 인원을 수용할 수 있었을 뿐 아니라 밝고 쾌적해서 친교의 장으로도 쓰였다. 큼직한 꽃무늬 천을 씌운 팔걸이의자와 소파가 있고, 자연의 치유 능력을 과시하는 듯이 아마존강 유역에나 있을 법한 크기의 잎과 꽃을 심은 화분들이 있었다. 여기저기 대나무 틀 위에 유리를 얹은 테이블들이 있는데, 작고 둥근 것들은 대개 망고 주스 잔을 놓는 데 쓰이고, 큰 직사각형 모양의 테이블에는 치과 대기실처럼 구겨진 잡지들이 많이 얹혀 있었다. 그것들은 모두 열대 식물 무늬의 직물과 잘 어우러졌다. 여름에는 쌍여닫이문이 키가 큰 풀과 들꽃이 흔들거리는 초원을 향해 열려 있지만, 이날 빗방울이 앉은 유리창을 통해 내다보이는 것은 희부연 물웅덩이, 짓밟힌 식물 줄기, 산발적인 죽은 풀 뭉치들로 곰보가 된 들판뿐이었다. 안개가 안 끼고 비나 눈이 오지 않는 날, 굴곡진 윤곽의 장엄한 호수가 보이면 그 평화로운 경치가 완전해졌다.

던바는 피터 워커를 찾으려고 방을 유심히 살폈다. 그러나 로버츠 간호사에게, 나쁜 영향만 주는 말썽꾼으로 낙인찍힌 동료를 간절히 보고 싶어 하는 모습을 보이지 않으려고 조심했다.

"어디로 모실까요?" 로버츠 간호사는 던바가 말하는 능력을 상실하기라도 한 듯, 묻기가 무섭게 바로 매끄럽게 대답까지 해주었다. "공동 테이블이 좋겠죠? 새로운 친구를 사귈 기회가 생기니까요."

로버츠 간호사는 던바가 가까스로 멀리했던, 뜻하지 않은 친교의 벼랑으로 그를 밀고 갔다. 그때 언뜻 피터가 보였다. 그는 온실의 멀리 떨어진 바깥쪽 문 앞, 초록색 비상구 표지판 아래 서 있었다. 그 옆에는 달리는 포즈의 조각상이 있었는데, 로버츠 간호사의 데이트 알선 회사의 지옥에서 탈출하려는 게 분명했다.

"아이, 운이 좋기도 하세요." 로버츠 간호사가 그에게 그렇게 많은 행운이 쏟아지는 것에 거의 분개하듯 말했다. "해로드 여사 옆자리가 비었네요." 그리고 눈에 띄게 불만스러워 보이는 여자 옆의 빈자리에 그를 밀어 넣었다.

"나는 완전히 기억을 상실했어요." 해로드 여사가 예전에 그녀의 대화에서 양념으로 쓰던, 사람을 깔아뭉개는 전설적인 말을 할 때 보이던 신랄한 자신감을 가지고 말했다. "절대로 사과도, 해명도 하지 말아요." 그녀가 기계적인 열정을 기울여 덧붙였다.

"그래서 회계사들이 있는 거요." 던바가 산만하게 말했다.

"대화는 인도 코끼리나 아프리카 코끼리일 수 있지만, 동시에 둘 다일 수는 없어요." 해로드 여사가 말했다.

"실례합니다만, 방금 내 친구를 봐서 이만." 던바가 약이나 중매와 관련해서 또 다른 사명이 있는지 로버츠 간호사가 맹렬히 나가는 것을 보고는 얼른 우물우물 말하고는 거추장스러운 휠체어를 뒤로 밀치고 일어섰다.

"이제는 런던에 오는 게 즐겁지 않아요, 외국 도시처럼 변했어요." 해로드 여사가 말했다. 그러더니 팔을 뻗어 던바의 팔뚝을 잡았다.

"내가 여기서 죽을까요, 아니면 먼저 어디론가 가게 될까요?" 그녀가 물었다.

"난…… 난 모르오." 던바는 그 물음이 주는 혼란을 인지했다.

"우리 아버지는 자기가 외교관으로 태어났다고 말하곤 했어요. 그 바람에 아버지의 부모님이 온종일 싸우지 않게 되었대요." 해로드 여사가 잠시 평정을 되찾았다.

던바가 최대한 살살 그녀의 손을 떼어 놓았다.

"내가 전에 여기 와 본 적이 있나요?" 그녀가 가슴이 찢어지는 듯 괴로워하며 물었다.

던바는 대답하지 않고 총총히 가 버렸다.

"피터!" 그가 손을 흔들며 비상구 쪽으로 가면서 큰 소리로 불렀다.

"아, 거기에 계셨군요." 피터가 던바를 향해 돌아서서 그의 어깨를 주먹으로 치는 시늉을 했다.

"우리는 여기서 죽을까, 아니면 일단 어디 갈까?" 던바가 물었다.

"일단 어디 가야죠." 피터가 바로 출발하며 대답했다. "윈더미어든 그래스미어든 버터미어든 미어미어든 술집이 있는 데면 어디든—세세한 것 가지고 언쟁할 생각은 없어요. 이 지역 지리는 확실히 알지 못하지만, 개선하겠다는 내 열정은 있으니 워즈워스를 방 귀신으로 보이게 할 겁니다.[*] 우리 외투와 목도리를 가져와서 주방들을 통해 나가 방심하는 간수들을 따돌립시다."

"주방들?" 던바는 뒤처지지 않으려고 허둥지둥 그를 따라 복잡한 문양의 타일 복도로 나갔다.

"좀 자연스럽게 행동하세요." 피터가 이를 악물고 극심한 불안을 익살스럽게 흉내 내 말했다. 이것을 보고 던바는 이내 불안해졌다.

---

[*] 윌리엄 워즈워스(1770~1850). 영국의 낭만주의 시인. 전형적인 자연주의 시인으로 지리와 날씨, 동식물 등 주변 자연 환경에 면밀한 주의를 기울였다. 영국뿐만 아니라 프랑스, 이탈리아, 스위스 등지로 폭넓은 도보 여행을 다닌 것으로 유명하다.

그들은 제 번호표가 붙은 못걸이에서 외투를 찾았다. 던바의 것은 더블브레스트에 두 줄로 단추가 달리고 칼라는 모피로 된, 거의 휘두르기 힘들 정도로 무겁고 커다란 검은색 외투였다. 이와는 대조적으로 피터의 것은 짧고 안감은 고어텍스로 되어 있고 윤이 나는 지퍼가 달린 초록색 방수 외투였다. 던바는 몇 미터는 되는 크림색 캐시미어 목도리를 둘둘 둘렀지만, 피터는 체크 무늬 아랍식 스카프를 대충 한 번 감아 묶었을 뿐이었다.

"아 그렇지, 주방들이라니!" 배우 피터가 말했다. "블라인드 테스트를 하면 완두콩과 당근과 리크를 구분할 수 없게 만드는 크림수프는 물론이고, 생선이고 닭고기고 할 것 없이 모든 음식에 올라가는 만능 소스의 배후에 있는 천재 게리, 존경하는 내 친구 게리가 주방을 통해 나를 밖으로 나가게 해 주죠. 그렇게 나가서 금지된 담배를 피우는 거죠. **좀 자연스럽게 행동하세요.**" 그가 다급히 속삭였다.

"제발 그 말 좀 하지 말게, 그럼 내가 불안해지잖아."

"**나를** 불안하게 하는 건 현금이죠. '치료'의 일환으로 압수되었어요. 그건, 환자 치료를 가장한 학대예요." 배우 피터가 단조로운 억양으로 낮게 말했다.

"나는 돈이 하나도 없는데. 내 카드들은 취소되었고."

"뭐라고요?" 피터가 사색이 되어 외쳤다. "아니 영감님은 억만 장자인데 설마! 영감님한테 자급자족에 쓸 토끼 덫을 기대하거나, 물웅덩이가 호수라고 허세 부리는 이 잔인한 지옥에서 나가 그림 같은 술집이 즐비한 제대로 된 호반의 마을이 있는 거리까지 타고 갈 행글라이더를 기대하지는 않았어도, 현금은 있을 거라 믿었는데."

"카드가 하나 있긴 하지. 그 도둑년들은 모르는 거야—스위스 계좌." 던바가 내심 신나서 말했다.

"그 스위스 계좌, 한도액은 얼마죠?" 피터가 깡충 뛰며 말했다.

"한도액은 없어." 던바는 불현듯 겁에 질렸다.

"한도액이 없다니!"

"그 말은 그만하게." 던바가 말했다.

"그럼 리무진을 부를 수도 있어요." 피터가 던바의 어깨에 팔을 두르고 주방의 반 회전문 쪽으로 그를 데려가며 말했다. "리무진을 불러 타고 이 국립 공원을 뜨는 겁니다. 그렇게 런던까지 가는 거예요! 세계에서 가장 멋진 로마의 유적지에 가서 네그로니 칵테일을 마실 수도 있고요!"

"유적지는 필요 없고, 나의 왕국을 도로 찾고 싶네." 던바는 예전의 권위가 약동하는 듯했다.

"당연히 그러시겠죠, 영감님. 왕국을 되찾게 될 겁니다." 피터가 여전히 던바의 어깨에 팔을 두른 채 그를 주방으로 데려가며 말했다.

"안녕하세요, 피터 씨." 게리가 말했다.

"요리의 달인! 호수 지방의 에스코피에*를 보시오!" 피터가 던바에게 말했다.

"아니 또 끽연하러 가시게요?" 게리가 무정형의 스크램블드 에 그 덩어리를 은쟁반에 퍼 담으면서 말했다.

"끊으려고 애를 쓰는데 질기기가 어지간해야 말이지." 피터가 말했다.

"좋아요 그럼. 하지만 먼저 그 오슨 웰스 흉내를 내셔야 합니 다."

"그 오슨 웰스라?" 피터가 완벽한 흉내를 냈다. "이거 무슨 말 인지 모르겠군." 그가 그 명배우가 근처에 있는지 살피기라도 하 듯 좌우를 돌아보고 두어 걸음 비틀비틀 물러나더니 스테인리스 조리대에 털썩 몸을 기댔다.

"나한테 뭘 먹을 거냐고 묻지 말게." 사랑과 복수 사이에서 능 변으로 갈등하는 오셀로를 연기한 웰스의 다변한 굵은 목소리로 그가 말했다. "내가 **꼭** 먹어야만 하는 게 뭔지 알잖아." 그는 잠시 멈추더니 슬픔과 공포에 찬 목소리로 외쳤다. "생선구이!"

"생선구이! 그건 언제나 웃겨요." 게리가 낄낄대며 말했다.

"웰스에게는 당신의 그 맛있는 소스가 허용되지 않았을 거야. 다이어트를 하고 있었거든. 그건 웰스가 고어 비달과 로스앤젤레 스에서 점심을 먹을 때 웨이터에게 한 말이야."

"그럼 역사가 좀 있는 얘기군요."

"내가 작은 비밀을 하나 알려 주지, 게리. 모든 건 역사야. 그걸

✦ 현대 프랑스 요리를 체계화한 프랑스 요리사.

알아차렸을 때는 이미 지나간 일이야. 저 유명한 사기꾼 '현재'는 인식의 간격으로 사라지지. 간격을 조심하시기 바랍니다!" 열차 문이 열릴 때 승객에게 주의를 주는 역장처럼 피터가 외쳤다.

"제발 그렇게 좀 말하지 말게." 던바가 조리대에 몸을 의지하며 간청했다.

"자, 그럼, 담배 피우러 가세요. 하지만 들어오시는 길에 그 레오나르도 디카프리오 흉내도 보여 주셔야 합니다." 게리가 말했다.

"그거 참 세금 한번 세게 때리네." 피터가 어리둥절해하는 던바를 뒷문 쪽으로 데려가며 말했다.

"에이, 성공의 대가를 치르시는 거죠." 게리가 말했다.

"알았어, 그럴게." 피터가 문고리를 돌리면서 큰 소리로 말했다.

"저자한테 속지 말게. 체계적으로 생활하면 세금은 평균 7퍼센트 이상 낼 필요가 없네." 던바가 말했다.

피터가 문을 열고 나설 때 찬바람에 온기가 꺾이자 지퍼를 올렸다. "글쎄요. 하지만 교통사고 같은 걸 당해서 내 몸의 체계가 해체될 경우 7퍼센트 이상의 병원이 거기에 있었으면 좋겠군요."

"운전사는 믿을 만한가?" 던바는 '교통사고'라는 말에 그의 상상 속에 형성된 생생한 절단 장면 때문에 불안했다. 뒤틀린 금속, 산산이 흩어진 유리 조각, 그의 소득세 신고서를 들여다보고 고개를 절레절레 흔드는 응급차 요원들. 그들이 쳐다보는 가운데 몸이 부러지고 피 흘리는 자신의 모습을 떠올렸다. 그는 재무부의 재정에 충분히 기여하지 않았고, 사회 계약상 그에게 주어진 의무를 이행하지 않았고, 기부도 충분히 하지 않았다. 그들은 그를 피 흘리고 죽게 그냥 내버려 둘 것 같았다.

피터가 집게손가락을 입에 대고 얼굴을 찌푸렸다.

던바는 문득 그들이 하려던 일이 무엇인지 생각났다. 무엇엔가 정신이 빠졌었다. 왜 운전사를 언급했지? 볼 장 다 볼 뻔했다. 바보, 완전 바보 같다는 생각이 들었다. 어머니는 그를 보고 늘 그렇게 얼굴을 찌푸렸다. 그러기만 하면 어머니는 자기의 뜻을 관철시킬 수 있었다. 최근 발생한 문제들이 권력과 돈의 돌무더기로 메운 지 오래된 옛 갱도들을 폭탄처럼 터뜨려 열기 전까지만 해도 그는 그 수치심의 법칙을 잊고 살았다. 그런데 지금 피터의 찌푸린 얼굴이 불도장처럼 살갗에 타들어 오는 듯하자 던바는 자기가 보이지 않는 존재였으면 했다. 마치 점점 더 많은 이목을 끌고, 헨리 던바다워지고, 누구나 그 이름을 알게 하는 일에 들인 몇십 년의 세월은 단지 그보다 훨씬 더 깊은, 사라지고 싶다는 열망에 장애일 뿐이었다는 듯이. 도대체 어떻게 된 것이었을까? 어떻게 그는 그렇게 자기를 상실할 수 있었을까? 그의 자아의식은 너무 허약하고 의존적이었다. 그것은 비에 노출된 수채화처럼 지워질 수 있을 것이다.

"미안해, 미안해, 따라가도 되나? 그래도 돼?" 그는 피터를 따라 밖으로 나가며 자기가 그토록 바보 같은 늙은이라서 따라오지 못하게 할까 봐 겁이 났다.

"물론이죠, 영감님. 누가 우리 계획을 알아차릴까 봐 그랬어요. 저들은 수감자들의 조기 퇴숙으로 피해 입는 걸 싫어하거든요. 어휴, 추워. 자동차하고 믿을 만한 운전사가 있으면 좋겠지만, 걸을 수밖에 없겠어요. 컴브리아 지방의 12월에 사람들이 여기 몰려드는 건 오로지 우박을 구경하기 위해서죠. 스코펠 파이크*는 만원이라 입석밖에 남아 있지 않아요."

두 사람은 색색으로 표시된 재활용 쓰레기통 앞을 지나 요양원 진입로보다 지대가 훨씬 낮은 좁은 샛길로 빠져 숲속의 오솔길 쪽으로 갔다. 안뜰을 벗어나자 담장 바깥에 시동 키가 꽂힌 다용도 미니트럭이 있었다.

"오, 하느님, 당신의 생각은 얼마나 강한지 모릅니다!" 피터가 장중한 목소리를 가진 해설자처럼 말했다. "태초에 **생각**이 계시니라. 이 **생각**이 던바와 함께 계셨으니, 던바가 **차**를 생각하자, 보라, 저기에 차가 있고, 그 차가 그분 보시기에 좋았더라."

"정말 내가 그런 건가?" 던바가 운전석과 한 의자인 연장된 조수석에 올라타며 믿기지 않는 듯이 말했다. "그럼 내가 나쁜 일을 생각하면 어떻게 될까?"

"걱정 마세요, 영감님. 그건 완벽하지 않은 시스템이니까요. 예컨대 믿을 만한 운전사를 나타나게 하지는 못했잖아요. 나더러

✦ 영국 북서 지방 컴브리아주州의 높은 산으로 호수 지역 국립 공원에 속해 있다.

그런 운전사라는 혐의를 제기한 사람은 아무도 없어요, 내가 알코올 허용치를 넘겼을 땐 특히 더. 오늘은 적어도 20배 이상 넘겼으면 정말 좋겠는데."

시동이 걸리자 엔진 소리가 시끄러운 미니트럭이 요동치며 숲쪽을 향했다. 미니트럭은 덜렁덜렁 흔들거리며 좁은 진창길을 달렸다. 피터는 이제 따분한 자동차 박사가 되었다. 그는 엔진의 소리를 논하는 기술 정보를 소년 같은 열의를 가지고 목청 높여 열심히 떠들었다. 던바는 듣지 않았다. 그는 자기가 특별한 능력을 가졌을 가능성에 대해 곰곰이 생각하고 있었다. 전에도 늘 조금은 자기가 그런 능력을 지닌 것은 아닌가 하고 생각했다. 그런데 지금 이 황무지를 지나서 탈출하는 데 긴요한 수송 수단을 나타나게 하고 보니, 처음으로 전적인 확신이 들었다. 전기가 머리끝에서 발끝까지 훑어 내리듯 운명의 힘에 휩쓸리는 느낌이 들었다. 그는 눈을 감고 일순간의 완전한 평온을 느꼈다. 모든 것을 되찾을 것이다. 지배력을 회복한 다음 악독한 딸들을 벌하고, 플로렌스에게 왕국을 물려줄 것이다. 모든 자식을 똑같이 사랑해야 한다는 것을 알면서도, 그의 마음을 빼앗고 기쁨을 준 딸은 플로렌스라는 것을 감출 수 없었다. 그녀는 상대의 마음을 누그러뜨리는 동정심은 물론, 미모까지 제 엄마를 빼닮았다. 그녀가 그의 이야기에 귀를 기울여 주기만 해도, 그의 머릿속에 얽혀 있던 어려운 일의 매듭이 저절로 풀렸다. 그녀는 그런 유발 효과를 의식하고 행동하지 않았다. 그것은 일정 온도가 되면 얼음이 녹는 것과 같은 자연스러운 현상이었다. 그녀의 그런 장점들을 떠나서 캐서린과의 사이에서 낳은 딸이라는 것만으로도 그는 플로렌스를 사랑했다. 캐서린은 그의 유일한 사랑이었다. 적어도 그녀는 죽음을 통해 불멸성을 부여받은 사랑의 화신이었다. 그녀는 찬미를 관용으로, 관용을 짜증으로 변하게 하는 일상의 힘, 쇠퇴와 습관으로부터 밀봉되었던 것이다. 의식이 또렷한 이 순간, 그는 깨달았다. 플로렌스가 자립을 원했던 것은, 그의 사업에 전혀 관여하지 않겠다고 결정한 것은, 캐서린이 교통사고로 죽은 뒤 그가 플로렌스에게 너무 매달렸기 때문일지 모른다는 것을. 당시에는 그게 단지 거절로, 또 하나의 상실로 보였다. 다른 두 딸이 그런 시각을 조장했다. 그들은 늘 그의 편애를 분하게 생각했다. 그리고 그의 몰인정과 권력 의지를 흉내 내서 그를 기쁘게 하는 일이라면 어떤 수고도 마다하지 않았다. 그들은 그의 업적을 존중하고, 그의 유업을 이어 갈 충성스러운 자기들에게 플로렌스의 지분을 달라고 그를 설득했다. 그는 얼마나 눈이 멀었던가! 어찌 보면 그는 이제야 플로렌스야말로 진짜 완강하고 자부심이 있는 딸이란 것을 깨달았다. 그녀는 모든 걸 등지고 떠났고 조금도 흔들림이 없었다.

미니트럭의 속도가 떨어지는 느낌에 놀라며 던바가 눈을 떴다. 해로드 여사가 이끼 낀 회색 암석 옆, 길 한복판에 떡 버티고 서서 손을 흔들고 있었다. 피터는 차를 세우지 않을 수 없었다.

"이거 택시예요?" 해로드 여사가 피터 옆으로 오며 물었다.

"어슐러!" 피터가 말했다. "어디 가시는 길이에요?"

"집에 가고 싶어요."

"우리도 집에 가고 있어요! 택시 요금은 있어요?" 피터가 말했다.

"비상금이 있어요." 해로드 여사가 외투 호주머니에서 구깃구깃한 봉투를 꺼냈다. 피터가 그걸 받아 세어 보니 50파운드짜리 지폐 세 장이었다.

"요금에 딱 맞는 금액이네요! 어서 타세요." 그가 봉투를 자기 재킷 호주머니에 챙겨 넣으며 말했다.

"이 여자는 태우면 안 돼. 머리가 완전히 돈 여자야." 던바가 속삭였다.

"아, 영감님도 참." 피터가 책망하듯 말했다. "우리가 사는 곳은 '기억되지 않는 작은 익명의 친절과 사랑의 행위'*로 잘 알려진 나라입니다. 어쨌든 일단 바보들을 태우고 출항하는 배에는 승객이 모자라는 일이 절대로 없습니다!"

"아니 자리가 없잖아." 던바가 마지못해 엉덩이를 옆으로 움직이며 말했다.

"아하! 저기 표지판이 있어요!" 피터가 말했다.

그가 '플럼데일—승마 전용로'라고 쓰인 표지판을 가리켰다.

"이 녀석의 정지 마찰력이면 승마 전용로는 빠르진 않더라도

✦ 윌리엄 워즈워스의 시 「틴턴 애비Tintern Abbey」 중.

달릴 수는 있어요. 하지만 거추장스러운 일반 차량을 탄 간수들의 호송대는 우리를 따라잡지 못할 겁니다."

　미니트럭이 부르릉거리며 그 새로운 오솔길을 따라 다시 출발했다. 던바의 기분이 예고나 바뀌는 과정이 없이 가라앉았다. 그는 피터를 신뢰할 수 없다는 것을 깨달았다. 피터는 음주 행각에 나섰을 뿐이다. 실성한 해로드 여사를 신뢰할 수 없다는 것은 두 말할 나위 없었다. 그는 혼자 탈출해야 할 것이다. 신경질적으로 이리저리 뻗은 검고 앙상한 나뭇가지들이 그에게는 질병으로 고통받는 중추신경계의 도해 같았다. 겨울 하늘을 배경으로 해부되어 펼쳐진 인간고의 스케치라고나 할까.

4

플로렌스는 센트럴 파크 저수지의 분수에서 솟아올라 반짝이
는 물을 물끄러미 바라보았다. 그 왕성한 기운에 전율을 느끼기
보다는, 잠깐 용솟음친 물을 곧장 끌어내리는 힘에 넋을 잃었다.
그것은 잔소리 많은 아버지들이 어린아이의 고조된 기분을 퉁명
스러운 말로 꺾어 놓는 것과 같았다. 그녀는 테라스 문을 열고 거
실로 들어갔다. 난방이 후끈해서 나갔다가 추워지자 들어가지만,
금방 다시 후끈해질 것이다. 아무것도 제대로 된 것이 없었다. 아
무것도 그녀의 불안한 마음을 해소해 주지 못했다. 그녀는 애비
게일과 전화 통화를 하고 마음이 불안해서 곧장 뉴욕으로 날아
왔다. 언니들과 정면으로 맞서 아버지를 어디에 숨겼는지 알아
낼 작정이었지만, 그들은 그녀가 도착했을 때 어디론가 말도 없
이 가 버리고 없었다. 그녀의 전화 메시지나 이메일에 아무런 답

이 없었다. 애비게일의 남편으로, 떳떳하지 못하고 부부간의 사이가 뜬 마크만 뉴욕에 남아 있었다. 그녀는 지난밤에 그에게 전화를 했지만 그는 던바가 어디에 있는지, 심지어 애비게일이 어디에 있는지도 알지 못했다.

"내가 언니들에게 들은 건, 아버지가 스위스 어딘가의 병원에 있다는 것뿐이에요." 플로렌스가 말했다.

"그럼 적어도 그게 스위스일 가능성은 배제해도 되겠군." 마크는 헛헛한 웃음을 의도했지만, 그것은 불만의 표시에 지나지 않았다. "애비게일은 그럴 필요가 없는 일에도 마구 거짓말을 하니까. 처제도 잘 알겠지만, 애비게일은 진실을 말하는 걸 약점으로 생각하지. 싸잡아 말하자면, 진실은 대개 하나야—장인어른이 스위스에 있거나 없거나 둘 중 하나—하지만 거짓말은 잠재적으로 무한해서 언니들이 가장 두려워하는 것, 즉 단조로움을 피하지."

"형부 말이 맞을 거예요."

"그렇잖아, 처제. 언니는 어렸을 때 처제가 타는 흔들 목마의 받침대를 부러지게 조작한 장본인이잖아. 처제가 말을 세게 타다 받침대가 부러지면 처제 목까지 부러질까 하고 말이야."

"언니도 쉽지 않은 때였죠. 나는 엄마가 있는데, 언니의 엄마는—"

"처제는 너무 너그러워 탈이야." 마크가 그녀의 말을 잘랐다. "나는 언니와 같이 사는 사람이야. 언니한테 그 이야기를 처음

들었을 때는 내게 그런 얘기를 털어놓은 정직성이나 언니의 어려웠던 아동기를 극복한 방식을 높이 평가해 주어야 한다고 생각했지. 그러나 지금 생각해 보면 언니는 자기가 떡잎부터 될성부른 나무였다는 걸 자랑한 거였어."

"그런데 형부는 왜 언니랑 계속 같이 살아요?"

"두려움 때문이지. 결혼을 끝내도 언니 편에서 먼저 끝내야 하는 거야. 내 편에서 먼저 끝내면 언니는 나를 파멸시킬 길을 찾을 거야."

플로렌스는 더 이상 할 말을 찾지 못했다. "내가 요양원에 들어가게 되는 일이 없이" 도울 수 있는 게 있으면 돕겠다는 마크의 애매한 약속으로 대화는 끝났다.

마크가 '요양원'을 야만적인 강제 수용소에 대한 소련의 완곡어처럼 썼기 때문에 플로렌스는 나약한 형부와 말한 것을 후회했다. 아버지가 사라지자, 만일 아버지가 그녀와 화해하지 않은 채 죽는다면, 솟구쳤다가 산산이 부서져 내리는 저 공원 분수의 물처럼 실망과 비난으로 뒤덮인 관계에 대한 기억만 남으리라는 인식이 견딜 수 없이 뚜렷해졌다. 1년 전까지만 해도 아버지는 그녀를 애지중지했다. 그래서 그녀는 그의 총애를 얻으려 하는 경쟁에서 누구에게든 항상 이기리라고 믿었다. 상대가 언니들이든, 이사들이든, 그의 친구들이든 기업 매수자이든, 그가 고용하고 있는 40만 명의 직원이든 상관없었다. 하지만 그녀가 가업에는 관여하지 않겠다고, 벤저민과 아이들을 데리고 와이오밍의 자연 속에서 단순한 삶을 살기 위해 떠나겠다고 고백했을 때, 던바는 노발대발해서 그녀를 이사회에서 제명시키고 유언장에서 삭제했을 뿐만 아니라, 심술궂게 그녀의 자식들마저 장차 트러스트에 발을 들이지 못하도록 했다. 그는 사업에 대한 그녀의 무관심을 개인적인 모독으로 여겼다. 게다가 그는 그것을 역사는 단순히 목격하는 게 아니라, 대중 매체 왕국이 창조하는 것이라는 강한 자부심으로 충만한 조직의 분위기 속에서 지내다 보면 곧 없어질 미성숙으로 여겼다. 그녀가 알기론 역사란 의기양양하게 편향적으로 해석하는 뉴스 이상의 무엇인 게 분명했다. 하지만 그런 논쟁 때문에 아버지와의 관계가 틀어진 것은 아니었다. 아버지가 그렇게 가혹하게 군 건, 그녀의 자립이 그의 유산을 거부하는 행위일 뿐 아니라, 캐서린의 살아 있는 조각 역할까지 거부하는 것이었기 때문이라고 그녀는 이해했다. 그녀가 자립할 수 있었던 건 오로지 존중과 사랑을 듬뿍 받았기 때문인데, 그녀의 아버지처럼 소유욕이 강한 사람은 그녀의 자율성을 칭찬으로 느끼지 못했다. 또 다른 딸들의 탐욕을 사랑으로 오인하는 일을 막지도 못했다.

플로렌스의 어머니는 그녀가 열여섯 살 때 죽었다. 그 뒤로 오랫동안 그녀는 자신의 존재가 충성스럽게 어머니의 부재를 중심으로 수축되는 느낌이 들었다. 그런 한편 어머니의 죽음이 갖는 의미는 걷잡을 수 없이 확장되어, 선생님들의 기분이나 음식의 맛, 풀잎의 색깔마저 그것으로 설명되는 듯한 지경에 이르렀다. 마비된 것 같았던 1년 동안의 생활 끝에 플로렌스의 꿈속에서, 캐서린의 발언과 이야기와 제스처를 기억하는 사람들과 나누는 대화 속에서 그동안 잊고 있던 어머니의 추억들이 순환되기 시작했다. 어머니는 딸의 마음속에 되살아났다. 헨리에게는 그 같은 일이 일어나지 않았다. 그에게 아내는 냉동되고 이상화되었다. 그리고 플로렌스에게는 그가 찬미하던 아내의 자질을 영속시킬 임무가 주어졌다. 합병과 인수, 위임과 브랜드 이미지 쇄신. 그것은 헨리 던바에게는 익숙한 일이었다. 플로렌스는 캐서린의 유령과 합병되었다. 그리고 그의 영혼이 필요로 하는 동반자, 가장 친한 친구, 다정다감한 여자, 법정 추정 상속인으로 이미지를 쇄신한 것이다. 그녀가 아버지보다 남편을, 구세대보다 차세대를 선택했을 때, 그의 눈에는 그게 캐서린의 완전한 소멸을 인정하지 않으려는 그의 마지막 최후의 보루를 무너뜨린 매정한 행위였음을 그녀는 알았다. 아버지가 슬픔을 분노로 전환하는 쪽을 택한 건, 그의 기질을 감안할 때, 놀라운 일이 아니었다. 그녀가 예상하지 못했던 점은 아버지가 정말 오랫동안 화해를 거부하리란 것, 화해하기도 전에 두 사람 중 하나는 죽을지도 모른다는 것이었다.

플로렌스가 그의 발작적 흥분을 우연히 말로 나타난 간질 같은 것으로 간주하지 않았다면, 그녀에게 용서받지 못할 욕과 폭언을 퍼붓는 동안에 그녀의 아버지는 그녀를 가난하게 만들어야 마땅했지만, 그러지는 못하리란 것을 분명히 알았다. 그녀는 던바의 기준으로는 거지였을지 몰라도 재정적인 이유로는 그에게 굽히지 않아도 될 정도로 충분한 돈을 가지고 있었다. 지금 머물고 있는 아파트도 그녀의 소유였다. 어머니의 재산을 상속받았기 때문이었다(던바는 그녀의 **모든 것**은 자기 덕택이므로 그 재산도 실은 자기 덕택이라고 그녀에게 상기시켜 주며, 자기의 후한 인심이 미혹되었던 것을 저주했다). 게다가 그녀는 던바가 자식들 앞으로 설정해 놓은 위성 신탁의 수혜자이기도 했다. 윌슨은 그것을 무효로 할 수도, 그녀만 제외시킬 수도 없다고 그에게 알려 주었다. 그녀는 항의를 하거나 대가를 요구하지 않고 자기 몫의 던바 주를 아버지에게 돌려주었다. 그렇게 후한 인심을 보인 그녀의 행동은 그에게 굴욕감을 안겼다.

플로렌스는 다시 문을 열고 테라스로 나가면서 자기가 얼마나 예측 가능한 사람인지 놀라워하는 한편, 자기의 예측이 맞는다는 것을 입증하는 방향으로 행동하는 것은 아닌가 하고 생각했다. 그녀는 윌슨에게 전화할 시간을 기다리며 지루한 밤을 꼬박 새우다시피 했다. 그는 지난 1년 동안 계속해서 아버지의 가장 충성스러운 맹우 노릇을 하는 동시에 그녀를 보호해 주었다. 그러나 해고당하고 아내와 함께 가족을 데리고 밴쿠버섬의 토피노 부근 별장으로 물러나 있었기 때문에 그곳은 전화하기에 너무 이른 시간이었다. 얼마나 더 기다려야 하는지 다시 시차를 헤아리는 순간 전화벨이 울렸다. 화면에 윌슨의 이름이 떴다.

"윌슨 아저씨! 그러잖아도 전화를 하려다가 시간이 너무 이른

가 하고 있었어요."

"나도 두 시간 정도 전화하는 걸 참고 있었어. 간밤에 아무도 회장님이 어디 있는지 모른다는 말을 듣고 걱정이 돼서 잠 한숨 못 잤거든."

"아저씨는 아버지가 어디 있을지 짐작 가는 데가 있어요?"

"인턴 몇 명을 시켜 유럽과 북미 전역의 사립 병원과 진료소에 전화해서 알아보도록 했어. 실명은 물론 헨리가 신분을 숨기고 호텔에 들 때 쓰는 가명으로도 수배했는데 아직까지 못 찾았어."

"나는 뭘 할까요?"

"결정적인 이사회까지 사흘밖에 안 남았어. 내가 여기저기 전화해 봤는데, 자네 언니들이 과반수를 확보한 모양이야. 대부분의 이사들은 회장님이 나와 함께 뽑아서 믿을 만하지. 그런데 내가 극구 만류했는데도 회장님이 애비게일과 메건에게 전적인 실권을 주는 중요한 서류에 그만 사인을 했어. 그걸 이사들이 보았다네. 게다가 이제 자네 언니들은 닥터 밥의 진단서도 갖고 있어. 그걸 정당한 구실로 삼아 회장님의 비상임 회장직을 박탈할 거야. 자네 언니들은 회장님을 완전히 몰아내고 싶은 거야. 회장님의 영향력이 여전히 막강하기 때문이지. 회장님에게는 법적 권한이 전혀 없는데도 그 자리에 앉아 있다는 사실 하나만으로 이사회는 회장님의 마음에 들려고 뭐든 다 하니까."

"아버지의 건강이 좋지 않아서 업무를 보지 못한다면, 그럴 경우를 대비한 위임 경영자가 있어야 하잖아요. 그럼 아버지는 분명 아저씨를 임명했을 텐데요."

"그랬지. 하지만 내가 고용되어 있을 경우에 한해서 위임 경영자일 수 있다는 조건이 붙어 있어. 그런데 회장님이 나를 잘랐잖아. 누가 그 자리를 차지했는지는 자네가 짐작하는 대로야."

"하지만 그걸 법리로 따질 수는—"

"소용없어." 윌슨이 말을 잘랐다. "설령 내가 위임 경영권을 되찾는다 해도 자네 언니들이 이사회에서 저희들 지위를 인준받기만 하면 그 즉시 나를 자를 수 있으니까."

"아니 그럼 언니들의 쿠데타는 이미 결론이 난 거잖아요."

"참 알 수 없는 노릇이야—누구보다 권력이 무엇인지 잘 아는 회장님 같은 분이 그러다니. 회장님은 지난 40년 동안 모든 대륙에서 사업을 하면서, 적어도 그 세월의 절반은 특정 뉴스를 강조할 수 있었지. 그걸 그럴듯하게 제시하거나, 묻어 버리거나 하면서. 회장님이 원하면 세계 지도자 누구에게든 연락하고, 선거를 좌우하고, 적을 파멸시킬 수 있었는데. 그러던 회장님이 하루아침에 진짜 대신 장난감을 원하시다니. 난 정말 깜짝 놀랐네. 회장님은 그런 것 따위엔 전혀 마음이 흔들린 적이 없었으니까. 하지만 회장님이 무엇 때문에 중심을 잃었는지 몰라도, 어떤 것도 회장님을 납치하고 수모를 주는 일을 정당화할 수는 없어. 그리고 또……"

"그리고 또, 뭐요?"

"나도 모르겠네. 자네 언니들이 무슨 짓을 더 저지를지 모르겠어. 나는 회장님이 햄프스티드에서 그날처럼 겁에 질린 모습은 단 한 번도 본 적이 없어. 공황 발작을 일으키셨지. 하늘도 겁내고, 햇빛도 겁냈어. 광장 공포증이 있는 사람처럼—아버지가 누구야, 탁 트인 하늘을 정말 좋아해서 뉴멕시코에 백만 에이커나 되는 목장을 산 분이잖아."

"난 지금 화재 경보에 놀라 깬 기분이에요. 벤저민과 지낸 시간이 마치 언니들이 트러스트를 장악하고 아버지를 납치하게 내버려 두는 비싼 대가를 치르고 유지한 환상 같아요."

"자네가 던바가의 갑옷을 입어야 할 때인지도."

"웬걸요, 벌써 입었어요. 아버지가 무사할 때까진 벗지 않을 거예요."

"나는 그들의 약점이 하나 있다는 것과 성공 확률이 낮은 방법이 하나 있다는 것 외에는 다른 수가 떠오르지 않아. 그 약점이란 바로 마크야. 그에겐 변변찮은 양심이란 게 조금 있기도 하지만, 무엇보다 지금은 그가 애비게일을 경멸한다는 점이지. 과거의 변호사인 나한텐 못 할 말도 사랑하는 처제에게는 할지도 모르지."

"그건 기대하지 마세요, 그러잖아도 전화해 봤는데 몹시 겁먹고 있더라고요."

"그래도 마크와 두어 시간 얘기하면서 무슨 말을 하는지 귀 기울여 보는 게 좋을 거야. 애비게일에게 정면 도전하는 짓은 못 하더라도, 내가 알기론 많이 괴로워하고 있으니까 어쩌면 어떤 힌트를 줄지도 모르지."

"성공 확률이 낮은 방법은 뭐죠?" 플로렌스가 물었다.

"글로벌 원 조종사 짐 세이지 기억해?"

"물론이죠. 나한테 비행기 조종을 가르쳐 주겠다고 했는걸요."

"그들이 글로벌 원을 타고 갔다면 어디에서 내렸는지 짐 세이지가 알겠지. 짐이라면 자네에게 사실을 있는 그대로 말해 줄 거야. 함구령이 내렸다면 문제는 다르겠지만. 그들은 우리가 그런 쪽으로 접근하리란 건 예상하지 못했을 거야. 지금 당장 자네에게 짐의 휴대 전화 번호를 메일로 보내 주겠네."

"네, 우리 얘기가 끝난 뒤에 한번 전화해 볼게요."

"난 오늘 저녁때쯤이면 뉴욕에 있을 거야. 크리스가 돕고 싶다고 해서 같이 가네. 회장님은 크리스에겐 좋은 대부이기도 하시니까. 20분만 있으면 우리를 밴쿠버시로 데려다줄 수상 비행기가 올 거야. 어서 가서 짐을 챙겨 가지고 잔교로 내려가야 해."

"이 모든 거 고마워요, 윌슨 아저씨. 그런 취급을 받으시고 그냥 은퇴해 버렸으면 그만이었을 텐데."

"우리 집사람은 내가 아주 은퇴하길 바라지만 나는 여기서 폭풍 관찰이나 일삼다가 유네스코 세계 문화유산 보호지역에나 가끔 가 보는 생활을 할 생각은 아직 없어. 나는 회장님이 다시 회사를 지휘할 수 있는 자리로 돌아가도록 싸울 거야. 트러스트의 40만 직원이 보호를 받을 수 있는 제대로 된 승계를 위해 싸울 거야. 그리고 사실 톡 까놓고 얘기해서 난 자네의 언니들이 승리하는 꼴을 보고 싶지 않아."

플로렌스는 통화가 끝난 뒤 테라스에서 왔다 갔다 했지만 그것으로는 충분하지 않았다. 그녀는 걱정을 떨쳐 버려야 했다. 불과 1년 전만 해도 그렇게 악착같이 피했던 집안의 정치적 문제에 이제 얼마나 깊숙이 관계할 필요가 있는지 판단을 내려야 했다. 그러려면 센트럴 파크에라도 나가 좀 걸어야 했다. 언니들과의 전쟁에 휘말리지 않고서는, 두 마음을 가진 형부에게 압력을 가하지 않고서는, 이사회 임원들을 움직일 수 있는 주장을 결집시키지 않고서는 아버지의 안전을 확보할 길이 없는 듯했다. 그녀가 윌슨에게 한 말은 사실이었다. 그녀는 이미 갑옷을 입었다. 그리고 이미 교전 중이었다. 겨울에 생겨나서 땅속에 있다가 큰 비가 내린 뒤에야 산허리에서 솟아나 바위를 휩쓸고 나무뿌리를 뽑는 강물처럼, 그 결정은 겉보기에는 순한 그녀의 천성을 뚫고 나오기 힘든 곳에 있는 듯했다.

센트럴 파크 바깥에 격자 도로가 끊임없이 반복되듯이 그 안은 구불구불한 석탄재 길이 그랬다. 그녀는 이 길이 짜증 났다. 그녀의 친구나 가족이 봤다면 그렇게 짜증 내는 건 그녀답지 않다고 했을 것이다. 그 길은 그녀에게 지금 시간이 있다고, 기분 전환을 할 때는 두 지점 사이의 지름길을 찾는 멍청한 실용성을 버리고, 정처 없이 거닐고 모든 일을 미루어야 한다고 주장하는 듯했다. 하지만 그녀는 매력적인 길을 택해 빙 돌아가라거나, 긴장을 풀고 여행을 즐기라는 말을 듣고 싶은 마음이 전혀 없었다. 곧장 핵심에 이르러 행동을 취해 아버지를 구해 내고 싶었다. 그녀는 스

스로 나아갈 길을 정하고 잔디밭을 가로질렀다. 그러던 중 휴대
전화로 월슨의 이메일이 온 것을 발견하고 짐 세이지에게 전화
를 걸었다.

"여보세요."

"짐? 저 플로렌스예요, 플로렌스 던바."

"여, 플로렌스, 목소리를 들으니 반가워요. 어쩐 일이세요? 결
국 비행기 조종을 배우기로 한 건가요?" 짐이 다정스레 말했다.

"그걸 어떻게 아셨어요?" 플로렌스가 임기응변으로 꾸며 댔다.
"어제 여기에 왔는데 비행기가 편하지 않았어요. 그래서 조종사
님이 나한테 면허증을 따라고 한 말이 생각났어요. 시간 있어요?
난 지금 뉴욕에 있어요. 어쩌면 서로 일정을 잡을 수 있을지도 모
르겠어요."

"그랬으면 좋겠는데 난 지금 맨체스터에 있어요. 언제 돌아갈
지 모르겠어요. 플로렌스 양의 언니들은 회장님에 비하면 여행
일정이 좀 즉흥적이어서 말이죠."

"맨체스터? 거긴 왜요?"

"그건 나도 몰라요. 내가 이유를 논할 위치는 아니죠. 하지만
이곳 날씨가 우중충하고 쓸쓸하다는 거 하나는 말해 줄 수 있어
요."

"저, 그럼, 돌아오면 우리 함께 날아 봐요." 플로렌스는 최대한
빨리 대화를 끝내려고 했다. 월슨이 구형 수상 비행기의 소음과
진동에 휩쓸리기 전에 그와 통화하고 싶었다.

"그래요."

그녀는 전화를 끊자마자 윌슨의 번호를 눌렀다.

"플로렌스!" 윌슨이 찰싹거리는 물소리보다 크게 언성을 높였다. "난 지금 비행기에 오르는 중이야."

"맨체스터예요. 방금 짐과 통화했는데 거기가 그들이 내린 곳이래요. 인턴들에게 영국에 집중하라고 하세요. 특히 런던보다는 맨체스터와 가까운 곳들을 중심으로요."

"그러지. 잘했어. 이제 엔진 시동이 걸릴 거야. 그런데 크리스가 안부 전해 달래네."

"내 안부도 전해 주세요." 플로렌스가 며칠 만에 처음으로 스스로에게 웃음을 허락했다.

5

킹스헤드 호텔은 미어워터 기슭에서 조금 들어가 있고, 그 사이의 작은 잔디밭 중앙에 깃대가 서 있었다. 바에서 벽 밖으로 내민 창 옆에 앉은 던바의 눈에는 몸부림치는 깃발이 깃대의 줄에 간신히 붙들려 있는 것처럼 보였다. 휘파람 소리와 함께 육지로 불어오는 바람은 깃발의 세인트 조지 십자가를 괴롭혔다. 이 바람은 또한 거무스름한 호수 물을 후려쳐 일으킨 신경질적인 흰 물결을 호텔 아래의 좁은 기슭 암석에 홱 내던졌다. 잔디밭의 바깥쪽 경계를 표시하는 굵은 검은색 체인이 하얗고 굵은 말뚝들 사이에 걸려 축 늘어져 있었다. 호수 물뿐 아니라 테이블에 놓고 채 입도 대지 않은 기네스 맥주의 색깔 배합이 되풀이되었다. 바깥이 안으로, 안이 바깥으로, 호수에서 잔으로, 잔에서 호수로, 그리고 그 사이에는 체인이 있었다. 이 체인에 발이 걸려 암석에 거꾸로 떨어지는 자신의 모습이 너무 쉽게 머릿속에 그려졌다. 소중하지만 믿을 수 없는 뇌가 쏟아져 나오고, 파도는 걸신들린 듯 그걸 할짝거린다. 그의 피는 바람에 바르르 떨기도 하고 주름지기도 하는 깃발의 십자가 색과 같다.

던바는 테이블 가장자리를 꼭 움켜잡고 스스로를 지탱했다. 이러저러한 것들 사이에 해체된다는 점에서 서로 유사한 것이 너무 많았다. 그는 모든 것이 적절한 위치에서 이탈하지 않도록 해야 한다. 호수는 호수에, 맥주는 잔에, 피는 그의 몸속에 있어야 한다.

"한 잔씩 더!" 피터가 벌떡 일어서며 요란하게 외쳤다.

해로드 여사는 진저 와인을 한 모금 조금 마셨을 뿐이고 던바는 기네스 잔에 입도 대지 않았다. 피터는 도착하자마자 세 명이 모두 마실 것처럼 위스키를 큰 것으로 세 잔 주문해 혼자 모두 마신 데다 기네스 잔마저 비웠다.

피터는 얼굴에 함박웃음을 머금고 서둘러 카운터로 갔다.

"페이머스 그라우스 위스키 큰 걸로 한 잔씩 더, 그리고 기네스는 두 잔 더 주시오. 저 숙녀분은 아직도 진저 와인을 비우려 '노력하는 중'이니까."

그는 다양한 샌드위치를 시키고 카운터에 놓은 50파운드짜리 지폐를 연달아 두드렸다. 과감한 주문을 하고 낼 돈이 있다는 사실에 바텐더의 주의를 끌기 위한 한편, 돈과 결별하는 게 마음 한 구석 못내 아쉬웠던 것이다. 그건 해로드 여사의 50파운드짜리 지폐 중 두 장째이므로 이제 한 장만 남았다. 물론 그 100파운드에서 잔돈이 좀 남을 테지만, 던바를 부추겨 그의 스위스 신용카드의 유효성 여부를 확인할 필요가 정말 시급했다. 만일 그게 유효한 카드가 아니라면, 쓸데없이 술집에다 돈을 퍼붓지 말고, 동료들을 따돌린 다음 주류 소매점을 찾을 생각이었다. 그는 제대로 취해야만 했다. 그의 음주 주기에서 바로 그래야 할 시점에 와 있었다. 그는 낯선 사람들이 놀라며 보는 앞에서 충동적인 연기를 해 보이며 일시적으로 의식을 잃은 상태로 돌아다니다가, 결국 정신 착란을 일으킨 채 설명할 수 없는 어느 곳, 어느 모르는 도시, 어느 낯선 방에서 깨어나야만 했다. 자유가 없다면 적어도 심각한 정신적 혼란에라도 빠져 있어야만 했다.

"모두 테이블로 갖다 드리겠습니다, 손님." 바텐더가 말했다.

"위스키는 내가 가져가 주겠소." 피터가 도움이 되어 주겠다는 듯이 말했다.

그는 테이블로 돌아와 위스키 더블 세 잔을 한 잔에 합쳤다.

"나는 원래 영국식 측정 단위를 경멸해요. 우리가 베아트릭스 포터 월드에 갈 수 있으면, 내가 알기론 여기서 가까워서 구미가 당기긴 하는데 말이죠. 아무튼 그러면 위스키의 양이 갓 태어난 새끼 다람쥐나 인색한 겨울잠쥐가 마시기에 딱 알맞게 신중히 선정된 원래의 '싱글' 분량에 해당하는 그 귀여운 골무를 볼 수 있을지도 몰라요." 피터가 말했다.

"어머나, 나는 베아트릭스 포터를 정말 좋아하는데. 우리 거기

갑시다." 해로드 여사가 말했다.

"내가 말하는 '한 잔'은 바로 이런 겁니다." 피터가 위스키가 많이 든 잔을 들어 올리며 존 웨인 목소리를 흉내 내 말했다. 그는 위스키를 한입에 꿀꺽 삼키고 빈 잔을 내려놓았다. 인상적인 분량은 못 되었지만 불쾌한 정도는 아니었다.

"저 언덕은 생긴 게 꼭 가루 설탕을 뿌린 크리스마스 푸딩 같지 않아요?" 해로드 여사가 호수 건너편의 둥근 언덕을 가리키며 말했다.

"잠깐." 던바는 해로드 여사의 비교가 암시하는 추가적 유사성의 혼란에 동요되었다.

"어슐러 말이 맞아요." 피터가 끼어들었다. "녹병에 걸린 저 겨울 고사리에 눈이 가루처럼 앉았잖아요. 거대한 푸딩을 볼 줄 아시는군요, 어슐러. 그런 말 들어 본 적 있어요?"

"아니, 없어요." 해로드 여사가 부끄러워했다.

"저런, 못 들어 봤다니, 사실인데." 피터가 말했다.

"이봐, 내 말 들어 봐!" 던바는 분개한 안색이 되어 불안한 마음을 억누르려고 애썼다. "그 망할 베아트릭스 포터 박물관인가 뭔가 하는 데 간다거나 크리스마스 푸딩에 오른다거나 하는 건 말도 안 돼. 우리는 차를 불러 타고 런던에 가서 이 모든 상황을 **통제**해야 해."

"물론이죠, 영감님." 피터가 그를 안심시키려고 했다. "이거 미지근하고 김빠지기 전에 영감님 손에서 떼어 놓을게요." 그러더니 던바의 잔을 가져가더니 절반을 비웠다. "곧 새 술이 나올 테니 지금 해치워야죠." 그는 잔을 마저 비우고 과장되게 입맛을 다셨다. "이제 영감님의 스위스 카드가 유효한지 알아봐야 합니다. 그래야 택시 운전사한테 거절하기 힘든 요금을 주겠다고 할 수 있을 테니까요."

"사람들 앞에서 내 카드 얘기는 하지 말게. 비밀 계좌거든." 던바가 테이블 위로 몸을 구부리며 쉿 하고 말했다.

"영감님의 비밀이라면 어슐러는 믿어도 돼요." 피터가 말했다.

"무슨 비밀? 우리 무슨 말을 하고 있었죠?" 해로드 여사가 말했다.

피터가 던바를 바라보며 만족스러운 듯한 웃음을 지었지만 그를 달래지는 못했다.

"그런데 어슐러, 비상금 더 필요해요? 내가 영감님과 돈을 찾으러 가는 김에 어슐러 것도 좀 찾아다 줄게요."

"저들이 내가 번호를 기억하지 못한다고 이제 카드를 못 쓰게 해요."

"악마들 같으니! 냉정한 괴물들 같으니!" 피터가 말했다.

"댁도 딸들이 카드를 몽땅 압수했소?" 던바가 물었다.

"아뇨, 은행이 그랬어요. 아주 현명한 조치죠. 카드를 갖고 있으면 내가 그걸로 뭘 할지 알 수 없으니까."

바텐더가 샌드위치와 맥주를 내왔을 때 피터는 위스키를 더 시키고 싶은 것을 간신히 참고 그에게 가장 가까운 현금 인출기가 어디에 있느냐고 물었다.

두 남자는 걸신들린 듯 샌드위치를 먹었다.

"난 요즘 런던엔 안 가요. 이제는 외국 도시 같아요." 해로드 여사가 말했다.

"좋아요, 그렇다면 오늘은 여사를 억지로 끌고 가지는 않겠다는 반가운 소식을 알려 드립니다." 던바가 건조하게 말했다.

피터가 해로드 여사 옆에 앉아 그녀의 손을 잡았다.

"어슐러, 우리가 현찰을 찾으러 가는 동안 요새를 사수해 주시오. 금방 돌아오겠소."

"여기가 어디죠?" 해로드 여사가 물었다.

"킹스헤드. 킹스헤드 호텔이오." 던바가 말했다.

"영감님, 그거 마실 겁니까?" 피터가 던바의 술잔을 가리키며 물었다.

"아니, 자네 마시게. 자넨 그걸 어지간히도 좋아하는 모양이야." 던바가 조바심을 냈다.

"그야 목이 타니까요. 이 한심한 세상에서 내 혼란스러운 머릿속 맹렬한 불길을 끄는 길은 단 하나, 이것뿐이거든요." 피터가 두드러진 아일랜드인의 말투로 말했다.

"저런, 가여워라. 전문가의 도움을 받으셔야겠어." 해로드 여사가 말했다.

"아 뭐, 이 기네스 박사 덕분에 벌써 기분이 한결 나아졌어요, 대단히 고맙습니다." 피터가 해로드 여사에게 보란 듯이 윙크하며 말했다.

플럼데일의 하이스트리트에는 은행이 킹스헤드에서 언덕길을 몇백 미터 내려가다 굽은 도로를 돌자마자 단 한 군데 있었다. 현금 인출기가 은행 안에도 있고 밖에도 있었다.

"안은 따뜻할 테니 들어갑시다." 피터가 말했다.

"CCTV가 있을지 몰라." 던바가 말했다.

"영감님 딸들이 노던록 은행 채널을 시청하고 있을지 모른다는 거죠?" 피터가 다 안다는 듯이 말했다.

"바로 그걸 걱정하는 거야."

"그렇군요. 에, 그럼 살을 에어 낼 것 같은 바람과 서로 누가 먼저 비를 퍼부을까 말다툼하고 있는 저 먹구름을 무시하고 CCTV가 없는 길가에서 그냥 하죠 뭐."

모피 칼라가 달린 외투에 폭 싸인 던바는 기상의 위협을 받지 않았다. 지갑에서 스위스 카드를 끄집어내는 그는 최면에 빠진 사람 같았다. 피터가 처음 보는 근엄한 얼굴이 된 던바가 현금 인출기에 카드를 넣었다. 그는 화면의 다양한 옵션을 누른 다음, 탐구심 많은 피터가 못 보게 가리고 개인 비밀번호를 입력했다. 그러는 던바의 키가 커 보이기 시작했다. 그리고 그가 500파운드를 요청하고 지폐를 세는 현금 인출기 소리가 나자 그는 구부정했던 몸을 꼿꼿이 폈다. 두 남자가 갈구하는 돈이 다시 그의 통제 아래 들어왔다. 던바 자신은 물론이고 세상 사람들의 눈에도 그와 하나라서 서로 떨어질 수 없는 돈이었다. 피터는 그것을 보고 축 늘어져 있던 열기구의 외피가 버너의 불길에 위로 부풀어 오르면서 밧줄로 연결된 조롱을 잡아당기는 광경이 머릿속에 떠올랐다.

"성공이다!" 던바가 번쩍이는 톱날 같은 인출기 홈에서 현금을 잡아 빼며 말했다.

"아주 좋았어요!" 피터가 손뼉을 치며 마치 방금 상상한 열기구라도 된 모양 폴짝폴짝 뛰었다. "또 해 보세요! 여기서 런던까지는 300마일인데, 리무진 요금이 얼마나 나올지 모르잖아요."

"마일당 2파운드에서 3파운드 사이야."

"그러니까요, 현찰이 그만큼은 더 필요하죠. 지금 그걸로는 버밍엄까지밖에 못 가요."

"그럼 카드로 내면 되지. 한계 금액이⋯⋯" 그가 머뭇거렸다.

"한계가 없죠! 한계가!"

던바는 밀려드는 형상을 가로막으려고 눈을 감았지만 그것은 점점 더 거세지기만 했다. 줄이 끊어진다. 우주인이 모선에서 분리된다. 그가 헬멧의 보호유리에 희미하게 반사될 때는 이미 소멸되어 없을 만큼 먼 별들을 배경으로 공중제비를 하며 차디찬 어둠을 뚫고 멀어진 후다. 모선이 사라지자 모든 방향은 무효가 된다. 중력도 없고, 손으로 만질 수 있는 표면도 없고, 의미 있는 기준점도 없다. 무한 공간이라는 공허한 왕권, 41,253제곱도度의 무관심만 있을 뿐이다.

그는 피터가 어깨를 감싸고 자신을 현금 인출기로 살살 되돌리는 느낌이 들었다. 섬뜩한 환상에 너무 큰 충격을 받은 탓에 항변도 못 하고 주저하는 가운데 한 번 더 현금을 인출하는 동작을 거치고, 추가로 뽑은 20파운드짜리 지폐 뭉치를 피터가 제 바지 주머니에 넣는 것을 막으려고도 하지 않았다.

"걱정 마세요, 영감님, 돈은 내가 챙겼으니까." 피터가 왔던 길로 던바를 데리고 가며 말했다. "이제 떠날 준비는 다 됐어요. 호텔로 돌아가 플럼데일에서 가장 좋은 리무진 택시를 부르는 일만 남았어요. 술이 있고, 다리를 쭉 뻗을 수 있고, 수영장까지 있는 차일 수도 있고, 양을 목욕시키는 통 같은 차일 수도 있겠지만, 어쨌든 우리는 런던 타운으로, 빅 스모크로, 세계의 수도로 가는 겁니다!"

그들이 굽은 길을 따라 돌아가는 순간 피터가 갑자기 손을 내밀더니 얼떨떨해하는 던바의 가슴을 탁 쳐서 가로막았다.

"뒤로 가요, 뒤로. 킹스헤드 앞에 메도미드 밴이 있어요. 아마 지금 정보를 캐려고 어슐러를 물고문하고 있을 거예요. 어슐러는 기억력 문제가 있지만, 우리는 안전하지 않아요—바텐더한테 현금 인출기의 위치를 물었으니까요! 어서 빨리, 제발." 피터가 말했다.

피터는 불리한 단서가 되는 은행을 지나 쿵쾅쿵쾅 뛰어가 제일 먼저 나타난 골목으로 들어갔다. 그의 뒤를 따르던 던바는 미어워터 길의 모퉁이를 돌자마자 좀 천천히 가자고 하소연했다.

"알았어요. 영감님은 천천히 오세요. 아무튼 호수 쪽으로 쭉 내려가세요. 이 길은 자동차들은 통과하지 못하는 막다른 골목이지만 사람은 통과할 수 있을지 모르니까 먼저 가서 살펴볼게요. 만일 길이 없으면 로버츠 간호사에게는 유원지에 놀러 온 것처럼 밴에서 우리한테 진정제 총을 쏘아 대는 하루가 되겠죠."

"그렇게 말하지 말게. 너무 생생하잖아."

"걱정 마세요, 영감님, 방법을 찾을 테니까. 호숫가를 따라 돌아가서 오늘 밤은 킹스헤드에서 자야 할지도 모르겠어요. 그들은 일단 빈손으로 돌아가면 그곳은 다시 찾지 않을 거예요!"

던바가 그 계획을 듣고 누가 보기에도 명백한 이의를 제기하기도 전에 피터는 답사의 임무를 수행하러 서둘러 골목 저쪽으로 갔다. 두 사람 다 휴대 전화가 없었다. 던바의 것은 런던 버스의 바퀴에 깔려 부서졌고, 피터는 끊임없이 탈주를 시도했기 때문에 메도미드에 계속 머무르려면 그의 것을 병원에 양도해야 했다. 그런데 이것은 새로운 〈피터 워커의 여러 얼굴〉 시리즈를 확보하기 위한 조건이었다. 던바는 휴대 전화가 있으면 바로 택시를 불렀을 것이다. 그는 모든 것을 눈여겨보아 두었다. 그래서 그 길이 플럼데일의 미어워터 길이란 것을 알고 있었다. 그는 빠르지는 않을지 몰라도 실리적인 사람이었고 몸은 황소처럼 튼튼했다. 그는 겨울에 캐나다에 있을 때는 크로스컨트리 스키를 하고, 여름에 캐나다에 있을 때는 그가 소유한 호수에서 장시간 수영을 하며 보냈다. 그 호수는 미어워터 길 끝에 다다랐을 때 그의 눈앞에 펼쳐진 호수보다 조금 더 컸다.

"영감님! 이리 와요!" 피터가 오른쪽의 작은 문에서 나오며 말했다. "빨리, 간수들이 이 길로 내려오기 전에 사라집시다."

던바가 신난 동료를 따라 황급히 그 문을 통과해 작은 길로 들어갔다.

"완벽해요. 인근 나무에 붙박여 있는 커다란 플라스틱 지도를 봤는데, 이 길은 호숫가를 두르는 오솔길인데 일반에 개방되어 있어요. 나무가 우거지고 길이 갈라지는 지점이 많아서 저들은 절대로 우리를 발견하지 못할 겁니다. 우리가 지금 구릉 지대 쪽으로 가면 눈에 너무 잘 띌 테지만, 여기서 호수 저편으로 가면 고갯길이 나오는데, 그 길을 타면 다음 골짜기로 넘어갈 수 있어요."

던바는 불평의 신음 소리를 내며 동의했다. 그는 큰 보폭으로 걸음으로써 힘을 비축하면서 정신을 분산시키는 추측성의 수다는 삼가고, 단 하나의 목표 즉 어떻게든 런던에 가서 트러스트의 지배권을 되찾을 생각에 몰두했다. 그의 몸은 정신이 바로 얼마 전에 놓친 정상 상태를 유지하고 있었다. 그 정상 상태의 완강함이 느껴졌다. 그것의 제한된 목적의식과 그의 주의력이 보조를 맞추기 시작하는 게 느껴졌다. 한계가 없다는 느낌―이 생각을 하면 안 되지만―에 맞서 싸우려면 그게 꼭 필요했다. 그는 그 생각을 하면 안 되지만, 자기가 생각하고 있지 않은 게 무엇인지 알기 위해서는 무엇이든 생각해야 했다. 그는 평생 한 가지 일―

거래면 거래, 합병이면 합병, 간혹 여자면 여자—에 집중했다. 그러면서 자기가 왜 그러는지는 묻지 않았다. 어떤 이들은, 이를테면 심리학자 타입은 그것을 집착이라고 부를지도 모른다. 그에게 그것은 그저 필연적이고 저항할 수 없고 자명한 일인 듯했다. 그러나 이제 왜 그랬는지 알았다, 왜 그랬는지 정말 알았다. 그는 주인이 던진 막대를 가져오려고 물속에 뛰어드는 강아지, 또는 참새를 채 가려고 하늘에서 급강하하는 매와 같았다. 그 외의 다른 선택은 목표도 없고 돌아올 집도 없는 저 공허의 돌진이었다. 이것 참! 그는 그 생각을 하고 싶지 않은데. 그 생각을 하고 싶지 않다고 이미 말하지 않았던가? 왜 아무도 그의 지시에 주의를 기울이지 않았지? 네 명의 비서는 모두 손톱을 깎느라고 자리를 비웠다. 그는 아무도 듣지 않는 전화에 대고 고함을 질렀다. **"나는 그 생각을 하고 싶지 않아, 알아들었나?**

"호수 저편에는 주차장도 있어요." 피터가 말했다. "혹시 알아요? 그곳에 공중전화가 있을지. 전에 무단 외출을 했을 때 보니까, 이 두메산골의 순진한 사람들이 아직 어떻게 공중전화를 파손하는지를 몰라서 그런지 여전히 멀쩡한 전화들이 있더군요. 게다가—그거 알아요?—동전도 받아요!"

피터는 그렇게 좋은 기회를 놓치지 않을 준비가 잘되어 있다는 것을 보여 주려고 호주머니의 동전을 짤랑짤랑 흔들어 보였다.

"좋았어. 전화를 걸든 고갯길을 타든 나는 준비되었네. 우리는 이 일을 해낼 거야."

그는 자기의 의심을 짓밟는 듯 성큼 걸음을 내디뎠다. 그의 어조에 대화를 끝내는 간결한 맛이 있었다. 두 사람은 묵묵히 호숫가를 따라 걸었다. 좀 더 안전한 이곳에는 호텔 앞처럼 거친 물결이 들이치지 않았다. 바람을 정면으로 마주하지 않게 되어 멀리 앞을 보니 나무의 몸통과 가지 사이로 물가가 보였다. 비바람이 들이치지 않는 이곳 물가에는 호텔 앞처럼 거친 파도가 치지 않고, 먼 호수 물이 요동쳐서 번져 온 방사상 잔물결만이 잔잔히 떨고 있었다. 곧 시야가 갑자기 탁 트이자 던바는 자기도 모르게 우뚝 걸음을 멈추었다. 커다란 바위가 지극히 자연스럽게 일본식 정원처럼 분포된 검은색과 은색의 호숫가였다. 호수 건너편에 헐벗은 구릿빛 산이 보였다. 봉우리들에는 눈이 줄무늬를 이루었다. 분주한 구름은 산 전체에 대리석 무늬의 그림자를 드리웠다. 런던 인근 여덟 개 주에서 열리는 회의에 참석하거나, 총리의 지방 관저에서 주말을 보내거나, 뜻밖의 큰 전원이 있는 버킹엄셔의 어느 저택에 갔다가 런던으로 돌아가는 길에 고속으로 달리는 차 안에서 내다본 적이 있는 이 작은 섬이 어쩌면 그토록 황홀하고도 생경한 황무지를 빚어냈을까? 그는 정신이 흐릿했다. 잔잔히 떠는 수면의 영롱한 빗살무늬에 넋을 잃었다. 그러다 문득 정신을 차리고 빈터에서 어려운 발길을 돌렸다. 그리고 다시 숲길로 돌아가 긴장을 완화시키는 도보 리듬을 되찾았다. 계속 걷다 보니 걱정이 누그러졌다. 다시 플로렌스를 그리워할 마음의 여유가 생겼다. 이 감정은 걱정과 마찬가지로 그를 압도했지만 강렬한 불쾌감은 주지 않았다. 그녀가 그 자리에 있다면 당장에라도 무릎을 꿇고 용서를 빌 수 있을 정도로 화해의 열망이 강렬했다. 그는 왜 이 상태에 이르렀을까? 아니 어쩌면 그보다는 왜 줄곧 이 상태에 있지 않았을까, 라고 물어야 했는지도 모른다. 그는 인생이 그렇게 불안하고 가슴 아픈 것인 줄을 왜 진작에 알지 못했을까? 그는 이렇게 시작해서 반 시간 동안 자기가 마침내 정상적인 상태인지, 아니면 반대로 천성을 배반한 것인지 하는 문제에 몰입했다. 그러나 피터의 방해로 결론을 내지 못했다.

"한잔 마시면 정말 좋겠어요."

"이미 상당히 마셨잖아." 던바가 준엄하게 말했다.

"상당히라뇨? 무슨 그 따위 기준이 다 있어요? 내가 마신 술의 양이 상당한지 부당한지 헤이그의 국제 사법 재판소에서 재판을 받고 싶군요." 피터가 항의했다.

"저기가 주차장인가?" 던바가 나무 사이로 보이는 빈터를 가리키며 물었다.

"주차장! 네! 전화가 있는지 내가 먼저 뛰어가서 볼게요." 피터가 다시 활기에 찼다.

"잠깐!" 던바가 외쳤지만 피터는 벌써 단숨에 숲길을 내달렸다.

던바가 그를 찾았을 때 피터는 낙담한 얼굴로 텅 빈 주차장의 안내소 앞에 서 있었다.

"전화가 고장 났어요."

"그럼 고개를 넘어가는 수밖에 없겠군." 던바가 자기 연민에 빠질 틈을 주지 않고 말했다.

"나는 그럴 자신이 없어요, 영감님. 산을 오르는 일인 데다 눈도 쌓였을 테고, 너팅까지는 멀어서 아주 한참 걸어야 해요. 지도를 보세요. 킹스헤드로 돌아가는 게 좋겠어요."

피터는 안내소에서 발견한 팸플릿에 나와 있는 고갯길을 던바에게 가리켜 보였다.

"걸어서 다섯 시간 걸려요. 도착하기 전에 날이 어두워질 겁니다."

"나한테 손전등하고 스위스 아미 나이프가 있어."

"영감님은 스위스라면 정말 뭐든 다 좋아하시는군요. 솔직히 말해서 난 술이 없인 그렇게 오래 못 버텨요. 나중에 내가 택시를 불러 너팅으로 영감님을 데리러 갈게요."

"아니, 못 그럴 거야. 호텔로 돌아가면 그들에게 붙들릴 테니까."

"영감님은 몰라요."

"알고 말고. 나는 지금까지 살면서 술고래들을 많이도 만났네. 자네가 꼭 그래야만 한다면 그래야겠지. 하지만 자네 실수하는 걸세." 그가 호주머니에서 털모자를 꺼내 쓰면서 말했다. "아무튼 그곳에서 나를 나오게 해 준 거 고맙네. 나 혼자선 못 했을 거야. 그건 그렇고, 나한테 가져간 돈은 그냥 가지게. 그게 있으면 자네가 저들보다 한발 앞설 가능성이 더 많을 테니까."

"헨리 던바, 영감님은 좋은 사람입니다, 생각했던 것보다 훨씬 더." 피터가 던바를 포옹하고 좀 지나치다 싶게 등을 두드렸다.

던바는 칼라를 세우고 더 이상 말이 없이 주차장 반대편 끝에 있는 산길로 향했다.

6

애비게일과 메건은 승무원들 앞에서 행동을 자제하지 않을 수
없었다. 그래서 맨체스터의 최고급 호텔 로열 스위트룸에 체크인
하자마자 닥터 밥에게 점심을 같이 먹자며 그들의 방으로 불렀
다. 두 자매의 넌더리 난 성욕을 자극시켜 줄 더 많은 변태 행위
를 요구받으리란 것을 알기에 그는 지금 걸려고 하는 전화 통화
에 따르는 위험을 감수할 용기를 얻었다. 그의 몸은 염증을 일으
킨 부은 자국과 베인 자국, 누레진 타박상, 가장 최근에 생긴 다
시 꿰맨 가슴의 실 자국 따위로 이미 얼룩덜룩했다. 그 상처들은
복수를 부르짖었다. 게다가 그는 자기가 돌보던 환자를 배신한
데 대한 약간의 양심에 가책을 느끼던 터라, 거기서 조금 더 나아
가 던바의 딸들까지 배신하는 행위는 어떤 뒤틀린 보복 같은 것
으로 보였다.

닥터 밥은 '나만의 시간이 필요한 것 같습니다'라고 쓰인 **방해 금지** 푯말을 문밖에 내걸고, 책상 앞에 편안히 앉아 요금이 선불된 휴대 전화를 꺼냈다. 그의 원래 휴대 전화가 애비게일의 열렬한 조수들 중 누군가에게 해킹당했다는 것을 알았기 때문에 취한 조치였다. 그래도 조심하기 위해 그는 스티브 코니센티에 대한 기록을 남기지 않으려고 그의 전용 전화번호를 외워 사용했다. 코니센티는 카리스마 있고 자기 홍보에 열심인 유나이티드 커뮤니케이션스의 회장이었다. 모든 사람이 유니컴으로 부르는 이 회사는 던바 트러스트보다 유일하게 큰 대중 매체 그룹이었다. 뉴욕 6번가에서 단 두 블록 떨어진 두 회사의 본사는 건물 위층의 짙은 유리창에 서로의 송신탑 그림자를 드리우는 것으로 유명했다. 그들의 할리우드 스튜디오에도 그 불편한 근접성이 되풀이되었다. 유니컴과 던바 트러스트는 몇 년 동안 같은 사냥감을 쫓아다니며 텔레비전 방송국이나 영화배우 또는 망해 가는 지역 신문사를 놓고 다투었지만, 서로 한 번도 정면으로 도전하는 위험을 무릅쓰지는 않았다. 공개 매입을 시도하다 실패하면 자멸할 위험이 너무 크다는 것을 양쪽 다 알기 때문이었다.

일요일 아침 8시는 대부분의 사람들에게는 전화하기에 너무 이른 시간일 것이다. 하지만 그는 《월스트리트 저널》《파이낸셜 타임스》《포춘》지의 수백만 독자들이 이미 아는 것을 스티브에게 직접 들어 알았다. 코니센티는 일요일 이맘때면 이메일과 메모를 구술하면서 유난히 긴 운동 일과를 마무리하고 있었다. 운동용 자전거 앞에 가상 투르 드 프랑스 경기를 펼쳐 보이는 3D 스크린 하단에는 블룸버그 비즈니스 뉴스가 끊임없이 이어지고 있었다. 또 이맘때면 그의 비공개 번호를 아는 몇몇 운 좋은 사람들의 전화를 받는 한편 세계 곳곳의 깨어 있는 사람들에게 전화를 걸기 시작했다. 유니컴의 고위 간부들과 편집장들에게 내리는 지시는 태양의 이동 경로를 뒤따랐다. 긴급한 아시아의 오후는 긴급한 유럽의 아침으로 이어졌고, 빛나는 태양이 맨해튼의 상공을 지날 때 동부에서 한 그의 자랑은 서부에 가서는 비전으로 바뀌었다. 한 대화에서 제거된 자산은 다른 대화에서는 극대화된 잠재력이 되었다. 어떤 때는 저녁을 먹으러 가는 길에 아시아의 직원들에게 재미 삼아 한 번 더 전화를 걸어 요가 운동을 하거나 모닝커피를 마시는 시간에 그들을 방해하고 지난밤에 성취하지 못한 것을 가지고 꾸짖곤 했다.

"밥!" 스티브가 고통스러울 정도로 오랫동안 떨어져 있던 친한 친구를 반기듯이 말했다.

"지금 전화 통화 괜찮습니까?" 닥터 밥이 말했다.

"괜찮으냐고? 아주 좋아!" 스티브는 헤드폰 기능을 하는 교묘한 귀마개를 끼고 잠을 자는 보람이 있었다. 그것은 외부의 소음을 차단한 귓속에 의식적으로 들을 수 있는 것보다 조금 작은 소리로 긍정의 메시지를 속삭여 주었다. 제조업체는 소비자의 잠재의식 속에 불요불굴의 정신과 무한한 권리 부여를 주입해 준다고 보장했다. "당신이 잠자는 동안 자부심을 강화해 드립니다…… 당신은 인생이 제공하는 최고의 보상을 받을 가치가 있습니다." 그는 아내가 지난 크리스마스 선물로 준 이 상품의 광고 문안을 읽었을 때 처음에는 회의적이었다. 그러나 이제는 파워슬립 귀마개를 하지 않고 잠자는 것은 생각조차 할 수 없었다. 그는 줄곧 잠을 자연의 큰 실수 가운데 가장 터무니없고, 심지어 이타주의보다 더 설명하기 힘든 것으로 여겼다. 세 시간, 또는 진정한 패배자의 경우, 여덟 시간 동안이나 한 푼도 더 벌지 않고 잠을 잔다는 것은 있을 수 없었다. 투자한 것이 하룻밤 사이에 흥한다 해도 그 성공은 그전에 내린 결정을 바탕으로 이루어지는 것이었다. 잠이라는 의무적 수동성의 감옥에서는 새롭거나 대담하거나 진정으로 공격적인 것은 아무것도 할 수 없었다. 그러나 적어도 파워슬립이 있으면 서부 개척 시대의 변경 같은 끊임없는 경쟁과 뉴스 속보의 세상에서 총알도 뚫지 못할 자존심을 쌓아 간다는 것을 알고 잠을 잘 수 있었다.

"그래 어떻게 되었어?" 스티브가 물었다.

"그게 말이죠, 그들이 시가보다 겨우 15퍼센트까지 높게 갈 수 있다는 걸 확인했습니다. 그들의 가족 투자 신탁 이글록이 목요일 아침에 던바 트러스트를 비공개 법인으로 전환하는 일에 착수할 겁니다, 그들이 제의한 액수를 이사회가 승인하는 즉시."

"겨우 15퍼센트?"

스티브는 짧은 한 마디인데도 약간 헐떡였다. 투르 드 프랑스 경기에서 산악을 지나는 부분이었다. 자전거 페달을 밟아 피레

네 산맥의 가파른 비탈길을 오르고 있었으므로 그 정도는 용납될 수 있었을 것이다. "그 회의를 내가 실시간으로 들어야겠어. 당신 노트북 컴퓨터의 마이크를 켜 놔."

"3퍼센트 더 쓸지도 모릅니다. 하지만 그게 최대치죠. 그리고 한 가지 더 있는데, 그들이 던바를 비상임 회장직에서 물러나게 할 겁니다."

"뭐? 그럼 던바의 허락도 받지 않고 그런다는 건가? 지원군이 아주 자신만만한가 보군."

"딕 빌드가 그 일을 조직하고 있습니다."

"빅터의 옛 파트너지. 딕 빌드와 메건은 사이가 얼마나 가까워? 그는 원래 그 여자 남편의 유일한 친구였지 않나?"

"그렇죠. 하지만 이 신난 과부의 쇠사슬에 묶인 애인들 가운데 그는 없습니다."

"그건 오산일지도."

"어쨌든 그들은 나를 이사회에 앉힐 겁니다. 그리고……"

"허, 그 여자들 참, 그래서 무진장 안심되겠군." 스티브가 가상 산길의 급커브에 진입하며 말했다. "한데 당신은 뭔가 잘 모르고 있는 것 같아. 내가 당신에게 돈을 주는 건 정보 때문이라고. 난 뭔가 확실한 게 필요해. 무엇이 그들을 잠 못 이루게 하지?"

"중국이죠." 닥터 밥은 스티브의 어조가 별안간 달라지자 당황했다.

"왜, 쩌우와의 위성 중계 건이 성사되지 않아서? 우리 유니컴이 그 계약을 땄지. 내가 그걸 모른다고 생각하나? 그걸 내가 계획했어. 주식 시장에서 던바가 중국에서 허우적거린다는 걸 모르는 사람은 없어."

"아뇨, 아뇨, 잘 모르시는군요. 쩌우가 던바에게 아주 훌륭한 보상을 해 주었어요. 그는 두 회사 중 어느 한쪽이라도 중국에 원한을 품는 걸 바라지 않거든요. 그들의 통상 수치가 굉장합니다. 이 좋은 소식이 알려지면 그들이 매수를 완료하기 전에 주가가 치솟을 테니, 그 생각에 불안해서 밤에 잠을 못 잡니다."

"이제야 정보다운 정보를 주는군. 그럼 저희들 아버지를 어떡하려고 하지?"

"그게, 제가 지금 맨체스터에 있는데요……"

"맨체스터? 나 참, 1850년도 아니고, 이 시점에 웬 맨체스터?"✦

"던바가 이 부근의 요양원에 있어요. 좀 더 보안이 철저한 데로 옮기고 싶어서죠."

"그렇다면 무덤형이 딱 좋은데." 스티브가 사악하거나 경박하게 보이지 않게 티 없이 웃으며 말했다. "아니지." 그가 다른 사람의 잘못된 계획에 반대하기라도 하듯 말했다. "나는 던바 영감이 좋아. 위대한 왕국을 건설했거든—그래서 내가 인수하려는 거야. 하지만 던바가 문제가 되지 않게 우라질 확실히 하란 말이

✦ 맨체스터를 비롯한 북부 지역은 1850년대 영국 산업혁명 당시 중요한 역할을 했다. 그 후 중요한 업적을 이루지 못하고 오늘날에 이른 맨체스터를 비하하는 발언이다—저자의 설명.

야, 밥, 알아들어?"

"알겠습니다." 닥터 밥은 자신의 확신을 강화하기 위해 애더롤[✦] 한 알을 약간의 물과 함께 목구멍으로 넘겼다. "그런데 문제가 하나 생겼는데요, 막내딸 플로렌스가 던바를 찾고 있습니다."

"플로렌스가 우리에게 어떤 해를 끼칠 수 있지?"

"그 결정적 이사회 전에 던바를 불러들일 수 있겠죠."

"그에 대한 대책은?"

"던바를 오스트리아로 데려갈 겁니다. 보안이 아주 철저한 병원이 있어요. 지금 있는 영국의 고상한 요양원과는 다릅니다."

"회사 비행기로 다니면 좀 튀지 않나?" 스티브가 다 알고 있다는 듯이 말했다.

"그래서 글로벌 원을 맨체스터에 미끼처럼 두고 리버풀에서 제트기를 빌려서 가려고 해요. 플로렌스가 제 아버지의 비행기를 발견하더라도 헛수고하는 거죠."

"플로렌스한테 주식이 있나?"

"아뇨. 던바와 사이가 틀어지자 플로렌스가 갖고 있던 건 다른 두 딸에게 재분배되었습니다."

"그런 취급을 당한 딸이 아버지를 찾고 있다고? 그건 뭐지? 학대당한 사람의 의리라니—무슨 스톡홀름 증후군인가?"

"그럴지도 모르지만, 플로렌스는 제 아버지를 사랑하는 거 같

✦ 각성제를 함유한 정신자극제.

아요."

"그 여자가 좋은 사람인 거 같다는 말인가? 그건 당신의 해석이야? 어떻게—"

"말을 끊어서 죄송합니다만, 회장님, 다른 전화로 애비게일한테 문자가 왔는데 급히 보자고 합니다."

"정말 단단히 속박당하고 있군."

"상상도 못 하실 겁니다."

"잘 버티게! 목요일 밤까지만."

닥터 밥은 전화를 끊었다. 곧 모습을 보이지 않으면 애비게일이 데리러 오리란 것을 알았다. 심장이 두근거리고 피부는 따끔거리고 입 안은 바짝바짝 타들어 가고 머리는 가려웠다. 그는 붕괴되고 있었다. 그의 몸은 통제할 수 없는 증상과 극심한 부작용으로 이루어진 것에 지나지 않았다.

로열 스위트룸까지 긴 복도를 걸어갈 때 최근 잠자기 전에 읽고 있는 『잔인하고 특이한 형벌』이란 책이 생각났다. 비행기에서 다 읽은 장은 제임스 1세를 시해하려 한 역적이 교수형으로는 목숨이 끊기지 않자, 그를 거세하고 산 채로 내장을 제거한 다음, 어쩌면 좀 현학적이라고 할 방식으로 찢어 죽인 과정을 설명한 부분이었다. 그는 히스테리에 가까운 피로로 심신이 약해져 있었다. 눈꺼풀과 안구가 닿는 면이 사포 같았다. 복도의 카펫은 더러움을 숨길 수 있도록 공장에서 출고되기 전에 이미 상상할 수 있는 온갖 파국적 과정을 겪은 것처럼 보였다. 그에게는 이 얼룩덜

룩한 카펫 무늬의 혼돈이 과장된 고문의 열매로 범벅이 된 교수
대 바닥처럼 보였다. 닥터 밥은 잠시 벽에 기대어 자기도 모르게
흑흑 흐느꼈다. 화약 음모 사건에 연루된 에버라드 딕비 경의 처
형이 생각났다. 딕비 경은 사형집행인이 그의 심장을 뜯어내 높
이 쳐들고 "이것은 역적의 심장이오"라고 외치자, 헐떡이면서 용
케도 "거짓말!"이라고 말했다.

닥터 밥은 벽에 기댄 채 주저앉고 싶었다. 성공한 속임수에 따
르는 자부심과 갑자기 유리한 입장에 서게 되었을 때의 흥분은
다 어디로 갔는가? 그는 어느 때보다 더 절실히 그라는 존재의
중심에 있는 냉혈한과 접속해야 했지만, 오래전에 죽은 가톨릭
순교자의 저항과 진실성을 생각하며 눈물을 흘렸다. 마치 그는
절대로 할 수 없는 것, 원칙과 공동체와 이상에 자기를 희생하지
못하는 것을 애도하듯이.

그는 주먹으로 벽을 쳤다. 그것은 그의 기분에서 나오지 않고
기분에게 강요된, 이상한 자율적인 폭력성이었다. 그의 잔인한
행위의 대상이 될 사람이 아무도 없으니 그는 손가락 관절이 대
신 받은 것으로 만족해야 했다. 그는 통증의 충격으로 자기 연민
에서 깨어났다. 그는 몸을 펴고 다시 복도를 따라 걸었다. 목요일
밤이면 그는 독자적으로 부자가 될 것이다. 근면의 지루함을 거
치지 않고, 막대한 유산의 타락이 없이, 자신의 기지와 간계와 카
리스마로, 열등한 사람들을 억제하는 노예적 도덕률을 초월하고
서. 그 다음날 코니센티가 그의 스위스 계좌에 넣어 줄 돈과 합병

후에 두 배로 뛰리라고 기대되는 던바 주식의 가치, 그들을 배신하기 전 현명하게 두 자매에게 주장해서 받게 된 연봉을 모두 합하면 적어도 억만장자의 수행 주치의로 일하며 익숙해진 생활을 모방해서 살 수 있을 것이다. 그래도 투자에서 나올 소득으로는 충분하지 않을 테니, 자식이 없는 데다, 자신이 처한 상황을 통제하지 못할 정도로 수명을 늘일 생각도 없으므로, 자산을 탕진하고 나면 빚을 지고 죽는 것도 그리 나쁘지 않으리라고 생각했다.

복도 끝에 이르러 쌍여닫이문을 열기 전에 그는 으스대는 걸음새를 어느 정도 간신히 회복했다.

"도대체 어디 갔다 오는 거야?" 메건이 말했다.

"그렇게 언성 높일 필요는 없잖아." 닥터 밥이 웃으면서 다가갔다. "자기 벌써 짜증 나서 얼굴이 화끈거리네. 조심하는 게 좋을 거야, 안 그러면 언젠가는!" 그는 말을 멈추고 갑자기 손가락을 그녀의 얼굴 앞에 대고 크게 딱 소리를 내고 말했다. "심장마비로 급사하거나 뇌졸중을 일으킬지도 몰라."

메건은 깜짝 놀라더니 마음이 동요되었다. 그녀는 정말 지배하기 쉬운 여자였다. 이 던바 자매는 오만하고 고압적이고 완고했다. 하지만 완고한 자질은 힘이 아니고, 고압적인 자질은 권위가 아니며, 오만은 애쓰지 않고 얻은 소득에서 나온, 애쓰지 않고 얻은 자만심이었다.

"지금 나를 협박하는 거야?"

"어이구, 그럴 리가. 내가 미치지 않은 다음에야 감히 어떻게 그러겠어?" 닥터 밥이 그녀의 노여움을 누그러뜨리려고 웃으며 말했다. "그 정도로 짜증을 내며 살다가는 당신이 당신 스스로에게 위협이 된다는 말인데. 나는 당신의 의사잖아, 메건. 그러니까 이런 스트레스는 당신 건강에 안 좋다는 걸 알지." 그는 그녀의 어깨에 자애롭게 손을 얹었다. 그는 주말이 되기 전에 적대감과 불복종을 너무 드러내지 않는 게 좋겠다고 생각했다.

"아니 뭐, 우리가 지금 중대 국면에 직면해 있으니까, 내가 봐도 내가 그리 차분하지 않은 거 같긴 해." 그녀가 수긍했다. "아버지가 그 멍청한 요양원에서 탈출했어. 일단 아버지부터 찾고, 소송을 걸어 요양원을 알거지로 만들 거야."

"그럴 거라고 믿어 의심치 않아." 닥터 밥이 그녀를 따라 응접실로 들어가며 말했다. 하지만 휴대 전화를 귀에 대고 서성거리는 애비게일을 보자 입을 다물었다.

"내가 경고하는데, 우리가 오늘 5시까지 그곳에 갈 텐데, 그때까지 우리 아버지가 방에 없으면, 메도미드에 대한 나쁜 평판이 무엇인지 알게 해 줄 기사가 줄줄이 나가게 될 줄 알라고!" 애비게일이 전화의 상대방에게 대꾸했다.

그녀는 전화를 끊고 불만의 소리를 지르며 전화기를 소파에 내던졌다. 닥터 밥은 방금 전 그녀의 협박에 대해 회의적이었다. 던바에게 고용된 그 모든 세월, 그는 그 노인네가 누군가의 평판을 짓밟아 버리겠다며 혼자서 고함을 치는 건 보았어도, 상대를 직접 협박하는 건 한 번도 본 적이 없었다. 협박은 암시적이면서 명

백해야 한다. 그걸 애비게일처럼 화난 몇 문장으로 까발리는 짓은 저만 옹졸해 보이게 할 뿐 아니라 그녀의 회사에서 취급하는 뉴스가 보복성 변덕의 도구라는 것을 인정하는 치명적인 실수를 저지르는 행위였다. 사실상 그는 그녀의 계획을 망칠 의무를 지고 있었다. 세계적 대중 매체의 절반이 그런 변덕스러운 동기에서 운영되는 것을 막기 위해서였더라면 좋았을 것이다. 주말쯤이면 그가 던바 왕국의 파멸에 일조한 것으로 보일지 몰라도 사실 그는 결과적으로 자격이 없는 후계자들로부터 왕국을 보호하고, 더 이상 하락하지 않게 보존하는 일을 하고 있었다. 아마 후대는 그를 구원자로 볼 테지만, 단기적으로는 감사하다는 말을 들으리라고 기대할 수는 없을 터였다.

"염병할 이게 믿어져? 아침 식사 이후로 아무도 아버지를 보지 못한 데다 아버지가 요양원 구내에 있는지 없는지조차 모른다는 게?" 애비게일이 말했다.

"회장님은 연세에 비해 튼튼하지만, 돈도 없고 휴대 전화도 없으니 멀리 가진 못할 거야." 닥터 밥이 달래듯 말했다.

"애초에 어디에고 갈 수 없었어야지. 완전히 순조롭고 용의주도한 작전일 것으로 예상했는데."

"그러니까 메도미드에서 아버지가 실종되었다는 무자비한 기사는 삼가는 게 좋을 거야."

"저들이 긴장을 늦추지 못하게 그랬을 뿐이야."

"공허한 협박은 어김없이 나약함의 표시야."

"그 어쭙잖은 마키아벨리 나부랭이는 집어치워! 당신의 위치를 잊지 마."

"우리의 위치도." 메건이 거들었다. 그녀는 의학적 조언으로 자기를 공포에 사로잡히게 하려 한 남자에게 협공을 퍼부을 수 있어 기뻤다.

닥터 밥은 두 자매의 따귀를 후려칠 뻔했다. 아니, 스티브 코니센티와 나눈 이야기에 비추어 그들에게 한 방 먹이려고 그들이 얼마나 잘못 생각하고 있는지 떠벌리는, 더 심각한 실수를 저지를 뻔했다. 하지만 그는 깊이 비축된 위선을 끌어다 대고 며칠만 더 복종하기로 다시 마음을 다졌다.

"미안해. 권력을 부릴 줄 아는 것이라면 물론 내가 백번 죽었다 깨어나도 당신들을 못 따라간다는 거 알아. 아무리 무의미해도 요즘 사람들이 입버릇처럼 말하듯이 그건 당신들의 DNA에 있으니까."

"45분 뒤에 모두 로비에서 만나기로 했어." 애비게일이 혼나고 온순해진 아랫것에게 등을 돌리고 말한 뒤 잠자코 가 버렸다.

"좋지." 닥터 밥이 이번에는 위선이 아닌 웃음을 지으며 말했다. 그들과 같이 잘 시간은 없게 되어 그로서는 그것으로 수호천사가 있다고 믿기에 충분했다.

7

던바가 걷는 길은 언덕 가운데로 흘러내리는 냇물과 나란했다. 세차게 흐르는 물의 백색 소음은 불안하게 속삭이는 생각의 소리를 위장시켜 주었다. 그는 각 걸음, 각 호흡을 개별 포장된 집중이라는 상품처럼 취급했다. 그래서 양쪽 발이 안전하게 땅을 디디면 잠시 멈추었다 다시 발을 떼면서 언덕을 올랐다. 앞에 놓인 경사는 가파르고 가물가물했지만, 그가 할 수 있는 일은 한 걸음 더 내딛는 것뿐이었다. 그의 성년기 전체를 특징짓는 가차 없는 전진 운동이 그의 등을 떠밀었다. 그는 늘 미래로 손을 뻗쳤다. 다른 대륙으로 사업을 확장하고 사업에 새로운 기술을 도입했다. 그걸 자세히 잘 알거나 사용하길 즐겨서가 아니라 새로움의 냄새 때문이었다. 끈질기게 여전한 버릇에 떠밀리기는 해도 이제는 그의 자신감이 너무 쉽게 꺾였다. 결국 그는 기대의 지평을 축소하려고 애썼다. 그래서 바로 코앞의 땅만 보고 걸었다. 어둠 속에서 손전등의 불빛이 비추는 몇 미터 앞만 보고 걷듯이.

물소리가 점점 더 커지기에 의식적으로 눈을 치켜뜨고 조금 떨어진 앞을 보니 냇물에 끊긴 길을 잇는 임시변통의 징검다리가 보였다. 그는 다시 고개를 숙이고 걸음을 재촉했다. 이번에는 굳게 마음먹고 시야를 좁혔다. 그럴수록 복잡성은 더 많이 드러나는 듯했다. 길가의 회색 바위들은 흰색과 밝은 초록색 지의류로 덮였고 물이 고인 바위의 움푹한 곳이나 갈라진 틈에는 벨벳 같은 짙은 이끼가 자랐다. 길에 흩어진 부서진 돌들은 녹슨 것 같은 붉은 빛을 보이거나 간혹 수정처럼 언뜻언뜻 반짝였다. 바닷가의 어린애처럼, 그는 검은 표면에 하얀 결이 있는 매끈매끈한 돌을 줍고 싶었지만, 그걸 보여 줄 사람이 아무도 없다는 것을 알았다.

냇물에 이르렀을 때쯤, 그는 땅만 보고 걷는 것은 더 이상 보호 효과가 없다고 느꼈다. 보호는커녕 지의류 조각 하나하나 다 이상한 색의 홀씨가 숲을 이루고, 줄기는 돌로 된 행성에서 우뚝 솟는 모양의, 굳이 현미경이 없어도 상상할 수 있는 미시적 세계, 그 세부적인 것들의 소용돌이 같은 운동감에 말려 들어갈 것만 같았다. 그는 새삼 자기의 정신이 얼마나 쉽게 외부의 영향을 받게 되었는지 깨닫고 깜짝 놀라, 냇물을 건너는 도중에 우뚝 멈추어 섰다. 발치에서 그를 집어삼킬 듯한 자연의 풍성함, 그리고 황량하고 공허한 곳에서 자신의 고립의 규모와 맞서는, 더 힘든 것 같았던 도전, 그 둘 사이에서 협상을 벌여야 했다.

그는 평평한 돌 위에서 하류 쪽을 바라보고 섰다. 눈앞의 돌 위를 휩쓸고 떨어져 거품을 일으키는 유리 같은 물이 그의 불안한 정신까지 휩쓸어, 그것을 접수하려는 혼돈과 두려움을 씻어 가는 상상을 했다. 언덕을 세차게 내려가는 냇물은 칼에 벤 자국처럼 보였다. 이 비유가 머릿속에 떠오르자 외과용 칼이 그의 몸통을 가르는 터무니없는 느낌이 들었다. 그는 서둘러 시선을 옮겨 넓게 펼쳐진 고요한 미어워터를 바라보았다. 그러나 피터와 헤어진, 이제는 멀어진 주차장을 보자 사별의 느낌이 엄습했다. 그는 이 느낌에 대해서도 깊이 생각하고 싶지 않았다. 마침내 용기를 내 하늘을 쳐다보니 차양 모양의 옅고 단속적인 구름이 있고, 그 뒤에 따로 떨어져 보이는 푸른 상층 하늘은 빛으로 가득했다. 구름이 그를 향해 달려오는 것 같았다. 구름이 호수 양쪽의 높은 언덕 사이에서 깔때기 모양이 되자, 그는 누운 V 자의 수렴 점에 갇히는 느낌이 들었다. 이 충격적인 환상에 조리가 서지 않는 죄의식이 뒤따랐다. 마치 그에게 맡겨진 대단히 귀중한, 푸른색과 하얀색 칠이 된 꽃병을 멍청하게도 떨어뜨리고, 주인이 가지러 오기 전에 어떻게든 접착제로 붙여야 하는 깨진 조각이 바로 그 단속적인 구름이기라도 한 것처럼.

"제발 내가 미치지 않게 해 주세요." 그가 중얼거렸다. 그리고 잠시 멈추고는 이차적 혼란을 은폐하려는 시도를 했다. 그는 누구에게 자비를 구한 것일까? 그는 과장되게 예의를 갖춰 냇물을 향해 고개 숙여 절했다. 그렇게 빈정거리는 격식을 차리고 나면 어느 정도 안도할 수 있으리라 기대했지만, 그의 요구는 장난으로 그러기에는 너무 절박했다.

"제발, 제발, 제발, 내가 미치지 않게 해 주세요." 그는 사정했다. 더 이상 아무것도 비웃지 않았다. 이 느낌이 가시게만 해 준다면 다시는 그러지 않겠다고 약속했다.

그는 필사적으로 몸을 틀어 주위를 살폈다. 징검다리에 선 채, 균형을 잃지 않으면서 고갯길까지 얼마나 더 올라가야 하는지 가늠해 보았다. 그러는 중에도 계속 "제발, 제발, 제발" 하고 중얼거렸다. 자신의 탄원이 냇물의 거침없는 물소리를 모방하고, 냇물이 그러듯이 더 크고 덜 동요하는 무엇으로 흘러들길 바라면서.

그가 서 있는 부분의 비탈에는 벌써 햇빛이 닿지 않았다. 고갯길에는 아직 햇빛이 비쳤지만 눈이 쌓여 있었다. 일부 구름은 해가 지면서 얼룩지기 시작했다. 해가 대기의 오염을 헤치고 땅에 더 가까워지자 빛이 스펙트럼의 파란색 쪽에서 빨간색 쪽으로 이동했다. 저녁놀이 진 하늘은 그게 전부다. 그것은 더러움과 먼지의 환희. 어쩌면 그의 자손들은 언제나 붉은 하늘 아래에서 살게 될지 모른다. 목을 베이고 거꾸로 매달린 짐승처럼, 자연이 피를 흘리고 죽어 가는 창공 아래.

"더러움과 먼지." 던바가 소리쳤다. 그는 학대의 대상을 외부에서 찾아 잠깐이나마 안도했다.

그는 냇물을 건너 더 빠른 걸음으로 출발했다. 빠른 동작으로 무서운 생각들을 벗어 버릴 수 있을 것만 같았다. 이 뱃심 좋은 환상은 곧 자신이 노쇠하다는 느낌으로 대체되었다. 이것은 다시 몸에 불이 붙은 사람이 불을 끄려고 내달려 보지만 오히려 불이 더 밝게 타오르기만 하는 영상으로 대체되었다. 그래도 그는 포기하지 않았다. 병든 상상력의 끈질긴 공격에도 아랑곳하지 않았다. 어두워지기 전에 고갯길에 당도해야 했다. 그래야 다음 골짜기의 형세를 볼 수 있을 테니까. 그래야 밤을 어디서 지낼지 파악할 수 있을 테니까. 빛이 흐려지고 기온은 떨어지고 있었다. 그러나 기분이나 몸이 어떻든 그는 계속 언덕을 올라가야 했다. 안 그러면 죽을 것이다, 정말 죽을 것이다—닥터 밥이 몇 가지 검사를 하고 그에게서 건강에 치명적인 것은 발견되지 않았다는 말을 했다. 그 말을 듣고 나서야, 또는 그의 체질에 대한 듣기 좋은 말을 듣고 나서야, 또는 늘 먹던 약 외에 다른 약 한 가지를 더 받고 나서야 그는 자기가 죽어 간다는 생각을 했는데, 이제는 생각에서 그치지 않을지 모른다.

닥터 밥 생각이 나자 던바는 잠시 멈추지 않을 수 없었다. 그의 심장으로는 그런 빠른 등산과 그런 숨 막힐 듯한 분노의 조합을 감당하지 못할 것 같았기 때문이다. 그의 혈육인 딸들이 그 혈육을 보살피라고 고용한 사내와 작당해서 음모를 꾸몄다는 사실. 의리는 언제나 그의 놀라운 상승을 규정하는 한 특징이었기 때문에 배신은 특히 뼈저렸다. 나폴레옹이 그의 하사관들을 사령관으로 만들고, 개선문에서 방사상으로 뻗어 나가는 지역의 대저

택을 주었듯이, 그는 지방의 '위니페그 신문'을 상속해서 이룬 성공으로 출발해, 정말 중요한 곳이면 어디에서든 타의 추종을 불허하는 정치적 실력자로 성장하기까지 월슨과 다른 초창기 멤버들을 버리지 않았다. 그 세계적 영향력을 가진 기업을 그의 혈육의 병, 즉 친딸들과 주치의가 훔쳐 가고 있었다. 그는 그 병을 어떻게 치료할 수 있을까? 핏줄을 잘라 피와 함께 그 병을 이 냇물에 쏟아 흘려보내면 되지 않을까? 그는 외투 호주머니에 든 스위스 아미 나이프의 두툼한 철제 무게를 의식하고, 냇물에 들어가 무릎 꿇는 자신의 모습을 상상했다. 양 손목에서 핏줄기가 소용돌이치며 나와 맑은 물에 섞여 비탈을 타고 흘러 내려갔다. 해 질녘에 도살되는 짐승. 발상과 영상의 충돌, 충돌 사고로 죽은 캐서린의 영상, 실제로 일어난 일과 방금 상상한 것 사이의 기이한 등가. 그것들은 모두 생각이었고, 모두 영상이었고, 서로 다투어 그의 정신을 지배하려고 했다. 캐서린의 죽음 같은 과거의 사건들이 현실이 아닌 것처럼 생각되었다기보다, 모든 생각이 지극히 현실인 것처럼 생각되었다. 어쩌면 그래서 우주가 팽창하는지도 모를 일이었다. 생각은 현실에 존재하는 것이고, 더욱더 많은 사람들이 더욱더 많은 생각을 하니까, 그런 생각들이 조금씩 더욱더 멀리 우주의 외피를 밖으로 밀어내는 것이리라.

"제발, 제발, 제발…… 더 이상 어리석은 발상은 들게 하지 않기를, 제발." 그는 흐느껴 울었다.

그는 굴욕을 겸손으로 상쇄하고 기도하는 사람처럼 무릎을 꿇고 싶었지만, 길을 재촉하고 싶은 마음이 더 강렬했다. 지금 그가 서 있는 곳을 둘러싼 처참한 기분에서 멀어지고 싶었다. 무릎을 꿇으면 더 깊이 주저앉기만 할 것 같아 그는 다시 출발했다. 간간이 비추는 빛줄기가 눈 덮인 위쪽 비탈 어디쯤에 닿는지 보려고 이따금 위를 쳐다보았다. 햇빛은 이제 정상 가까이에 닿았고 곧 땅을 완전히 벗어날 것이다.

그는 경쟁사의 한 저널리스트가 내린 심판을 여전히 기억하고 있었다. 그걸 생각하면 오랜 산탄 상처처럼 여전히 머리가 욱신거렸다. 던바의 경력을 요약한다는 어리석은 문구들 중 하나로, '저금리 부채와 곤두박질치는 규범'은 명쾌하지도 않을뿐더러 그 부당함은 기념비적이었다. 그것은 너무나 틀렸고, 너무나 사실과 멀었다. 침착과 용기와 매력은 물론이고 근면과 의리는 어쩌고? 그가 가장 필요로 할 때 그에게 알랑거리며 자신감을 되찾게 해 주는 사람이 어째서 아무도 없을까? 그는 겉치레 칭찬의 후광에 둘러싸이는 것이 어떻다는 것을 체험으로 알고 있었다. 그런데 이제는 피터마저 그를 버리다니. 그는 그의 주의를 산만하게 하고, 그를 즐겁게 하고, 그를 돌봐 주는 피터의 언행에 금방 익숙해졌다. 각자의 생각과 느낌의 요구가 너무 막중해서, 그들은 경청이란 말이 가진 전통적이고 참다운 의미에서 서로 경청할 수는 없었지만, 그는 피터의 청중이었고 피터는 그의 청중이었다. 그래도 누군가가 옆에 있는 것만으로 그냥 더 좋았다. 그게 전부였다. 누군가 다른 사람이 있다는 것—아마 사람들은 그것을 관계라고 부르리라. 이 위에서는 관계를 맺을 생물이 별로 없었다. 어둠이 점점 더 짙어 가는데 그렇게 높은 곳에 오를 정도로 젖소들은 어리석지 않다. 튼튼하기로 유명한 허드윅 면양조차 빠드득 소리 나는 눈을 밟으며 고개 쪽으로 무거운 발걸음을 옮기는 던바의 곁에 있어 주기를 꺼렸다. 피터는 메도미드에 많이 다니다 보니(그는 "수를 셀 수 없이 수없이 다녀서"라고 말하기 좋아했다) 거무스름하고 털이 텁수룩한 지역 품종인 허드윅 면양에 관해서 상당한 전문가가 되어 있었다.

땅이 차츰 평평해지면서 예기치 않은 풍경이 시선을 끌어 그는 걸음을 멈추었다. 마지막 오르막길 밑에 작고 둥근 호수가 보였다. 냇물의 수원이었다. 오솔길 바로 왼쪽, 호수의 이쪽에 완벽한 작은 기슭이 보였다. 눈으로 덮인 천연의 안식처로, 사색하기에 좋은 기회의 장소였다. 검은빛의 물이 냇물로 흘러 드는 부분 외에는 호수 물 전체에 불투명한 살얼음이 끼었다. 호수 건너편에 둥글게 굽은 급경사면이 불쑥 솟아 있었다. 마치 호수의 이마에 수건을 동인 듯한 모양이었다. 던바에게 그것은 아름답기가 가슴을 찢는 듯했다. 너무 아름다웠다. 반경 몇 마일 안에는 아무도 없으니 분명 그를 위해 준비된 역할 즉 강렬한 죽음을 위해 연출된 것인 듯했다. 공동묘지의 담 옆을 지나게 된 것을 문득 깨닫고 성호를 긋는 임신한 여자처럼, 그는 미신에 사로잡힌 양 걸음을 재촉해서 눈 덮인 미끄러운 돌 기슭을 대담하게 최대한 빨리 지나갔다. 오솔길은 호숫가를 따라 빙 돌아가 이제는 햇빛이 전혀 들지 않는 고갯길로 이어졌다. 차가운 금색의 화사한 빛이 이따금 고갯길 먼 쪽의 산꼭대기를 밝힐 뿐이었다.

아무리 아름다운 곳이라도 그의 병적인 생각과 끊임없는 공포에 오염되지 않는 곳이 없었다. 그는 벌을 받고 있었다. 그가 저지른 배반 행위에 대한 벌이라는 것 외에 달리 설명할 길이 없었다. 그런데 딸들과 주치의에게 크게 분노하다니, 그는 정말 엄청난 위선자였다. 열렬히 사랑하던 아내를 배신하고, 그의 사업에 중요한 곳마다 첩을 두었다. 불륜의 문턱에서 주저하는 여자들에게 용기를 주려고 결혼 상태에 대해 거짓말을 했다. 그는 플로렌스를 징벌적으로 대했다. 독자적인 생각을 가졌다는 이유로 그녀와 접촉을 끊고, 그녀를 거부하고 괴롭혔다. 그가 저지른 수치스러운 짓은 닥터 밥은 말할 것도 없고 메건이나 애비게일보다 훨씬 더 저질이었다. 그는 그가 가장 사랑한 사람들을 배반했다. 그렇기 때문에 그의 딸들은 그런 그를 미워한다는 점에서 도덕적 우위를 점했다고 할 수 있고, 닥터 밥은 기회를 포착한 기회주의자일 뿐이었다. 상황이 달랐다면 던바는 선 밸리 경제 포럼이나 어느 재무장관과의 대화에서 그것을 '진취성'이나 '결단력'이라고 일컬었을 것이다. 배반의 뒤틀린 속성을 체험으로 가장 잘 아는 사람은 격분한 아버지요 분개한 환자인 바로 그였다. 이제 공정한 운명이 그를 얼음 덮인 바위의 제단으로 끌어다 놓았다. 깃털 달린 제사장이 그의 배반한 심장을 뜯어낼 필요가 없었다. 그러지 않아도 그것은 이미 죄의식과 슬픔의 압박에 못 이겨 터지기 직전이었으니까.

공포에 질린 던바는 불길한 호수를 잊어버리고 싶은 간절한 마음에, 고개를 넘는 마지막 오르막길에 쌓인 더 깊은 눈을 밟고 비틀거리며 걸었다. 마지막 눈이 내린 뒤로 아무도 걷지 않은 길이었다. 바람에 날리며 쌓인 눈 더미 아래 길이 있는지는 알 수 없었다. 그는 가급적 직선거리를 택해 걸었다. 한 걸음 한 걸음 발이 눈 속에 파묻힐 때마다 날카로운 돌이 있거나 움푹 꺼진 곳이 있더라도 눈이 그를 지탱해 주기를 바랄 수밖에 없었다. 예방책으로 바짓단을 부츠 속에 밀어 넣기는 했으나, 눈이 곧 발목 둘레를 빙 두르더니 바짓가랑이 아랫부분에도 들러붙기 시작했다. 고갯길 꼭대기에 이르렀을 때쯤에는 다리가 무릎까지 얼어붙었지만, 윗몸은 땀으로 흥건했다. 가슴이 쿵쿵 뛰고 머리에 피가 솟구쳐 귀가 울렸다.

사발처럼 우묵한 다음 골짜기가 눈앞에 펼쳐졌다. 많지 않은 낮은 돌담들이 서로 교차할 뿐 나무도 없고, 호수든 뭐든 하늘을 가려 줄 곳이라곤 전혀 없는 그 텅 빈 공간을 그는 자세히 훑어보았다. 너팅은 어디에 있지? 너팅으로 가는 길을 알려 주는 표지판은 어디에 있지? 이제 날이 정말로 어두워졌다. 그래도 눈은 으스스하나마 빛을 보유했다. 그 마지막 빛에서 얻을 수 있는 혜택이라야 얼어 죽는 것뿐이었기 때문에 안심할 것은 못 되었다. 그는 온종일 힘겹게 지나온 골짜기를 마지막으로 한 번 돌아다보았다. 어디든 안전한 곳을 찾길 바라고 애써 그곳을 도망쳐 여기까지 왔다. 마을과 공원 주차장을 바라보니 안전은 그가 떠나온 곳에 있는 듯했다. 비와 진눈깨비와 눈을 적재한 먹구름 층운이 냇물을 건널 때 본 조각난 색구름을 대체했다. 먹구름은 호수 건너편 킹스헤드 상공 어딘가에 있지만, 그의 뒤를 쫓고 있어 조만간 가엾은 노인네의 머리에 차가운 복수를 맹렬히 퍼부을 터였다. 그렇다고 되돌아가는 것은 가던 길을 재촉하는 것만큼이나 무익할 테니, 지금으로선 비바람을 피할 곳을 찾는 게 중요했지만, 그런 건 어디에도 보이지 않았다.

8

네 모서리에 기둥이 있는 침대와 납으로 된 격자무늬 틀의 창 유리, 출렁이고 흘러내릴 듯한 작은 장미꽃 무늬의 벽지. 상황이 달랐다면 킹스헤드 호텔의 침실은 메건의 마음에 들었을 것이다. 짐승처럼 잔혹해도 자신의 감상적인 면을 소중히 여기는 사람들 이 있는데 그녀도 그런 부류였다. 개와 말은 그녀의 열의의 대상 이 되는 꼴을 당하지 않았다. 오스트리아 농민풍의 원피스도 그 녀의 관심을 끌지 않았다. 그녀는 영국의 시골 저택식 호텔과 관 련해서는 영 무력했다. 투숙객에게 불을 지피지 말라는 벽난로 위의 주의 카드에 이르기까지, 킹스헤드는 그녀가 생각하는 허 세 없는 낙원이었다. 벽난로는 실제로 시골 저택이었던 적이 없 는 시골 저택식 호텔에서 벽난로인 체하기 때문에 그만큼 더 좋 았다. 그녀의 성격에서 감상은 그 나머지 부분인 냉혹함에서 벗어나는 휴가를 주었고, 평범한 사람들이 그러듯이, 신발을 차듯이 벗어 버리고 발가락을 꼼지락거리며 텔레비전에서 재미없는 무언가를 볼 기회도 주었다. 그녀가 상상하는 그 평범한 사람들은 그녀의 잔인하고 흥분된 세계를 방어하는 성벽 밖의 무엇, 특징 없는 평범의 방대하고 흐릿한 덩어리 같은 것이었다.

월요일 아침, 세찬 비가 창유리를 때리고 빈 벽난로에서는 바람이 털썩, 휭휭, 소리를 내는 혹독한 날씨에 아버지는 여전히 행방불명인 데다, 영국 특유의 아늑한 운치를 즐기지 못하게 되어 그녀는 더 화가 치솟았다. 그런 여유도 부리지 못하고, 아버지를 빨리 안전한 시설로 치워야 하기 때문이었다. 한 배에서 태어나 잠든 강아지들처럼 낮고 등이 둥근 산들이 서로 맞물려 있어서 탈출하기가 누가 봐도 너무 쉬운 이곳과는 달리, 산봉우리가 삐죽삐죽하고 고갯길이 빙판인 오스트리아 산중의 시설은 대체로 더 확실할 터였다. 메건은 응분의 대가를 받지 못하고 속은 기분이었다. 그녀는 뚜렷하게 마음속에 그리는 능력을 발휘해 자신의 열망을 투영해 보기로 했다. 아버지를 머릿속에 떠올렸다. 아버지는 닥터 밥에게 진정제를 투여받고, 녹기 시작한 버터와 딸기 잼을 달의 분화구 같은 잉글리시 머핀에 바르는 그녀의 모습을 바보처럼 감탄하며 바라본다. 그러는 동안 호수 지방의 참한 아가씨들이 크림치즈와 손가락 크기의 샌드위치를 계속해서 나르느라 애를 쓴다(서로 경쟁하다시피 그러기도 한다). 그들은 메건이 고마움의 시선을 흘긋흘긋 던지자 그녀가 무슨 생각을 품고 그러는지 감지하고, 그것을 정말 확신하기에는 너무 순진하지만, 딸깃빛 나는 크림색 얼굴을 걷잡을 수 없이 붉힌다. 에잇 쌍, 이건 너무 불공평해! 이 이기적인 노인네가 모든 걸 망치고 있잖아! 메건은 눈을 뜨고 의자에서 벌떡 일어섰다. 그녀는 너무 흥분해서는 안 되었다. 왜냐하면 닥터 밥이 최근 섹스 파업에 돌입한 듯한 데다, 그녀가 파악하는 한 이곳은 직원이래야 지루해 보이는 폴란드인 웨이터 두 명, 오스트레일리아인 바텐더, 경리를 보는 짧은 백발의 점잖은 여직원이 전부였기 때문이다. 따라서 메건이 방금 전 뚜렷하게 마음속에 그린, 세인트 트리니언스와 부세*가 조우하는 그림과는 좀 거리가 있었다.

남자는 그녀의 수준에서 놀 수 있는 사람이 별로 없고 그 수준을 지속할 수 있는 사람은 아예 없다는 게 문제였다. 그녀는 남자가 주도권을 갖는 게 좋았다. 물론 남자는 그녀의 노예라는 전체적 맥락에서 그래야 하며, 그래야 그녀가 좋아하는 당황한 초보자 역할을 맡아, 손이나 다리나 입으로 그를 꼭 죄면서 "이렇게 하는 거야?" 하고 위를 쳐다보며 근심스럽게 물을 수 있기 때문이었다. 그녀는 수없이 많이 취해 본 자세를 하고 다리로 그를 감싸 오므리며 "나 처음이야"라고 속삭이기를 아주 좋아했다. 기회가 있으면 곧잘 움찔하고 놀라거나 헉 하고 숨을 쉬거나 입술을

✦ 세인트 트리니언스는 영국 작가 로널드 설(1920~2011)의 만화에 나오는 제멋대로인 여학생 기숙학교의 이름이고, 프랑수아 부세(1703~1770)는 고전적인 소재의 관능적인 그림으로 알려진 프랑스 화가이다.

깨물었다. 마치 크고 거친 폭행범에게 고통을 당하는데 감히 불평하지 못하기라도 하는 것처럼. 이 시점에 멈추고 어디가 아프냐고 물은 남자들은 즉시 해고당했다. 첫 한 주간 반복적으로 그녀의 처녀성을 빼앗고 기초 지도를 하는 데 성공한 남자들은 그녀의 성적 도착에 갇히는 고통과 사랑의 지하 감옥으로 더 깊이 들어갔다. 그녀가 보기에 고통은 금 본위제이고 사랑은 그것에 연계될 필요가 있는 지폐였다. 고통은 계량할 수 있는 것인 데 반해, 사랑은 대개 위치 파악조차 할 수 없는 것이었다. 풍문과 별로 다를 게 없는 것을 점차적으로 실질적인 무언가로 바꿔서 안 될 게 뭐가 있으며, 늘 금방이라도 바뀔 듯한 덧없는 감정을 되풀이할 수 있는 무언가로 바꿔서 안 될 게 뭐가 있느냐는 것이었다.

그녀는 기회가 생기면 메도미드를 이 지구상에서 완전히 없애버릴 작정이었다. 해리스 박사, 그리고 던바를 마지막으로 본 어떤 웃기지도 않는 간호사, 그들은 메건과 애비게일이 필요로 한 만큼 굽실거리며 사과하지 않았다. 물론 사과야 하긴 했지만, 저희들의 수치를 파묻기에는 수심이 얕은 마리아나 해구로는 부족할 것이라는 시늉도, 던바를 찾은 뒤 저희들의 잘못에 대한 작은 속죄의 표시로 자결할 것이라는 시늉도 하지 않았다. 그러기는커녕 해리스 박사는 딸 노릇 하는 그들의 분노가 제3의 물결처럼 밀어닥치자 그들의 요양원은 교도소 같은 운영에 관여하지 않을뿐더러, 닥터 밥과 그의 햄프스티드 동료 의사가 던바의 질환을 올바로 말하지 않았다고 발언하기 시작했다. 다시 말해서 해리

스 박사는 시건방지게 굴었다. 그게 어제 오후의 일이었다. 그의
사무실에 앉아 있던 메건은 책상 위 서류를 눌러 둔 돌을 물끄러
미 바라보며, 영화 속에서 사람들이 공식적인 살해 명령을 내릴
때 그러듯 '인정사정없이' 영국인인 그의 득의만면한 두개골에
그 돌을 내리치는 것을 상상했다. 해리스 박사가 그러고 나자, 그
발목 굵은 간호사가 끼어들어 그렇게 '호된 질책'을 할 것까지는
없지 않냐고, 사태의 위중함을 자기들도 너무 잘 알고 있는 데다,
던바와 함께 탈출한 환자 둘을 다시 붙잡았는데, 그중 아직 노쇠
하지 않은 환자에게서 던바가 남의 차를 얻어 타고 코커머스로
가려고 한다는 사실을 알아냈다고 말했다. 직원 두 명을 코커머
스로 보냈을 뿐 아니라 지역 경찰도 그 사실을 충분히 숙지하고,
일 처리에 신중해야 한다는 것을 잘 알고 있다며 그들을 안심시
켰다. 메건은 아버지가 남의 차를 얻어 탄다는 것은 있을 수 없는
당치 않은 말이라고 보았다. 그녀는 그 목격자를 보자고 하고, 그
가 코미디언 피터 워커란 것을 알아챘다. 피터는 그가 가진 장애
의 본질을 숨기려 하지 않았다.

"나는 술 문제가 심각해요." 그가 해리스 박사의 사무실에 왔
을 때 불쌍하게 흐느껴 울며 말했다. "이제 술이 없어!" 그리고
씩씩거리고 웃으며 허벅지를 탁 쳤다. "그래도 오래된 술이 최고
야."

메건과 애비게일은 그를 데리고 구내를 산책하면서 던바와 모
험을 떠났던 그의 활기찬 이야기를 들어 보겠다고 고집했다. 그

러고는 그를 다잡아 진상을 파악하려는 속셈으로 술을 주겠다고
약속하고 킹스헤드로 꾀어내는 좀 되지못한 짓을 했다. 워커가
던바와 헤어졌다고 주장하는 플럼데일의 길모퉁이에 이르렀을
때쯤 날이 어두워지기 시작했다. 마을 밖에서 엄포를 놓던 폭풍
우가 으르렁거리며 점점 가까워졌다. 워커는 던바가 은색 복스홀
아스트라에 타는 것을 **본 것 같다**는 능갈친 상세 설명을 덧붙였다.
한겨울 일요일 밤 킹스헤드에는 빈 객실이 많았다. 메건과 애비
게일은 특실 세 개를 차지하고, 두 명의 보디가드와 운전사와 피
터는 각기 보통 객실에 들었다. 피터가 어디 있느냐고 묻는 메도
미드의 문자 메시지와 전화는 무시되었다.

그들은 저녁을 먹으며 피터에게 위스키를 한껏 마실 수 있게
해 주었다. 닥터 밥의 약 가방에 든 약도 조금 먹였다. 그에게 선
택권이 있었다면, 또는 어떤 성분이 들었는지 알았다면 절대로
원하지 않았을 약이었다. 자신도 모르게 먹은, 자의식을 덜어 주
는 약의 효능에 대응하여 그는 더 빨리 술을 마셨다. 술에 더 갈
급해질수록 그들의 비위를 맞춰 주고 싶은 마음도 더 갈급해졌
다.

"당신 아버지가 **최고**란 걸, **아는** 사람은 알지—내 말 무슨 말인
지 알겠나?" 그가 휘청거리며 잭 니콜슨 흉내를 냈다.

"아뇨." 애비게일이 성마르게 말했다.

"그분은 **최고**이니까, 어디 가셨는지 찾는 게 좋겠죠." 닥터 밥
이 너그러운 웃음을 지어 보이며 애비게일의 적개심을 차단했다.

"지금 이 폭풍우에 휘말렸다면 고생이 극심할지도 모르잖아요. 아무도 그걸 원하지 않아요. **내 말, 무슨 뜻인지 아시겠죠?**"

"알아요." 피터가 웅얼거렸다. 던바의 딸들이 폭풍우보다 더 위험한지 더 이상 확신할 수 없는 데다, 자칫 친구의 목숨을 위험에 빠뜨릴지도 모른다는 생각에 정신이 혼란스러웠다.

"선생은 그분이 그 은색 차에 타는 것을 본 게 확실하지 않다고 했는데요. 만일 그렇다면, 그리고 그분이 어디 갔을지 감이 잡히는 데가 있다면 말해 주시면 좋겠습니다. 그래야 우리가 연락을 취해서 그분의 안전을 확보하죠." 닥터 밥이 앞서 그랬던 것보다 따뜻함과 공감을 더 보이리라고 기대하는 것은 타당하지 않을 것이다.

"기분이 정말 이상해. 내가 다른 누군가가 되어 말하고 있는—" 피터가 그날 그들로선 처음 보는 단순 명쾌한 태도로 말했다.

"그 누군가는 자기가 무슨 말을 하는지 잘 아는 사람이겠죠. 그리고 이상한 걸로 말하자면야 **선생이 최고죠**." 닥터 밥이 그의 말을 가로채고, 잘 맞춘 진심 어린 웃음을 터뜨렸다.

"내가…… 내가 최고라니." 피터는 주눅이 들어 칭찬을 받아들이지 못했다.

"밸리엄◆ 한 알 드릴까요?" 닥터 밥이 말했다.

◆ 디아제팜, 즉 신경 안정제.

"아, 네, 네, 네. 한 알 주면 정말 좋겠소."

"그러면 한 알 드릴 수 있죠. 내가 의사 아닙니까! 나는 선생이 잠을 푹 자야 한다는 걸 압니다. '걱정으로 올이 풀린 소매를 기워 주는 잠'⁺을 말입니다."

"오오, 그 올이 풀린 소매를 기우지 않으면 **안** 되는데, 정말 안 되는데."

"선생 말이 무슨 말인지 나도 압니다." 닥터 밥이 의자 옆의 가방을 집어 들었다. "이제 선생에게 필요한 걸 드릴 텐데요, 우리가 헨리를 어디에서 찾을 수 있을지 생각나는 데가 있으면 말해 주세요."

"너팅." 피터가 중얼거리듯 말했다.

"이거 원, 무언가 말하지 않으면 밸리엄은 없다고!" 애비게일이 성나서 말했다.

"그런 말⁺⁺이 아닌 거 같아." 닥터 밥이 부자연스러운 참을성을 가지고 그녀의 말이 가한 피해를 복구했다. "그거 어떤 장소의 이름이죠?"

"그렇소. 너-팅."

입은 비뚤어져도 말은 바로 하랬다고 공은 닥터 밥에게 돌려야 마땅했다. 그는 완전히 피터를 갖고 놀았다. 메건은 감탄에 가

⁺ 『맥베스』 2막 2장 중.
⁺⁺ 애비게일이 Nutting을 Nothing, 즉 "아무 생각도 안 난다"는 말로 알아듣고 '무언가Something'를 말하라고 한 것이다.

까운 감정을 가지고 그의 활약을 지켜보았다―엄밀히 말해서 그
녀는 감탄이란 것과는 상관없는 사람이었다. 그것은 혈액은행에
피를 파는 것처럼, 그녀에게는 필사적인 사람의 절망적인 궁여지
책으로 여겨졌다. 그녀처럼 선망의 대상이 되는 위치에 있는 사
람이 내보일 것 같지 않은 무엇이었다. 그런데 이 경우처럼 어렴
풋한, 감탄 엇비슷한 느낌이 들 때면 닥터 밥을 공유해야 한다는
것이 못내 분했다. 그녀와 애비게일은 늘 뜨겁게 가까웠고 늘 한
팀으로 함께 행동했다. 기숙학교에 다닐 때는 여학생을 공격해
도 함께 했고, 연차 총회에서 투표를 해도 함께 궁리해서 처리했
다. 하지만 지금 그녀는 닥터 밥을 독점하고 싶었다. 어쨌든 그녀
는 미망인이지 않은가. 애비게일은 결혼 생활이 말짱 허울뿐이긴
해도 막상 어떤 누구와 결혼할 입장은 못 되었다. 애비게일이 그
녀를 정말로 미치게 할 때 메건은 가끔 닥터 밥에게 청혼할까도
생각했다. 그래도 결국은 자매가 서로 협력하며 살아온 오랜 세
월에 등 돌리는 일은 주저되었다. 완벽한 모범이 되는 협력 사례
는 이렇다―그 나이에 어떻게 그토록 **조직적**이었는지 그녀는 그
때의 일이 여전히 놀라웠다. 기숙학교에 다녔을 때, 한 선배가 여
름방학 동안에 낙태했다는 소문이 났다. 그 낙담한 산모가 학교
에 돌아오기 전에 메건은 애비게일과 많은 시간을 들여 그녀의
방을 유아용품으로 가득 채웠다. 위에 모빌이 달린 훌륭한 옛날
식 아기 침대, 다량의 기저귀, 비싼 약용 크림, 모유 뽑는 펌프, 다
수의 앙증맞은 아기 점프수트, 섬세한 니트 카디건, 쿠션 사이에

서 빠끔 내다보거나 다리를 내밀고 선반 가장자리에 걸터앉아 있게 진열된 다양한 봉제완구 등, 자매는 마더케어 슬라우점店의 물건을 그야말로 **싹 쓸어다** 놓았다. 그러나 이 짓궂은 장난의 즐거움은 오래가지 못했다. 애초에 터무니없이 신경이 과민해서 그들의 학대를 자초한 그 여학생은 즉각 신경쇠약을 일으키고, 곧장 집으로 되돌아가 다시 돌아오지 않았기 때문이다. 이튿날 조회 시간에 여교장은 "이 끔찍한 잔혹 행위"의 "진상을 규명하겠다"고 약속했다. 진상 규명에서 두 던바 자매가 범인이란 사실이 밝혀졌을 때 여교장은 예상하지 못한 공격을 받았다. 애비게일이 자기들은 부모님의 단단한 보호 속에서 자라나서 그때까지 낙태가 무엇인지도 몰랐다고 한 것이다. 선배가 임신했다는 말을 들은 건 사실이지만, 자기들은 당연히 선배가 고마워할 줄 알고 선물을 샀다. 그런데 자기들이 너무 순진했던 것 같다. 하지만 자기들의 순진한 환상이 산산조각 났으니, 만일 언론이 이 이야기를 알게 되어 이 학교가 '낙태 수녀원'으로 알려지면 얼마나 유감스럽겠느냐고 했다. 그 후 두 자매는 차례대로 학교를 대표하는 학생으로 뽑혔다. 그들의 잊을 수 없는 지배가 플로렌스 때문에 위태로워질 염려는 없었다. 그녀의 어머니가 딸을 워낙 애지중지했기 때문에 플로렌스는 당연히 집에서 가까운 통학 학교에 다녔던 것이다.

그렇게 어릴 때 애비게일이 보인 태연함의 걸작을 목격한 메건으로서는 언니가 무능한 불량배로 변한 모습을 보고 어리둥절했다. 애비게일은 그것을 만회하느라고 폭풍우 치는 한밤중에 경호 팀장 케빈과 지저스를 급파했다. "J라고 부르는 게 더 좋아요"라고 한 지저스는 새로 온 경호원으로, 잘생긴 데다 상대를 쳐다보는 것만으로도 목을 부러뜨릴 듯한 특수부대 출신이었다. 케빈은 너팅에 도착해 보니, 집 네 채에 헛간 하나, 벽에 붙박인 빨간 우체통 하나가 전부여서, 도저히 마을이라고는 할 수 없다고 보고했다. 던바의 흔적은 없지만, 동이 트면 너팅에서 플럼데일로 가는 오솔길을 피터가 말한 것과 역방향으로 따라가며 그를 수색해 보겠다고도 했다. 그리고 동이 텄고, 세 시간이 지났고, 모두들 소식을 기다리고 있었다.

날씨가 엉망이라 헬리콥터를 띄울 수 없었다. 메건이 호텔 프런트에 비치된 안내 책자에서 본 자원 봉사 단체인 미어워터 산악 구조회의 도움을 청하는 것은 신중을 기하기 위해 배제되었다. 헬리콥터만 있으면 분명히 던바를 잡을 수 있었을 것이다. 열화상 측정기까지 갖추었으면 결과는 더 확실했을 것이다. 메건은 헬리콥터로 사냥을 나간 적이 있었다. 아라비아에서는 가젤, 뉴질랜드에서는 야생 황소, 텍사스에서는 수퇘지를 사냥했다. 그것은 재력을 과시하기 좋아하는 사람들이 특별 선물이라며 그녀에게 계속 떠안기던 무엇이었다. 그녀로서는, 솔직히 말하자면, 흔들거리고 덜덜 떠는 기계에 갇혀, 헤드폰과 보호안경을 쓰고, 아래 보이는 원시적 전원 지대를 향해 분당 몇백 발의 총알을 쏟아내는 일은 굉장히 따분한 노릇이었다. 그것은 아무 데나 쓰레기를 버리는 사람 같은 기분이 들게 했다. 짐승들도 좀 딱한 게, 스스로 최고의 달리기라고 여길지 모를 질주로 자기들에게 날아드는 총알의 불협화음을 피하려고 했을지 몰라도, 높은 공중에서 볼 때는 느린 동작으로 내린 잘못된 선택으로 보일 뿐이었다. 새끼 수퇘지들은 늘 충실하게 어미 돼지의 뒤를 따라 돌진했다. 그래서 누군가 어미 돼지를 맞혀 죽이거나 부상을 입히고 지나가면, 새끼들도 죽여 주는 것이 더 인간적으로 여겨졌기 때문에 그들은 이런 즐거운 시간은 난생처음이라는 듯이 연신 싱글거리며 헬리콥터를 돌려 다시 그 위를 지나갔다.

누군가 문을 두드리는 소리에 메건이 몽상에서 깨어났다.

"누구세요?"

"나야. 문 열어." 애비게일이 말했다.

이미 청바지에 두꺼운 스웨터를 입고 부츠를 신은 애비게일이 메건을 지나쳐 방으로 들어가 곧바로 최신 뉴스 전달에 돌입했다.

"방금 우리 애들한테서 연락이 왔어. 큰 호수 위쪽에 있는 어떤 작은 호수라는데—그렇게 말한 거 같긴 한데, 걔들이 쓰는 그 비싼 위성 전화도 이 날씨에 버벅거려서 원. 아무튼 지금까지 아무것도 찾지 못했어. 저 위에는 눈이 아주 많이 내리고 있어서 발자국이 있더라도 지금은 다 덮였을 거야. 그래서 그냥 이쪽으로 내려오라고 했어. 그리고 피터가 아버지와 헤어졌다고 주장하는 주차장에서 걔들과 만나기로 했어. 기억을 되살리게 피터를 데려갈까 생각했는데."

"만일 피터가 여태까지 거짓말했다면……" 메건은 자기의 생각을 어떻게 표현하면 좋을지 잘 몰랐다.

"내 말이. 우리가 이러는 동안 일단 아침 식사와 함께 샴페인을 피터 방에 들여보냈어. 숙취로 메도미드에 돌아갈 생각을 하고 있을지 몰라서."

"잘했어."

"나중에 피터에게 특별한 선물을 또 하나 줄 거야."

"뭔데?"

"이따 보면 알아."

그들은 최대한 빨리 로비에서 만나기로 했다. 애비게일은 이미 닥터 밥에게 피터를 맡으라고 해 두었다.

메건은 언니가 원래 모습으로 돌아와 반가웠다. 신속하고, 결단력 있고, 짓궂은 애비게일. 지난 몇 주 동안의 성마르고, 무능하고, 슬며시 젠체하는 인물이 아니라, 재미가 뭔지 아는 여자. 그들은 아버지의 회사를 인수하는 일로 물론 신경이 날카로웠다. 하지만 그 일이 재미가 없다면 무슨 의미가 있을까?

주차장까지는 2마일 정도여서 애비게일은 조지에게 자기가 직접 운전하겠다고 말했다. 그보다 진짜 이유는, 그들이 미처 해고하지 못한(할 일이 너무 많아서!) 노땅 운전사 조지가 '던바 회장님'의 안위를 걱정하는 질문을 끊임없이 해 대는 통에 그녀와 애비게일이 환장할 것 같았기 때문이었다.

"하지만 나중에 사람들을 더 태우려면 차가 한 대 더 필요할 텐데요." 조지가 말했다.

"걱정 말아요, 우리가 알아서 할 테니." 애비게일이 문을 쾅 닫으며 말했다. "그들더러 걸으라고 하면 했지, 당신과 한 차에 타고 싶지 않다고." 그녀가 이를 악문 채 메건을 보고 중얼거리듯 말했다.

"안녕." 메건이 강한 바람 속에서 어리둥절한 표정으로 서 있는 운전사에게 손을 흔들며 말했다.

"어떻든 조지가 오늘 아침에 아주 유용한 일을 했죠." 애비게일이 백미러로 피터를 보고 웃으며 말했다.

"그게 뭔데요?" 피터가 물었다.

"위스키 한 상자를 사 왔어요."

"한 상자라니, 통째로?" 피터가 말했다. "어이구 이런, 내가 이런 과분한 복을 받을 만한 무슨 일을 했다고?"

"우리 아버지를 어디서 찾을 수 있는지 알려 줬잖아요."

"영감님을 찾았어? 아버지를 찾았어?"

"아뇨, 아직. 그래서 지금 두 분이 헤어졌다는 주차장으로 가는 길이에요. 당신이 그 놀라운 기억력과 모방 실력으로 그 장면을 재연할 수 있을까 해서." 애비게일이 말했다.

"에이, 내가 말한 대로—"

"그냥 가서 보여 주세요." 애비게일이 그의 말을 끊었다.

그들은 곧 호숫가 도로를 달리다 사람이 없는 주차장으로 꺾어 들어갔다.

"공황 발작이 일어나는 거 같아. 밸리엄 좀 더 줄 수 없소?" 피터가 닥터 밥에게 말했다.

"그건 적절할 것 같지 않군요. 벤조디아제핀은 중독성이 아주 강해요."

"그래, 인정하지, 나 중독자요! 그러니 이제 한 알 주겠소? 공황 발작을 일으킨 사람에게 밸리엄을 주는 게 적절하지 않다면, 어떤 경우에 적절한 거지?"

"저기에 그들이 있네, 저기 안내소 옆 작은 대기소에." 닥터 밥이 애비게일에게 말했다.

"그들이라니, 누구?" 피터가 물었다.

애비게일이 대기소 옆에 차를 댔다.

"저거야말로 적절하군. 안내소 말이에요, 우리는 당신한테 무언가 정확한 안내를 받고 싶으니까." 그녀가 말했다.

"하지만 난 내가 알고 있는 걸 이미 다 말했는걸."

"내려요."

"난 차에서 내릴 수 없어. 날씨를 좀 보라고. 나무들이 바람에 수평으로 눕잖아―아마 심각한 일기를 예보하는 채널들이 이 폭풍우를 찍고 있을 거요……"

"염병할, 어서 차에서 내려! 우리가 지금 논하고 있는 아버지의 생존 여부는 당신이 잊고 말해 주지 않았을 어떤 정보에 달렸을지 모르니까. 어서!" 애비게일이 소리쳤다.

피터는 차에서 내리다 강풍에 옆으로 밀려 비틀거렸다.

"조심하시오." 케빈이 피터의 어깨를 감싸 대기소로 데려가며 말했다. "위스키 좀 가져와." 그가 지저스에게 말했다.

"에헤, 알겠어. 파티로군! 저 우울하고 편안한 호텔의 레이크 뷰 라운지에 앉아서 칵테일이나 홀짝거리느니 영하의 날씨에 공용 주차장에 앉아 위스키를 병째 들고 마실 수 있으면 그게 백번 낫지. 아주 마음에 드는 친구군." 피터가 말했다.

"앉으시오. 편히 앉아요. 나도 앉을 필요가 있지만, 난 어차피 새벽 3시부터 여태껏 내 고용주의 아버지를 찾느라 계속 서 있었거든. 두 시간 전에는 허리까지 눈에 빠졌지. 아무것도 안 보였어. 그때 내가 무슨 생각을 했는지 아시오? 만일 피터가 잘못된 정보를 준 것이라면 우라질 십자가에 매달아 죽이겠어! 라는 거였지." 케빈이 말했다.

"하지만 난 잘못된 정보를 주지 않았어. 틀림없다니까."

"피터 팔 좀 잡아, J." 케빈이 말했다.

지저스가 피터의 양팔을 벤치 뒤로 꺾어 잡았다. 케빈이 위스키 두 병을 따서 피터의 머리에 부었다. 위스키는 그의 머리를 적시고 얼굴로 흘러내려 셔츠와 재킷 칼라를 흥건하게 적셨다. 두 병을 다 비우자 케빈이 두 병을 더 꺼냈다.

"자네, 이렇게 하는 걸 뭐라고 하나?" 미군 대령 피터가 2차로 쏟아붓는 위스키를 조금이라도 입에 받으려고 찡그린 얼굴을 뒤로 젖혔다. "위스키 고문인가? 이건 제네바 조약에 의무 조항으로 넣어야겠는데." 이에 아무런 반응이 없자 피터는 돌연 불만을 품은 고객이 되어 말했다. "이봐 젊은이, 자네가 바텐더 수업을 얼마나 받았는지 모르겠지만, 내가 핵심 개념을 가르쳐 주겠네. 잔이나 어떤 다른 용기, 칵테일 셰이커, 코코넛 껍질, 또는 자네의 경우엔 어깨에 맞은 총알을 입으로 빼내고 상처를 꿰맬 때 쓰는 외과용 실로 이은 커다란 잎 두 장……"

케빈은 무표정한 얼굴로 피터의 몸이 온통 젖도록 한 병 한 병 계속 위스키를 부었다. 그동안 애비게일과 메건과 닥터 밥은 대기소를 가로막고 빙 둘러서 있었다.

피터는 또 탈바꿈해서 이번에는 남미 출신 혀짤배기 미용사가 되었다. "얘들아! 말할 게 있어. 이 칵테일은 인기를 끌지 못할 거야. 너무 비싼 데다 얼마나 지저분해지는지 말도 못 해!"

"닥치시오. 회장님이 어디 갔는지 불지 않을 거면 한 마디도 하지 말라고." 케빈이 말했다.

"말했잖아." 피터가 흐느껴 울기 시작했다.

"이게 뭔지 알아요?" 애비게일이 작은 은제 피스톨을 쳐들었다. 그녀가 그것을 자기의 관자놀이를 겨냥해 방아쇠를 당기자 맹렬한 가스 불이 켜졌다. "이건 허리케인 라이터라는 건데, 바로 이런 상황에 쓰라고 만든 거죠."

"바지를 빠뜨리면 안 되지." 케빈이 피터의 재킷 하단에 위스키를 더 붓고 허벅지, 무릎으로 옮겨 갔다.

"안 돼, 안 돼, 안 돼, 제발!" 피터가 하소연했다.

애비게일이 그의 옆에 앉아 신경성 습관인 양 라이터를 계속 켰다 껐다 했다.

"그러니까 어제 당신이 우리 아버지와 이곳에 왔다는 건데." 그녀가 말했다.

"내가 말한 대로요." 피터가 말했다. 숨 쉬기 불편한 듯했다. "저기서…… 저 큰 나무 옆에서 헤어졌어…… 악수하고…… 고 갯길에 눈이 쌓였을 거라고 내가 말했지. 내 말을 믿어야 해요!"

애비게일은 맹렬히 뿜어 나오는 원뿔꼴의 불길에 넋을 잃고 피터의 말을 듣지 않았다. 그녀는 라이터를 그의 얼굴에 바짝 갖다 댔다.

"맹세코 사실이오." 피터가 흐느꼈다.

"제가 심문받는 사람을 많이 봐서 하는 말인데요, 이자는 사실을 말하고 있습니다."

애비게일이 라이터를 끄기 직전, 뜨거운 총구로 위스키에 젖은 피터의 머리칼을 쓸어내렸다.

"어이쿠! 이런 망할, 머리가 탔잖아! 네 아버지 말이 맞았어, 너는 오라질 괴물이야!" 피터가 소리쳤다.

"그래? 아버지가 그런 말을 했어?" 그녀가 침착하게 피스톨을 피터의 배꼽께로 내리더니 셔츠 가장자리에 불을 붙였다.

"꼭 그렇게 해야만 해?" 닥터 밥이 넌더리를 내며 말했다. "사실을 말하는 거라고 하잖아, 어제 이미 사실을 말하고 있었고, 심리적으로 준비되었기 때문이지."

피터는 가냘픈 푸른 불꽃이 셔츠와 바지로 천천히 번져 나가는 것을 보고 비명을 지르기 시작했다.

"버릇을 가르쳐야 해. 누구한테 감히 괴물이라니!" 애비게일이 말했다.

"피터는 그걸 인용했을 뿐이잖아. 어서 그 인용의 출처나 찾자고. 기껏해야 수요일까지밖에 시간이 없어. 그리고 우린 바로 뉴욕으로 돌아가야 하니까. 그 팔 놔 줘, 그러지 않으면 빌어먹을 병원에 데려가야 할 거야."

애비게일이 승인의 표시로 고개를 끄덕이자 J가 피터를 놓아주었다. 그러자 그는 미친 듯이 가슴팍과 무릎의 불꽃을 손바닥으로 치기 시작했다. 그러다 대기소에서 비바람 속으로 뛰쳐나가자 곧 불이 다 꺼졌다. 그리고 정신 어딘가의 기능을 잃었는지, 소리 지르고 횡설수설하며 호수 쪽으로 계속 달려갔다.

"어지간히도 호들갑 떠네." 애비게일이 말했다.

"가솔린을 부은 것도 아닌데. 방금 전 일은 고급 프랑스 레스토랑에서 얼마든지 일어날 수 있는 건데." J가 말했다.

"크레이프 쉬제트*의 부수적 피해란 거군." 닥터 밥이 말했다.

"그렇습니다, 선생님." J가 말했다.

"저 봐, 피터한테서 실제로 연기가 나. 사진 찍어야지." 메건이 말했다.

✦ 손님 앞에서 술을 이용해 잠깐 불을 붙여 향이 배게 해서 주는 크레이프 디저트의 일종.

"안 그러시는 게 좋겠습니다." J가 정중하게 말했다.

"맞아, 나도 모르게 그만 흥분해서." 메건이 문신이 있는 그의 근육질 팔뚝을 움켜잡고 말했다.

그들은 피터가 하늘에 대고 잘 알아들을 수 없는 저주를 퍼부으며 물속으로 들어가는데도 수수방관했다. 몇 미터 들어가다 그는 의지가 안 되는 돌을 밟고 그만 미끄러져 균형을 잃고 물속으로 넘어졌다.

애비게일과 메건은 그걸 보고 주체할 수 없이 웃긴 나머지 서로 기대야 할 정도로 전염적으로 낄낄거렸다.

"사람들이 왜 그가 웃긴다고 하는지 이제야 알겠네." 메건이 몹시 찬 물속에서 허우적거리는 그의 모습에 박수갈채를 보냈다.

"재미를 망치고 싶지 않지만, 방금 짐 세이지한테서 문자가 왔는데, 플로렌스가 맨체스터로 오고 있대. 당신이 어디에 있는지 물었다는군." 닥터 밥이 전화를 들여다보다 고개를 쳐들고 말했다.

"그냥 무시해." 애비게일이 민첩하게 태도를 바꿨다. "짐이 모르는 이상, 플로렌스한테 알려 줄 수 없잖아. 짐이 알려 주면 걔한테 말하지 말라고 해야 할 테니 우리는 그냥 가만있는 게 좋지. 자, 너팅으로 가서 탐문을 해 보자. 너희들은 한밤중이라 그 네 집에 들어가 보진 못했을 거 아냐."

"네, 사람들 이목을 끌고 싶지 않았죠." 케빈이 말했다.

"전 걸어가겠습니다. 그러면 회장님이 이쪽으로 오려고 할 경우 붙들 수도 있고요."J가 말했다.

"좋은 생각이야." 애비게일이 말했다.

"자기 아주 훌륭한 군인이야." 메건이 다시 J의 팔뚝에 손을 얹고 말했다. 그녀는 그의 몸이 발산하는 정력을 느끼고 정신이 혼미해졌다. 살인과 섹스라면 모르는 게 없고, 그 외에는 아는 게 없는 사내. 완벽한 천국이었다.

"제 할 일을 하는 것뿐입니다. 그럼 너팅에서 뵙죠."J가 배낭을 등에 지며 말했다.

"저 봐, 언니! J가 천천히 뛰어가고 있어!" 메건이 애비게일에게 말했다.

"방금 그랬잖아, 제 할 일을 하는 것뿐이라고."

메건은 J가 숲속으로 사라질 때까지 뒤를 지켜보았다.

"자, 어서 가자." 애비게일이 손가락으로 운전대를 두드리며 말했다.

메건이 뒷좌석 닥터 밥 옆에 올라탔다. 그녀는 뒤돌아 피터를 보았다. 그를 완전히 잊고 있었다. 그는 이제 전혀 무관하게 여겨졌다. 그는 기슭으로 나와 무릎을 꿇은 채 상체를 둥글게 구부리고 엎드린 채 양팔을 포개고 그 위에 이마를 대고 있었다. 요가 선생이 보면 아기 자세라고 했을 것이다.

"불의 세례를 받더니 물의 세례도 받았네. 저러고도 거듭나지 않으면 누가 그럴 수 있을지 모르겠어." 닥터 밥이 말했다.

"**모르겠어**라니. 질투 나네." 메건이 말했다.

9

던바는 최대한 사람들의 눈을 피해 사다리를 기어올라 낮은 돌담을 넘었다. 일단 돌담 뒤에 몸을 웅크리고 실망스러운 작은 마을 너팅과 밤의 일부를 지낸 헛간을 돌아다보았다. 누군가의 눈에 띄지는 않았는지 어쨌는지 확신할 수 없었다. 어쨌든 이 반달형 골짜기를 벗어나지 않으면 그는 유리창을 기어가는 벌레처럼 눈에 띌 터였다. 아침이 되면 주민에게 택시를 불러 달래서 런던으로 갈 계획이었다. 그러나 의사소통을 하기에는 정신적으로 너무 혼란한 상태라서 사교적 수고를 들일 일을 생각하면 두려움이 앞섰다. 스스로 느끼기에 그렇듯이 겉으로도 미치광이 같아 보인다면 택시보다는 구급차나 경찰차를 타게 될 공산이 더 컸다. 그의 혼란 상태는 당면한 문제면서 근본적인 문제이기도 했다. 그는 기울며 가라앉는 배의 갑판을 가로질러 미끄러지는 피아노를 치려고 건반에 손을 뻗으면서 한편으론 한때 외웠던 곡의 일부분을 기억해 내려고 애쓰는 것 같아 보였다.

그는 사람과 접촉하는 난제에 직면하지 않게 되어 마음 한구석으로는 고마운 마음이 들기도 했다. 혼자 있으면 더욱더 미쳐 가긴 하지만 그는 자신의 광기와 혼자 있을 수밖에 없게 되었다. 어쩌면 무질서에서 새로운 종류의 질서가 생기는 지점이 있을지도 모른다. 그게 아니면 적어도 새로운 종류의 시각이 생기는 지점이 있을지도. 마치 조종사가 구름으로 덮인 하늘을 헤치고 비행하다 장님 같던 상태에서 벗어나면 대기권 상층부의 고요한 빛 속으로 들어가게 되고, 날개 아래 구름의 바다, 방금 전만 해도 아무것도 보지 못하게 앞을 가렸던 것을 온전히 볼 수 있게 되듯이. 그렇다, 그가 바란 것은 바로 그것이다. 그게 그가 절박하게 바란 것이다.

그는 지난밤 헛간에 들어왔던 두 사람 때문에 서둘러 너팅을 떠날 수밖에 없었다. 그의 이름을 속닥이는 말소리를 듣고 그를 잡으러 온 사람들이란 것을 알았다. 두 짚단 사이의 움푹한 데에 들어가 있었기 때문에 수색하는 그들의 손전등 빛을 피할 수 있어 천만다행이었다. 헛간 한쪽에는 소가 있어서 호흡과 체온으로 공기를 덥혀 주었고, 다른 한쪽에는 짚단이 쌓여 있었다. 출입문 맞은편에는 기름내, 흙내, 젖은 금속 냄새가 나는 트랙터가 있었다. 그는 두 살인자보다 몇 시간 먼저 도착했다. 그는 도착해서 손전등을 무엇을 찾는 수단이라기보다는 바람직하지 않은 주의를 끄는 것으로 한층 더 분명히 의식하고, 불안해서 끄고 있다가 문득문득 잠깐씩 켜서 주위를 살폈다. 불을 켰다 껐다 하며 조사한 결과, 트랙터 바로 옆 구석에 빈 포대 더미와 잠자리로 삼기에 알맞은 우묵한 곳을 발견했다. 그는 비에 젖어 무거운 외투를 벗고, 마른 포대를 덮은 다음, 그 위에 담요 삼아 외투를 덮었다. 그러면 모피로 된 안감의 무게와 온기로 잠을 청할 수 있을 테고, 자는 동안 바깥쪽이 마를 수도 있을 것 같았다. 사정이 사정이니만큼 그 정도면 가정적인 환경의 개가였는데도 그는 너무 허기지고 너무 바짝 경계하느라 깊이 잠들지 못했다. 그리고 헛간 문이 잠깐 열린 사이 증폭되어 들린 폭풍우 소리에 쿵쾅거리는 가슴을 안고 잠에서 깼다. 처음에는 그들의 말소리가 들리지 않았지만, 그들이 문을 닫고 헛간 한가운데, 그의 은신처 바로 아래로 오자 건초 더미 틈으로 그들이 무슨 말을 하는지 다 들렸다.

"던바는 한밤중에 모르는 사람의 집에 가서 문을 두드리진 않을 거야." 첫째 남자가 말했지만, 던바는 귀에 익은 목소리인데도 그게 누군지 생각해 낼 수 없었다. "던바는 상황을 주도하는 입장에 있기를 좋아하지. 신세 지는 건 아주 싫어해. 또 설령 어떤 집에 들어가 숨는다 해도, 그 경우에 가장 좋은 방법은 우리가 아침에 다시 오는 거야. 폭풍우 속에서 실종된 망령 난 영감을 걱정하는 사람들을 모두 데리고."

"텍사스에 있는 우리 부모님 농장에도 헛간이 있지만 여긴 아주 딴판인걸." 둘째 남자가 말했다.

"그거 참 개지랄 치게 흥미롭군." 첫째 남자가 말했다. "그냥 여기 퍼질러 앉아 너희 부모님네 헛간 얘기나 해 보지 그래? 우리 그러려고 여기 온 거 맞지?" 그가 조롱의 웃음과 함께 콧방귀를 뀌었다. "가서 트랙터 운전석이나 확인해 봐. 그 안에 잠들어 있을지도 모르니까."

그들은 트랙터 안을 확인하고 여러 대의 트레일러와 쟁기들에 씌워 놓은 방수포를 들춰 보기도 하며 그의 은신처 아래에서 돌아다녔다.

그렇지! 던바는 그게 누구인지 생각해 냈다. 그 영국인은 애비게일의 경호원이었다. 이름이 뭐더라―케빈, 그래, 케빈이야― 특수부대 출신의 그 비열한 영국인. 경호원들은 전원 특수부대 출신이었다. 그들은 이제 그들의 특수 무력을 써서 그의 정신을 파괴시킬 작정이었다. 공중에 쏘아 올린 점토 원반 표적을 사격으로 박살 내듯이. 그들은 그런 일에 전문가로, 피해자가 자신의 정신이 파괴되는 것을 경험할 수 있을 만큼만 살려 두었다. 그런데, 던바는 사로잡힐 생각이 없었다. 꼭대기의 건초 더미를 밀어 떨어뜨리면 케빈의 목을 부러뜨릴 수 있을지 모른다. 던바는 쓰러져도 싸우다 쓰러질 것이다―던바다운 모습으로 살다 죽을 수 있는 한은.

"그 뚱뚱한 영감탱이가 저렇게 높이 쌓은 지푸라기의 성까지 올라갔을 리 없지만, 후딱 올라가서 한번 확인해 봐. 난 육우 쪽을 볼 테니." 케빈이 말했다.

"저건 건초 더미고, 저 소들은 젖소야."J가 여전히 시골 출신 아니랄까 봐 또 아는 체했다.

"어 그래? 지금 뭐 하자는 거야, 여기가 무슨 왕립 염병할 농업 학교인 줄 알아? 자넨 내가 특등 젖소의 고용인이라고 젖소에 대해 잘 알 거라고 생각한 모양인데, 그렇긴 해도 염병할 진-짜-배기 카우보이한테 한 수 배울 기회를 놓칠 수야 없지."

J가 건초 더미에 오르며 삐걱거리는 소리가 나자 던바는 걱정으로 경직된 채 귀를 기울였다. 그의 은신처는 죽 정렬된 꼭대기 단에서도 중간쯤에 있어서 단번에 눈에 띄지는 않겠지만 찾기는 쉬웠다.

케빈은 경멸하듯이 소들에게 다가갔다. 손전등의 강렬한 빛을 받자 소가 놀라서 멀건 눈이 휘둥그레졌다. 그의 적대적 태도를 감지했는지 소들이 점점 더 안절부절못했고, 그 상태가 그들 가운데 전염적으로 퍼졌다. 젖소 한두 마리가 큰 소리로 울고, 어떤 소들은 쇠문에 몸을 세게 부딪쳐 쨍그랑거리는 소리가 났다. 잠시 후 개가 짖기 시작하더니 다른 개가 합세했다.

J가 건초 더미 꼭대기 위에 오른 소리가 던바에게 들린 순간, 케빈이 밑에서 낮은 소리로 다급히 부르는 소리가 들렸다.

"내려와―농가가 온통 다 깨어나고 있어!"

J가 가볍게 몇 번 점프해서 내려갔다.

"어차피 저 위엔 없어."

"맥도널드 영감*이 엽총을 들고 들이닥치기 전에 어서 여길 뜨자." 케빈이 말했다.

그들이 헛간에서 살짝 빠져나가자 던바는 축복받은 듯한 안도감에 젖었다. 전에도 그렇게 행복한 적이 있었는지 달리 생각나는 것이 없었다. 소가 그를 보호했고, 개가 그를 보호했다. 그런 적이 한 번 더 있긴 했다. 고개를 넘었을 때였다. 설선雪線 아래로 내려와, 어둡고 단조로운 비탈을 덮은 진눈깨비에 시달리며 이리저리 비틀거리는데, 어렴풋이 개 짖는 소리가 들렸다. 곧 다른 개가 짖어 (방금 전처럼) 응답했다. 그리고 집에 들어오라고 어르는 건지 그만 짖으라는 건지 사람 소리가 났다. 무슨 말인지 확실히 들리지는 않았지만 그 어조는 화났다기보다 구슬리는 소리였다. 그 일련의 소리가 난 쪽으로 방향을 잡고 가다가 그는 불빛을 발견했다. 헛간 앞의 마당을 비추는 등불이었다. 그랬는데 방금 전에 한 번 더 짐승들이 개입한 것이다. 그는 자연이 그를 옹호하고, 자연에 배치되는 두 딸자식의 잔혹함에 그와 함께 분개하고, 그와 공모하고 있다고 깨닫자 기쁨이 물밀 듯했다.

그는 늘 자연과 단단히 접속해 있었다. 어린 시절에는 그가 지금도 온타리오에 소유한 호수 옆 숲속의, 그가 진정한 집으로 여기는 별장에서 여름을 보냈다. 카누와 요트를 타고, 나무 위에 집을 짓고, 하이킹과 캠핑을 가고, 호수에서 헤엄치며 그 물을 마

✦ 맥도널드 영감이라는 농부와 가축들을 소재로 한 동요의 주인공.

시고, 노력하지 않고도 주위의 풀과 나무와 짐승과 접속된 느낌을 가졌다. 나이와 돈 때문에 그 관계가 단절되었다가 극한의 시련을 겪는 가운데 그는 더 깊은 본능, 더 오래된 옛날의 정체성을 회복하고 있었다. 저희들은 헛간에서 허둥지둥했으면서, 성공적으로 몸을 숨긴 그를 두고 건초 더미에 오르지도 못할 "뚱뚱한 영감탱이"라고 한 케빈의 생각은 빗나가도 단단히 빗나갔다. 던바는 늘 엄청난 체력을 유지했다. 잠은 단 세 시간만 자도 충분해서, 하루 종일 일하는 데 아무런 문제가 없었다. 그 근육질 멍청이는 자기가 어떤 사람을 상대하는지 전혀 알지 못했다. 자신의 신체 단련과 호전성에 얼을 빼앗긴 나머지 정신력이 정말 어떤 것인지 발견하지 못했다.

던바의 의기양양한 기분이 절정에 올랐다 흩어져 사라지기까지는 몇 분 걸리지 않았다. 그는 케빈과 그의 살인 견습생이 실제로 떠났는지, 아니면 헛간에서 조금 떨어진 곳에 숨어서 망원경의 초점을 문에 맞추고 있는지 궁금했다. 그들이 말한 맥도널드가 소와 집 지키는 개를 불안하게 만든 원인을 알아내기 위해 중무장을 하고 이리 오고 있지는 않을까? 그는 너무 늦기 전에 헛간에서 벗어날 방법을 찾아야 했다. 등불은 헛간 앞의 마당만 밝혔다. 트랙터 뒤의 키 큰 미닫이문이 잠겨 있지 않고, 그에게 그걸 열 힘이 있으면 아무에게도 들키지 않고 떠날 수 있을 것이다. 그는 건초 더미에서 내려오기 시작했다. 발 디딜 틈을 찾을 때 건초를 묶은 팽팽한 끈이 손가락에 파고들었다. 뒷문으로 가서 젖

먹던 힘을 다해 레버를 잡고 옆으로 밀었더니 의외로 문이 스르르 매끄럽게 열려서 하마터면 문에 딸려 갈 뻔했다. 그는 조금 열린 문으로 살짝 나가 문을 닫았다. 여전히 궂은 날씨였지만 더 이상 암흑같이 어둡지는 않았다. 던바는 외투 칼라를 세우고 모자를 쓴 다음, 피터가 입 싸게 지껄였다면, 그가 마지막으로 목격된 곳으로 알려졌을 킹스헤드에서, 그 주차장에서 더 멀리 갈 수 있는 쪽을 향해 출발했다.

그리고 쉬지 않고 꾸준히 언덕을 오른 지금, 그는 낮은 돌담 뒤에 웅크리고 앉아 그 작은 마을과 헛간을 뒤돌아보고 있었던 것이다. 돌담으로 구획된 밭 세 개만 더 올라가면 언덕 정상이었다. 앞길이 분명히 보일 만큼 날이 훤해졌지만, 그만큼 적의 눈에도 분명히 띌 수 있을 터였다. 너팅으로 들어가는 마지막 굽은 길에서 200미터 정도 뒤에 검은색 랜드로버가 한 대 서 있었다. 차는 그가 오르던 언덕과 반대되는 쪽을 향해 서 있었다. 누군가 몸을 돌려 뒷 유리창으로 밖을 내다보지 않았다면, 아무도 그를 보지 못했을 것이다. 하지만 그 차가 그곳에 있다는 사실은 농가와 그 주변의 다른 차들보다 훨씬 더 무겁게 그의 마음을 짓눌렀다. 그렇게 돌담 뒤에 숨어서 쓸데없는 생각을 하고 있는데 랜드로버 문이 열렸다. 그는 두 남자가 차에서 내리고 뒷좌석에서 배낭을 꺼내 등에 지는 것을 지켜보았다. 그들은 보도를 택해 행군 걸음으로 미어워터로 향했다. 그들의 얼굴을 알아볼 수는 없었지만, 케빈과 J가 수색 작업에 나서는 것이라고 그는 확신했다.

그는 몸을 웅크리고 등을 돌담에 바짝 기댔다. 하마터면 잡힐 뻔했다고 생각하니 소름이 끼쳤다. 이제 그는 그들이 고갯길을 넘어갈 때까지 기다려야 했다. 그들이 언제든 뒤돌아볼 테니, 그러면 골짜기 반대편에 있는 그를 볼지도 모르기 때문이었다. 그들이 단 1분만 일찍 출발했어도, 고개를 쳐들어 보고 돌담 사다리를 오르는 그를 발견했을지도 모른다고 생각하니 공포가 엄습해 가슴이 두근거렸다. 이보다 앞선 일시적 구원에는 감사와 운명의 느낌을 받았지만, 이와는 정반대로 둘째 행운은, 파도가 밀려올 때마다 점점 더 깊이 더 오래도록 물속에 빠져 들어가면서, 떠나지 말아야 했던 태평양 기슭을 이따금 흘끗 바라보는 느낌, 천천히 사나운 파도에 빠지는 것 같은 느낌을 주는 그의 근원적인 공포심을 악화시켰다. 신발 끈을 묶는 법을 잊어버렸거나 주변의 익숙한 사물의 이름을 생각해 내지 못하는 사람처럼 대체로 줄곧 혼란에 빠져 있는 느낌에 더하여, 그는 훨씬 더 심각한 당혹감의 발작을 겪고 있었다. 그는 지금 근원적인 혼란을 느낀 것이다. 마치 공중에 던진 돌이 땅에 떨어지지 않고, 계속 속도를 더하며 하늘로 솟아올라 간다든가 하는 어떤 불가능한 일, 자연법칙의 전도를 목격하기라도 한 것처럼.

눈 아래 단단하고 축축한 땅까지는 몇 피트 되지 않았다. 그것은 그의 친구였다. 그는 땅에 쓰러지고 싶은 마음이 간절했다. 무한정 쓰러져 있다고 반드시 하늘에 오르는 게 아니라면, 눈을 감았는데 마음은 잃어버린 집을 향하여 몸부림치며 뒤돌아보는 게 아니라면. 던바는 이내 돌담 옆에 바짝 엎드려 최대한 땅에 밀착하도록 몸을 쭉 폈다. 그는 제거되고 싶지 않았다. 눈을 감은 채 추가로 의지할 것이 있는지 더듬다 돌담에서 삐져나온 거친 돌을 오른손에 감아쥐다가 손가락을 긁혔다. 다른 손으로는 풀을 한 움큼 쥐었다. 어렸을 때 벌을 주려는 어머니에게 끌려가지 않으려고 필사적으로 테이블 다리를 쥐었던 일이 생각났다. 한번은 불을 피우지 말라고 '분명히' 말했는데 어겼다고 어머니에게 두드려 맞은 일도 있었다. 그 뜻을 알기 오래전부터 그 단어는 그를 쫓아다니며 괴롭혔다. 그는 그 단어가 끔찍한 도덕적 무게를 전달한다고, '악'이라는 말로는 충분하지 않은 무엇을 가리킨다고 추측했다. 그 실제 의미를 알았을 때, 그 명확함의 중립성에 그는 어리둥절했다. 그녀는 어쩌면 그렇게 깔끔하고 의미가 좁은 단어에 그리도 큰 공포와 폭력을 담을 생각을 했을까?

"분명히." 던바가 중얼거렸다.

그는 온몸을 뻗어 진흙 위에 엎드려 풀과 돌을 잡고 땅에 달라붙은 채로 계속 있었다. 손에 잡은 것을 놓을 엄두가 안 나, 발끝은 땅을 파고들고 근육은 경직되었다. 얼마나 오래 그러고 있었는지 알 수 없었다. 그의 시간 개념은 다른 모든 것과 마찬가지로 뒤틀렸다. 그 시간은 악몽의 친숙한 권위를 가졌다. 그래서 어머니의 형벌적 분노의 분위기 속에 얼마나 오래 잠겨 있었는지 판단할 수조차 없었다. 그 분위기는 시간의 밖에 존재하는 것같이 생각되었다. 그 일은 지나갔지만 그로서는 끝난다는 것을 상상도

하지 못한 시기에 속해 있기 때문이었다. 또 한편으론 무한과 우주와 같은 개념이 문득 머리에 떠올랐지만 영원한 벌에 대한 아주 기분 나쁜 예감만 남기고 금방 사라졌다.

그는 결국 몸을 움직였다. 천천히 일어나 무릎을 꿇었다가 일어섰다. 무릎은 쑤시고 발은 감각이 없었다. 그는 추적자들이 골짜기 맞은편에서 배율이 높은 망원경으로 보고 있을지 몰라, 머리가 돌담 위로 보이지 않게 몸을 수그렸다. 조금 더 가만히 서 있다가 슬그머니 머리를 내밀어 그들이 언덕을 얼마나 올랐는지 한번 흘긋 내다보았다. 아무도 없었다. 그들의 차가 있던 곳에서 고갯길 위쪽까지 눈으로 더듬어 보았지만, 바람에 밧줄처럼 꼬인 빗줄기 세례를 받아 흠뻑 젖고 더러운 검은 양 떼만 보였다. 추적자들은 어쩌면 구름이 비탈 꼭대기를 덮은 곳까지 벌써 올랐는지도 모른다. 하지만 그건 가능해 보이지 않았다. 그는 얼마나 한참 숨어 있었던 걸까? 그들이 이미 이리로 돌아오고 있는 건 아닐까? 그는 너팅으로 도로 내려가, 택시 말고 경찰을 불러 자수해야 할까? 어차피 그들도 경찰을 부를 테니까. 메도미드로 데려다 달라고 해서 다시 약물 치료를 받아야 할까?

아니, 그는 도로 내려가지 않을 것이다. 그는 굴복하지 않을 것이다. 자식들에게 지배되거나 간수들에게 모욕당하지 않을 것이다. 굶주림이 위를 삭이고 추위가 피를 얼려 산산조각 내도 굴복하지 않으리라. 그는 가까스로 힘을 내 다시 걷기 시작했다. 추적자들이 당장은 보이지 않으므로 이럴 때 그들보다 앞서 최대한 멀리 가야 한다. 틀린 냄새 자국 때문에 갈피를 못 잡는 한 떼의 사냥개들처럼 그들은 헐떡이며 미어워터로 가는 고갯길을 넘고 있었다. 하지만 그들은 빠르기 때문에 고개 너머에 아무것도 없다는 것을 알면 이리로 돌아올 것이다. 캥캥 멍멍 짖으면서 울타리를 물 흐르듯 뛰어넘어 가며 그를 작은 산속으로 점점 더 깊이 몰아갈 것이다. 폐는 타는 듯하고 다리는 부들부들 떨리지만 냄새의 흔적을 없애려고 요란하게 물을 튀기며 강을 건너도, 기진맥진해질 때까지 사냥개들에게 쫓겨 결국 나무 덤불이나 늪에 꼼짝 못 하게 되는 수사슴처럼. 그는 프랑스 루아르 계곡에서 그 모든 것을 보았다. 그들은 궁지에 몰린 수사슴을 훼손하지 않은 대가로, 사냥의 주인을 위해 그 야생 동물의 심장을 찌르는 즐거움을 남겨 둔 대가로, 사냥개들에게 내장을 내주었다.

10

나중에 보니 윌슨 말고는 모두 맨체스터가 초행이었다. 그는 텔레비전 방송국을 살 때 그녀의 아버지와 그곳에 다녀간 적이 있다고 플로렌스에게 설명했다.

"그걸 사서 어떻게 했어요?" 플로렌스가 물었다.

"문 닫았지." 윌슨이 말했다.

"그게 그들을 꾀어낸 매력적인 사업 계획이었어요?"

"꼭 그런 건 아니고." 윌슨이 그녀를 보고 웃으며 말했다. 그들은 아버지의 왕국에 대한 그녀의 의혹을 논하고 있었다. 그 의혹은 그녀가 노동자의 권리, 환경에 대한 관심, 언론의 진실성에 대한 높은 기준 따위를 부르짖는 열렬한 지지자가 되어, 투쟁 태세를 갖춘 사춘기부터 줄곧 가졌던 것이었다.

플로렌스도 따라 웃었다. 윌슨은 가족의 일원, 아니, 정확히는,

그에게는 무한히 명예롭게도 가족의 일원이 **아니라**, 그녀가 평생 알고 지내면서 그의 의리와 쾌활한 성격을 보고 사랑한 어떤 사람이었다.

"이 개인 제트기를 세내서 양심에 가책이 돼요. 탄소 발자국* 때문에 그건 부도덕한 행위라고 간신히 우리 아이들을 납득시켜 놓고는." 그녀가 말했다.

"그야 뭐, 경쟁업체를 무너뜨리기 위해 텔레비전 방송국을 사야 할 때가 있는 것처럼 경쟁자 즉 이 경우 자네 언니들을 따라잡기 위해 제트기를 세내야 할 때도 있는 거니까." 윌슨이 말했다.

"그런데 막판에 승객이 한 명 늘었어요." 플로렌스가 놀라움으로 눈을 둥그렇게 떴지만 너무 많은 말은 하고 싶지 않았다.

"그렇지. 그럼 우리, 자네가 우리를 위해 세낸 저 탄소 침대를 좀 써 볼까. 그래야 합당한 컨디션으로 맨체스터에 도착할 수 있을 거야. 비행시간이 그리 길지 않아." 윌슨이 역시 재치 있게 말했다.

"나는 작년에 나무를 70만 그루 심었어요." 플로렌스가 말했다.

"그럼 이제 하늘에서 비료를 좀 뿌려 줄 때도 됐네." 윌슨이 그녀의 한쪽 어깨에 손을 얹고 말했다. "잘 자, 플로렌스, 노던 파워

✦ 이산화탄소 배출량.

하우스*에서 보자고."

"안녕히 주무세요." 플로렌스가 피곤해서 건네는 인사의 몸짓으로 그의 손에 자기의 손을 잠깐 얹고 말했다.

그녀는 방음 장치가 된 소형 침실로 곧 물러갔다. 신발을 걷어차듯 벗고 원피스와 브래지어를 벗고 티셔츠를 입었다. 최면에 걸린 듯 습관에 따라 이를 닦고 그대로 침대에 쓰러졌다. 몸을 움지럭거리면서 시트를 덮고 귀마개를 한 다음 눈가리개를 썼다 다시 들춰 올리고 불을 껐다.

그에게 들릴까 봐 그녀가 더 논하기를 꺼렸던 뜻밖의 승객은 마크였다. 윌슨과 크리스가 아직 날아오고 있을 때 마크가 그녀에게 다시 전화해서 장인을 찾는 일을 돕고 싶다고 했다. 다른 배려에 우선하여 자신의 안전을 택한 지 몇 시간 되지도 않아 심경의 변화를 일으킨 것을 어떻게 보아야 할지 플로렌스로선 확실히 알 수 없었다. 다만 그녀는 자기가 대하고 있는 것은 불안정한 진심이라고 할 만한 무엇이라고 직관적으로 느꼈다. 애비게일에 대한 그의 증오는 격렬했지만 갈등과 죄의식의 무게에 눌려 설득력 있게 비틀거렸다. 윌슨이 그의 참여에 전적으로 반대했다면 뒤늦게라도 마크를 초청한 것을 취소할 수 있었겠지만, 그녀는 일단 모두 뉴욕 라과디어 공항에 모이는 게 좋겠다고 생각했다.

✦ 잉글랜드 북부의 맨체스터를 포함한 6개 도시를 겨냥한 경제 발전 계획안을 가리킨다. powerhouse는 '발전소'라는 뜻도 가지고 있으므로, 비행기가 내뿜는 이산화탄소를 '비료'로 치환해 우스갯소리를 하는 맥락으로 화자의 의도를 엿볼 수 있다.

"아군은 마음대로 돌아다니게 둬도 적은 가까이 두는 법." 윌슨은 마크에 대해 듣고 아리송한 대답을 했다.

"그거 어디에 나오는 말이에요? 〈대부〉예요 아니면 『손자병법』이에요?" 플로렌스가 물었다.

"몰라. 방금 지어낸 거야."

"윌슨 아저씨! 난 지금 진지한 조언이 필요하다고요."

"들어 봐, 우리에겐 사실 계획이랄 게 없어. 그러니까 마크가 우리를 배신하고 자네 언니들에게 일러다 바칠 게 없는 거야. 반면에 마크가 오히려 **우리에게** 무언가 쓸모 있는 말을 해 줄지도 모르지. 이것저것 다 따져 볼 때, 나는 마크를 데려가야 한다고 생각해."

던바가 영국 북서부 어딘가에 유폐되어 있다는 것을 알고 윌슨의 조사 팀은 그럴 법한 세 군데의 치료소를 알아내 조사했지만, 접수 담당자들은 그런 환자는 없다고 확인해 주었다. 비밀이라서 그런 건지, 그들이 몰라서 그런 건지, 실제로 그가 없어서 그를 찾을 수 없는 건지 알 길이 없었다. 윌슨이 라과디어 공항에 도착하기 전에 여성 인턴이 유력한 치료소를 두 군데로 추릴 수 있다고 자신 있게 말했다. 그녀와 이야기를 나눈 야간 수위가 그의 회의적인 반응으로 "오스카 상을 탈 예정"이 아니라면 그렇다고 했다. 그녀는 딕 밴 다이크⁺가 연기한 굴뚝 청소부를 런던 토박이로

⁺ 딕 밴 다이크는 미국 배우로, 그가 영화 〈메리 포핀스〉(1964)에서 런던 토박이 역을 맡아 쓴 런던 말투는 엉터리라고 혹평을 받았다.

통하게 만든 영국식 말투를 월슨 앞에서 엉터리로 우스꽝스럽게
흉내를 내 그 수위의 말을 전했다.

"네? **바로 그** 헨-으-리 던바요? 그 유명한 헨-으-리 던바? 여기
엔 없소, 아가씨. 있다면 내가 모를 리 없지. 여기서는 그런 비밀
이 있을 수 없으니까."

플로렌스와 월슨은 그녀가 전달한 수위의 경솔한 언행에 설득
되어, 이튿날 아침에 팀을 둘로 나누어 (마크에게 말하지 않고)
각각 나머지 후보 진료소를 맡아 조사해 보기로 했다.

"난 크리스와 갈게요. 마크의 동기를 알아내는 데는 아저씨가
훨씬 나을 테니까요. 어쨌든 난 크리스랑 가고 싶어요." 그녀가
월슨이 늘 그녀를 사랑스러워했던 이유의 하나인, 모든 것을 간
단히 압축하는 간단명료함을 드러내 말했다.

"그래." 월슨이 그녀의 제안에 담긴 실용성에 동조했다. 그러
면서 한편으론 그와 던바가 저희들의 자식이 성장하면 서로에게
시집 장가 보낼지 논하기도 했던 때를 생각했다. "이 기회에 나
는 자네 언니들이 왜 이사회에서 나를 쫓아내지 못해 그토록 안
달했는지 알아봐야겠어. 마크는 자기가 뭘 아는지 모를지도 모르
지만―그들이 어디로 가고 있는지 감 잡을 정보를 얻을 수 있을
지도 모르지."

플로렌스가 잠을 못 이루고 있었다면―실제로 못 자긴 했지
만―어느 정도는 크리스와 혼자 있게 되는 기대감 때문이었다.
메도미드란 곳을 찾아 차를 타고 기막히게 아름답다고 알려진

호수 지방을 돌아다닐 터였다. 두 사람 다 호수 지방에 가기는 이번이 처음이었다. 이 여행이 본질적으로 긴급하고 불길해도 플로렌스는 여러 해에 걸쳐, 특히 이십 대 초에 그와 교제하는 동안 함께 다닌 여행을 생각하지 않을 수 없었다. 뜨거운 욕정과 관련해서 가장 집요한 추억과 그걸 다시 상상하는 경험이 크리스와 함께 지낸 시간과 관련이 있기 때문에 그녀는 마음이 불편했다. 당시 처음부터 원초적 집착이 그들을 사로잡았다. 옷을 입는 일은 옷을 벗는 일에 이르는 따분한 예비 행위일 뿐이었다. 파티에 가면 끝까지 기다리지 못하고 중간에 도망쳐 나와 차 뒷좌석을 찾았다. 그리고 파티장에 돌아온 그들의 눈은 흐릿하고 머리는 헝클어져 있었다. 그런 그들에게 다른 사람들은 거의 무관한 무엇, 엘리베이터 음악과 같았다. 그녀는 스물세 살 때 그와 유럽을 여행했다. 침실 유리문의 얇고 하얀 커튼이 석호에서 불어오는 산들바람에 부풀어 들렸다 다시 느른하게 내려앉고 할 때마다 보였다 안 보였다 하던 산 조르조*의 붉은 벽돌 탑을 응시하며, 이보다 더 완벽하다는 느낌이 들 수는 없으리라고 생각한 기억이 났다. 그녀는 뉴멕시코로 도보 여행을 하다 색이 옅은 황토 동굴을 발견했을 때의 일을 아직도 떠올리며 공상에 잠기곤 했다. 그곳은 땅이 정말 비단결 같았다. 흙이 너무 따뜻하고 부드럽고 두꺼워서 불편한 어떤 자세도 불편할 수 없었다. 흙 속에서

---

* 이탈리아 베네치아의 한 작은 섬.

무릎을 꿇거나 몸을 돌리거나 구르는 등 안 해 본 동작이 없다는 것은 하늘이 아신다. 아, 이럴 수가. 오래전의 일이지만 다른 무엇보다 더 가깝게 느껴졌다. 적어도 당장은 그랬다. 이 작은 비행기에 함께 있는 두 사람을 가로막는 건 방과 방 사이의 얄팍한 칸막이뿐이므로.

벤저민을 두고 외도한다는 것은 생각할 수도 없었다. 적어도 이제까지는 그랬다. 배우자보다 더 오래전에 권리를 가졌던 어떤 사람과 저지르는 불륜은 일반적인 불륜보다 더 나쁜 것일까, 아니면 그건 단지 결혼으로 차단된 자연 질서의 회복일까? 도대체 어떻게 이런 의문을 품을 수 있을까? 그녀는 벤저민을 남편으로서, 함께 아이들을 낳은 사람으로서 사랑했다. 크리스 외에 다른 애인들과는 누구와도 아이를 가지지 않으려고 노력했다. 그녀와 크리스는 인생의 과도기를 거치고 있었다. 뚜렷한 목적의식을 갖기에는 너무 젊고 변덕스러웠고, 사고를 예상하지 않기에는 너무 무모하고 열정적이었다. 어떤 의미에서 그 사고는 그녀가 크리스의 아이를 갖지 않았다는 사실이었다. 그녀가 구체적으로 유감을 표하기도 전에 그들은 결정적인 결별을 했다. 그것은 교제하는 동안 서로의 아파트에 있다가 몇 주에 한 번씩 뛰쳐나가던 것과는 사뭇 달랐다.

그녀와 크리스의 깊은 관계에는 어렴풋이 근친상간적인 데가 있었다. 그녀의 아버지는 그의 대부로서 그 역할에 열심이었다. 그래서 크리스는 유년기에 늘 그녀의 주변에 있었고, 긴 여름방학에는 홈 레이크에 있는 던바가家의 별장에서 함께 상당한 시간을 보냈다. 유년 시절이 끝날 무렵, 이와 이가 부딪치고 코와 코가 충돌하는 첫 키스를 했어도, 윌슨이 유럽 지역 본사 책임자로 가 있는 동안 크리스는 영국의 기숙학교에 다니게 되면서 여름방학을 줄곧 이탈리아나 프랑스에서 보내지 않았다면, 그와는 아마 오누이처럼 지내게 되었을 것이다. 크리스의 대부인 던바는 유럽에 자주 출장을 다니면서 그를 계속 보았지만, 플로렌스는 사춘기의 절반이 지나도록 그를 보지 못했다. 그녀는 그에 대해 모르는 게 없다고 생각했는데, 두 사람이 열일곱 살에 다시 만났을 때 수줍음을 타고 이상하게 설레었다. 마치 줄곧 살던 집에 미처 있는 줄 몰랐던 방을 발견하자 몹시 들어가 보고 싶은 것처럼. 이 상반된 흐름의 합류를 어떻게 해야 할지 두 사람 다 알지 못했다. 훨씬 훗날, 그들이 마나우스에서 누런 아마존강과 물결이 세고 차가운 네그루강이 몇 마일을 서로 합치지 않고 나란히 흐르는 '물의 만남'을 보았을 때, 그녀는 그것을 크리스에 대한 편안하고 다정한 오래된 느낌이 욕망의 강렬한 느낌과 만난 그해 여름과 비교했다. 그런데 그녀는 그 둘을 결합시킬 방법을 오랫동안 찾지 못했다. 그리고 다음 크리스마스가 되어서야 그들은 몇 시간이고 마냥 키스만 하기 시작하다 그 이듬해 여름에 처음으로 성관계를 맺었다. 그 최초의 결합을 생각하면 사실은 결혼이 불륜 행위였다고 자기도 모르게 생각하는 것을 깨닫고 그녀는 깜짝 놀랐다. 그녀는 이제 잠을 자야 했다. 약을 먹는 일이 거의 없는 그녀는 5년 묵은 약통에서 꺼내 먹은 재낵스*의 약효에 곧 의식을 잃었다.

문을 두드리는 소리가 그녀의 인위적 수면의 우물에 간신히 닿았다. 승무원이 문을 열고 머뭇거리며 곧 착륙한다고 알렸다. 플로렌스는 고맙다는 말을 하고 더블 마키아토와 평소대로 녹차한 주전자를 주문했다. 그녀는 더듬더듬 옷을 집어 입고 커피를 벌컥벌컥 들이켜고 나서 안전벨트를 착용하고는 커다란 가죽 좌석에 앉아 금방 다시 잠이 들었다.

맨체스터의 날씨는 궂었다. 그러나 플로렌스는 운전사가 받쳐준 우산을 쓰고 걸어가며 바르르 떠는 물웅덩이의 물과 얼굴에 흩날리는 상쾌한 빗방울에서 초연한 즐거움을 느꼈다. 그녀는 활주로를 가로질러 가 레인지로버의 높은 뒷좌석에 올라탔다. 크리스는 그녀 옆에 탔다. 마치 그들이 헤어진 15년이란 세월이 무효가 되기라도 한 듯, 그녀는 "난 정말 잠 좀 더 자야겠어"라고 말하고는 옆으로 쓰러져 그의 허벅지를 베고 잠들었다. 크리스는 이예상치 못한 짐을 반기며 혹시 차가 갑자기 서더라도 그녀가 앞으로 굴러 떨어지지 않게 팔로 허리를 감싸 그녀를 보호했다.

플로렌스는 잠에서 깨어나 얼마 동안은 자기가 어디에 있는지 전혀 알 수 없었다. 자기가 크리스의 허벅지를 베고 있다는 사실을 깨달았을 때, 깜짝 놀라려고 해 보다가 이내 체념하고 정말 기

✦ 신경 안정제 알프라졸람의 상품명.

분 좋고 자연스러운 그 상태에 몸을 맡겼다.

"미안, 내가 잠이 들었었나 봐." 그녀가 몸을 일으키며 말했다.

"허락을 구했다고 볼 수 있지." 크리스가 말했다.

"그러니까, 네 개인 공간을 침해하고 정신적 고통을 주고 자존심을 상하게 한 걸로 나한테 소송은 걸지 않겠다는 거야?"

"이번만은 봐주지. 하지만 계약서를 써서 증인의 서명을 받아야겠어."

플로렌스는 그의 손을 잠깐 쥐었다 놓고 아무런 말도 하지 않았다. 그와 정감 어린 농담을 주고받는 것은 너무 자극적이면서, 너무 가벼운 행동처럼 느껴졌기 때문이다.

"여기가 정확히 어디예요?" 그녀가 운전사에게 물었다.

운전사가 그녀의 말에 대답하려고 위치를 확인했다. "위성 내비게이션을 보니까, 목적지에서 **정확히** 9.6마일 떨어진 곳입니다."

"서른여섯 시간 전만 해도 와이오밍에 있었던 사람한테는 굉장히 가까운 걸로 들리네요."

"대략 네가 갈 길의 99.8퍼센트는 온 게 아닐까 싶어." 크리스가 말했다.

"아버지가 그곳에 계신 것으로 밝혀진다면."

해리스 박사는 농담할 기분이 아니라고 그들에게 말했다.

"물론 무슨 일이 있었는지 언니들에게 들으셨겠죠."

"아무 얘기도 못 들었어요. 우리는 서로 말을 안 하거든요." 플로렌스가 말했다.

"그렇군요. 근데 유감스럽게도 그분들은 나와는 아주 많은 말을 나눴습니다. 어제는 나를 개인적으로 모욕하는 영광을 베풀더니, 오늘은 그 일을 런던 최강의 공격적인 변호사들에게 일임했더군요."

"브래그스 법률 사무소요?" 플로렌스가 물었다.

"네."

"내가 그들을 멈추게 할 수 있을 거예요." 그녀가 말했다.

"뭐, 어떻든. 우리도 당하고만 있지 않을 겁니다." 해리스 박사는 노염을 누그러뜨리지 않았다. "우리가 고도의 경비를 서는 교도소의 운영에 태만했다는 것은, 물론 우린 그런 걸 제공한다고 한 적이 없지만, 우리 환자를 납치한 것에 비하면 사소한 위반으로 보일 거예요. 환자의 말에 따르면, 그들이 던바의 행방에 관한 정보를 캐내려고 그를 고문했답니다. 우리가 한 시간 전에 플럼데일에서 발견했을 때 환자는 공포에 떨어 비참한 상태였어요. 진정제를 써서 자살 감시실로 옮겨야 했죠. **이 일이** 법정에서 어떻게 받아들여질지 어디 한번 봅시다."

"고문이라고요? 그분과 얘기 좀 해도 될까요?" 플로렌스가 말했다.

"그러면, 당신도 그에게 불을 붙이려고? 이 환자는 그 영향이 평생 갈 만큼 충분히 당신네 집안사람들과 접촉했어요!"

"나는 우리 집안사람이 아니에요." 플로렌스가 말했다.

"허, 이거야 원. 오늘 하루 종일 그 심오한 발언에 대해 깊이 생각하게 됐군요. 그렇지만 장차 사립 요양원이 필요하시다면 **다른데** 가서 알아보시기 바랍니다."

"해리스 박사님, 좀 앞서가시네요." 크리스가 말했다.

"내가 한 가지만 분명히 말해 두겠소." 해리스 박사가 의자에서 일어나 책상 위로 몸을 기울여 두 방문객을 향해 말했다. "난 당신의 언니들이나 그들의 대리인들이 나를 위협하게 가만있지 않을 겁니다. 당신네 아버지가 실종된 것은 대단히 유감으로 생각하지만, 애초에 이곳에 받아들인 것에 대한 유감에 비하면 그건 아무것도 아니오. 유명인들은 대개 득에 비해 더 큰 말썽거리이긴 하지만, 대단한 영향력을 가지기도 한 당신네 아버지는 여기 있는 동안 완전한 재앙이었어요."

"그분을 찾기 위해 박사님이 한 일은 뭐죠?" 크리스가 말했다.

"우리는 우리가 할 수 있는 모든 것을 다 하고 있어요." 해리스 박사가 몸을 꼿꼿이 펴더니 팔짱을 꼈다. "경찰과 산악 구조대를 동원하려던 참이었는데, 그의 딸들이, 그의 **다른** 두 딸이 스스로 모든 걸 떠맡기로 결정했죠. 나는 그 결과에 대해서 아무런 책임을 지지 않을 거요."

"우리는 헨리 던바를 안전한 곳으로 모시려는 것이지 책임을 전가하는 일 따위엔 관심 없어요. 그분이 이 산악 지대에서 폭풍우를 맞을 것을 감수한 까닭은 애비게일과 메건이 번개나 동상이나 저체온증보다 더 큰 위협이기 때문입니다. 평생 그분과 알고 지낸 사람으로 하는 말인데요, 그분은 정신을 완전히 잃기 전에는 끈기와 권력에 대한 본능을 잃지 않을 겁니다. 그분을 위대한 인물로 만든 요소들이죠." 크리스가 말했다.

"불행하게도 사람들이 정신을 완전히 잃는 일이 실제로 일어납니다." 해리스 박사가 크리스의 회유적인 어조에 반응해 제 나름대로 차분한 어조를 갖춰 말했다. "우리는 그걸 매일 보죠. 던바는 자주 혼란을 겪고 화를 아주 잘 냈지만 분명히 그 정도로 심약하진 않았습니다. 그의 실종에 대해 우리가 아는 것은, 어제 오후 미어워터 기슭에 있는 주차장에서 마지막으로 목격되었고, 너팅이라는 곳을 향하고 있었다는 게 전부입니다."

해리스 박사는 사무실 벽에 걸린 육지측량부 지도* 앞으로 가서 던바의 이동 경로로 추정되는 길을 짚어 보였다. 크리스는 일어서지 않고 휴대 전화로 문자를 보냈다.

"이맘때는 여든 살 먹은 노인은 고사하고 누구라도 걸어가기 힘든 길이죠. 적어도 폭풍우는 잦아들고 있어요."

"다행이군요. 하지만 어쨌든, 크리스가 말했지만, 우리 아버지는 박사님이 다신 찾아볼 수 없을 가장 완강한 분은 아니더라도 누구보다 심지가 강한 분입니다."

"자, 그럼." 크리스가 휴대 전화에서 눈을 떼며 말했다. "30분후에 너팅에서 아버지와 만나기로 했어. 경찰과 산악 구조대에

---

* 영국의 정부 후원 기관 육지측량부에서 제작하는 상세 지도.

연락하시겠대. 브래그스가 살인적 이메일을 보내는 것도 멈추게
하고."

"너희 아버지는 맨체스터 반대쪽에 있는 다른 치료소를 확인
한다 그랬잖아." 플로렌스가 말했다.

"우리가 바로 찾아왔다는 걸 알고 내가 문자로 알려 드렸거든.
벌써 이리 오고 계셔."

"설마 템플 그로브는 아니겠죠?" 해리스 박사는 묻지 않을 수
없었다. "끔찍한 곳이에요. 그곳에 누굴 보낼 생각이 있는 게 아
니기를 바랍니다."

"우린 아버지를 어디에도 보낼 생각이 없어요," 플로렌스가 말
했다. "집으로 모시고 갈 거라고요."

"자 그럼, 이만 가 봐야겠습니다." 크리스가 해리스 박사와 악
수하며 말했다.

"나중에 그 환자의 상태 좀 알려 주세요. 자살 감시실에 있다는
그 환자요. 박사님의 이야기에 충격받았어요. 어떻게든 그를 돕
고 싶어요." 플로렌스가 말했다.

"그러죠. 언뜻 잔인한 공격을 해 오는 제3의 물결로 두 분을 잘
못 알고 대해서 미안합니다." 해리스 박사가 말했다.

"박사님이 겪은 일을 감안하면 자연스러운 추정이겠죠." 크리
스가 굳은 웃음을 지었다.

"너 아주 유능해졌다. 내 기억에 넌……" 플로렌스가 메도미드
에서 멀어지는 차 안에서 말했다.

"완전 대혼란에 빠졌었지." 크리스가 말했다.

"어, 맞아." 그녀가 웃었다.

"우리가 헨리 던바는 완강한 사람이란 생각을 확실히 전달하긴 한 거 같아." 크리스가 최대한 쾌활하게 말했다.

"아버지가 충분히 완강하길 바라야지." 플로렌스는 물끄러미 창밖을 내다보았다. 크리스에게 우는 모습을 보이고 싶지 않았다. 정확히 어떤 복합적인 감정 때문에 눈물이 나는지 몰랐기 때문이다. 그녀는 보지 않은 채 그의 손을 잡아 그녀의 입술에 가져가 키스했다.

"어허, 너희 아버지는 굉장히 완강하신 분이야." 크리스가 얽힌 손가락을 풀어 그녀의 손을 잡아 자기의 입술에 가져갔다.

11

던바는 온 정신을 환각처럼 점거한 혼란스러운 이야기의 마지막 파편을 떨쳐 버리려고 애썼다. 하지만 그는 너무 오래 혼자 있었던 데다 지금은 강제된 공상 속에서 표류하고 있었다. 공상 속의 영상은 그가 느끼고 싶지도 않고 상상하기조차 싫은 것들을 보여 주는 데 전문가였다. 방금 전에는 추운 지방의 늙은 서커스 호랑이가 우리에서 도망쳐, 비명을 지르며 달아나는 군중 속에서 넋을 잃고 느릿하게 걸어가는 것을 보았다. 호랑이의 이질적인 걸음걸이가 주는 힘이 느껴졌다. 어쩌다 보니 호랑이가 먹이를 찾기 위해 나무가 드문드문한 휴양림 언저리에 서 있는데 총알이 날아들었다. 호랑이의 머리는 그 총알에 요란한 소리를 내며 박살 났고 피와 뼈가 흩어졌다.

그는 어떻게 하면 백일몽에서 깨어날 수 있을까? 그것은 그의 모든 생각과 눈에 보이는 모든 것을 덮어 버렸다. 누렇게 변하는 하늘에 흩어진 갈색과 보라색의 조각구름들을 보자, 어머니의 거북딱지 빗이 생각났다. 그는 한쪽 눈을 감고 그것을 등불 앞에 갖다 대고 한참 들여다보곤 했다. 그러다 보면 그의 시야는 불빛과 검은 반점의 얼룩덜룩한 무늬로 꽉 찼다. 그것은 그가 어머니에게 곤란한 질문을 하고 그녀의 안이한 대답에 의문을 표하기 전, 어머니와 적이 되기 전, 아주 어렸을 때의 일이었다. 지금 그는 제정신이 아니기 때문에 모두가 그의 적이었다.

폭풍우에 흠뻑 젖은 구릉 지대는 오후의 햇빛을 받아 반짝이고 초목은 물방울을 흘리고 있었다. 그는 이 아름답고 투명한 경치를 앞에 두고, 자기만 아니었다면 오염되지 않았을 산비탈에 스스로를 시멘트 부대처럼 털썩 내려놓고 뜯어서 빗물에 굳게 할 것을 가지고, 그렇게 둔중한 몸을 이끌고 떠나겠다고 고집했다. 정말 분별없는 짓이었다.

다른 한편으론 너무 몸이 가볍고 속이 빈 느낌이라서, 나머지 인생 조건과 너무나 빈약하게 연결된 느낌이라서, 그는 자신의 존재가 슬그머니 없어지는 상상을 쉽게 할 수 있었다. 관목에 붙들린 저 반짝이는 빗방울 하나가 풀잎에 떨어졌다 다시 땅에 떨어지듯이.

그는 혼란에 빠진 자신의 정신 조직도 장악하지 못하면서 어떻게 기업 조직을 몽땅 장악한 딸들에 맞설 수 있을까? 조직, 혼란에 빠진 정신 조직. 화나게 하는 이 모든 말들은 그를 복화술사의 인형으로 간주했다. 그를 그의 정신 속 텔레비전의 깊은 회색 화면에 비친, 인도적으로 도살된 호랑이의 영상으로 간주했음은 말할 것도 없다. 천지 만물의 모든 정신에 접속된 모든 채널을 소유한 어떤 개자식, 어떤 가학적 하늘의 신이 방송 프로 편성과 리모컨을 가지고 장난치기 때문이었다.

무엇하러 계속 가랴? 무엇하러 고통받는 몸을 이끌고 다음 골짜기로 가랴? 무엇하러 살아 있는 괴로움을 인내하랴? 인내는 그의 일이기 때문이다, 던바는 생각했다. 그는 간신히 몸을 일으켜 다시 한 번 더 꼿꼿이 섰다. 그리고 두 주먹으로 가슴을 탕 치고는 어린아이를 집어삼키는 하늘의 신에게 무엇이든 멋대로 해 보라고, 그의 인공위성을 통해 정보를 쏟아부으라고, 백색 소음과 불타는 몸들로 이루어진 시청각 지옥을 던바의 허약한 두뇌로 곧장 스트리밍해서 보내라고, 할 수만 있으면 대뇌반구를 양쪽으로 쪼개 보라고, 해 보겠다면 언어의 올가미를 씌워 교살해 보라고 촉구했다.

"자, 어서. 자, 어서 해, 이 개자식아." 던바가 목쉰 소리로 속삭이듯 말했다.

그다음에 일어난 일은 그가 마지막에 일어난 일을 잊었다는 것이었다. 그는 옆구리로 양팔을 내렸다. 그리고 이파리 끝에서 색이 변하며 부풀다가 휙 떨어져 땅속에 스며드는 물방울 관찰에 완전히 몰입했다. 그는 물방울의 덧없는 무지갯빛을 갈망했다, 땅속으로 스며들기를 갈망했다, 혹은 만일 땅이 그를 받아 주지 않는다면 하늘로 증발되기를, 아무것에도 관여하지 않으면서 모든 것의 일부가 되기를 갈망했다. 아무런 역할도, 아무런 목적도, 아무런 거주지도, 아무런 무늬도, 아무런 정신도 없이.

그를 제거하는 것 외에는 무엇으로도 이 공간의 가치를 높일 수 없을 것이다. 그는 자신이 지워지는 상상을 했다. 선생님이 완전히 빈 골짜기를 위한 훌륭한 공식을 쓰기 전에 누가 칠판에 써놓은 음란한 낙서를 지우듯이. 그래, 그래, 그는 가야 한다. 무릎은 좀 앉자고, 허리는 좀 눕자고 사정하고, 근육은 그를 쓰러뜨리고 싶어 하지만, 그는 그를 제거하고자 하는 골짜기의 당연한 열망을 존중하여 있는 힘을 다해 분발해서 온순하게 발을 질질 끌며 젖은 풀밭을 걷기 시작했다. 그는 마법의 공간을 오염시키는 악한이므로, 그곳을 떠나는 것은 그나마 그가 할 수 있는 최소한이었다.

그는 세계적 왕국을 경영할 때 잔인과 보복 성향, 거짓말과 불끈하는 성미를 결단력 있는 기업 총수에게 필요한 기능으로 위장했다. 그러나 그런 기능의 적나라한 속성은 이제 무방비 상태에 처한 그에게 고함을 쳤다. 마치 출소한 전과자가 자기를 고문한 사람을 우연히 거리에서 알아보고 "저거 그놈이다! 그놈이야!" 하듯이. "저놈이 내 손톱을 뽑았어, 내 무릎뼈를 쪼갰어, 내 결혼 생활을 박살 냈어, 나를 감옥에 보냈어……" 그는 너무 약해서 그들의 목을 치지도, 너무 다쳐 달아나지도 못했다. 그냥 그곳에 선 채 그들의 관점에 귀를 기울이지 않을 수 없는, 그로선 익숙하지 않은 처지에 놓였다. 그들을 해고할 수도, 파멸시킬 수도 없었다. 그들은 그의 피고용인도 적도 아니었다. 그들은 결핍과 허약의 낯선 관점으로 재구성된 그의 기억이었다. 그들을 상대로 법원의 강제 명령을 받으려 하거나, 그의 편집장들에게 물고 늘어지기 보도로 적의 평판을 갈가리 물어뜯으라고 해 봐야 소용없었다. 그들은 이미 그를 조롱하느라 바쁜데 기껏 이제 와서 그들을 하나하나 호명하며 조롱하는 건 생각조차 할 수 없었다. 언제고 그에게 상처를 입은 모든 사람들—진실을 말하는 무리로 드러난 이들—은 그 상처를 무기로 삼았다. 그는 걸음을 재촉하려고 애를 썼다. 그리고 그를 쫓아오는, 좀 이상한 말이지만 그의 정신의 중심에서 쫓아오는 기억을 피해 달아나려다 한두 번 비틀거렸다. 내면에서 분출하는 것을 피해 달아날 수는 없을지 몰라도 다음 언덕의 정상에는 낭떠러지가 있을지도 모른다—세상에 정의나 자비란 게 있다면 다음 언덕의 정상에는 낭떠러지가 있으리라—목숨을 구할 유일한 길은 그것을 끝내는 것이라고 가차 없이 인정하고, 그곳에서 거꾸로 몸을 던지리라. 머리가 돌을 받으면 박살이 날 테니, 즉시 뇌를 꺼내 필요한 수술을 가하고 그 골칫거리를 제거할 것이다.

그가 일찍이 수치스러워했던 모든 일들이 정제되어 그 자신의 잔인함의 정수가 된 듯했다. 눈에는 눈. 그게 곧 법률이었다. 그들은 그를 제압하고 그의 머리를 바이스에 끼워 죔쇠로 고정시키고 눈꺼풀을 잘라 냈다. 안 돼, 제발, 그것만은 안 돼. 높이 올라

갈수록 시야가 더 흐려지자 자신이 축적한 죄의 독에 눈이 멀지도 모른다는 공포심이 커졌다. 그는 힘센 손으로 머리 양쪽을 꽉 움켜잡았다. 머리가 얼마나 단단히 끼였는지 보기 위해서이기도 하지만, 어떻게든 머리를 옆으로 비틀 힘을 찾아, 방울방울 따가운 부식을 일으키는 독액이 그의 소중하고 무방비한 눈으로 흘러들지 못하기를 바라기 때문이기도 했다. 안 돼, 제발, 제발, 제발. 가슴이 괴로워 터질 듯했다. 그는 마지막 몇 미터를 간신히 네 발로 기어 올라가 언덕 꼭대기에서 쓰러졌다.

모욕이 추가된 절망은 잠시 동안 공포를 무색하게 했다. 건너편의 비탈은 그가 방금 오른 비탈보다 가파르지 않았다. 발목을 삐거나 다리를 부러뜨리고 싶다면 아주 좋은 비탈이겠으나, 그가 염두에 둔 일에는 결코 적합하지 않았다. 낭떠러지가 줄 위안이 없으니 순순히 고통받을 수밖에 다른 도리가 없었다. 그는 신속하고 특별한 죽음을 조직할 힘도 없었다. 굶주림, 체온 저하, 감염, 정신 착란의 미로로 이루어진 도살장에 들어가도록 내몰리는 소처럼 서성거리고 있어야 할 것이다. 결국 그는 두 딸의 승전 행진에 전시될 것이다. 야유하는 군중이 던지는 오물과 썩은 음식물 투척을 받으면서, 사슬에 묶인 패전국의 왕처럼.

그가 옛날에 던바 트러스트의 요직에서 메건과 애비게일을 해임한 건 사실이지만, 그건 오로지 나중에 다른 직책을 주기 위해서, 또 늘 그랬듯이 오로지 그들의 유익을 위해서였다. 즉 그들을 강인한 사람으로 만들려는 것이었다. 그들이 상냥함과 야만성을 겸비한 고위 간부들과 맞먹을 만한 자질을 갖추지 못하면 친족 등용의 지배는 허용되지 않으리란 걸 보여 주려는 것이었다. 적어도 유산을 남길 필요 때문에 왕가에서 후계자를 찾아야 할 이유가 무엇보다 중요해질 최후의 순간까지는 그래야 했다. 그는 만일 딸들이 그의 진의를 오해했다면, 해임당했을 때부터 복수를 생각했을지도 모른다는 것을 이제야 깨달았다. 아니, 그들은 어쩌면 아직 어렸을 때 저희 엄마를 빼앗겨 화가 난 건지도 모른다. 어쩌면 그들은 머리가 완전히 돈 저희 엄마에게서 아버지가 저희를 보호하려고 했다는 것을 이해하지 못하는지도 모른다. 그는 이제 그들의 고통을 느끼고 있었다. 딸들이 괴물이라면 그가 그렇게 만든 것이라고 느꼈다. 그러나 그는 그들에게 보상을 해 주려고 했다. 그리고 그들에게 모든 것을, 정말 모든 것을 주었다. 그런데 그들은 그것을 받고 그가 자기들을 대한 방식으로 그를 대할 생각만 했다. 그렇지만 분명히 그는 플로렌스에게 하듯 그들을 모질게 대하지 않았다. 살아야 하는 이유가 조금이라도 있다면 그것은 플로렌스에게 무릎을 꿇고 용서를 빌기 위해서였다. 언덕 정상에 있으리라고 허황된 기대를 했지만 낭떠러지는 없었다. 몸을 던지는 것보다 더 절박한 것이 있다면, 그가 세상에서 가장 사랑한 사람, 캐서린의 딸을 학대한 일을 격렬히 후회하는 것이었다. 그녀는 그에 맞서 음모를 꾸밀 동기를 가장 많이 가지고 있을 테지만 그러려고 하지 않은 유일한 자식이었다.

　그는 눈을 보호하려고 손을 갖다 댔다. 눈이 독액의 불에 녹아 없어지기는커녕 정상적인 눈물로 흥건했다. 그는 깜짝 놀랐다. 조금 분한 마음도 들었다. 하지만 속아 넘어가기에는 너무 의심스러웠다. 불은 고문하는 시간을 늘리기 위해 일시적으로 꺼졌을 뿐이었다. 교수형에 처한 죄인을 좀 더 꼼꼼히 죽이려고 올가미를 끓듯이. 그는 세상이 어떻게 돌아가는지 잘 알고 있었다. 소방관이 바로 방화범이고, 암살자는 의사의 옷을 입고 오고, 악마는 다름 아닌 제 주인을 위해 영혼을 수확하는 주교이고, 어린아이들을 맡은 선생들은 벌거벗고 샤워하는 그들의 모습을 찍어 인터넷 암시장에 올렸다. 그는 그런 기사들을 읽었다. 매일 아침 식사를 하며 그런 것들을 읽었다. 꼭두각시의 줄을 조정하는 사람이 목소리도 내야 하듯이, 던바는 거만하지만 부분적으로 그의 이상적인 독자들과 융합했다. 그들은 맹목적 유행 추종자와 복지 도둑, 변태, 마약 중독자를 증오하지만 동시에 상류 사회와 배부른 자본가, 탈세자, 유명 인사도 증오하는 사람들이다. 사실 그들은 자기들과 비슷한 사람 외에는 모든 사람을 싫어한다. 자기들에게 두려움과 질투심을 일으키는 건 모조리 싫은 것이다. 던바는 그런 사람들이 내민 혓바닥에 제병祭餠을 시혜해서, 부식성의 두려움과 질투를 역동적인 외곬의 증오로 바꾸어 놓는 성변화聖變化를 일으켰다. 이 저급한 의식의 대제사장인 던바는 자신이 놀랍고 새로운 상황에 놓이고 보니 제단 난간에서 바라보는 관점이 눈이 먼 상태와 거의 구별되지 않는다는 것을 인정해야 했다.

그 자리에서 스스로 목숨을 끊는 것이 그에게 허락되지 않는다면, 그렇게 가볍게 벗어날 자격이 없기 때문이었다. 그의 눈이 일시적으로 해를 입지 않았다면, 그것은 좀 더 은밀한 공포의 영상이 더욱더 흐려지는 시력에 각인되어 앞으로 눈이 멀 때 망막에서 떠나지 않게 하기 위해서였을 것이다. 그는 운명을 피할 길이 있는지 사방을 둘러보았다. 멀리에 작은 낭떠러지가 있고 그 아래 돌 더미가 보였다. 지금 그의 상태로는 헬리콥터가 있어야 그곳에 갈 수 있을 것 같았다. 그러나 경치만 감상하고 낭떠러지 가까이에는 가지 않기를 권할지 모를 상냥하고 신뢰할 만한 조종사를 그는 절대로 바라지 않았다.

그는 무릎을 꿇은 채 앉았다가 더 넓은 시야로 주위를 살피기 위해 무거운 몸을 힘들게 일으켰다. 그가 지나온 골짜기에도 앞에 놓인 골짜기에도 건물은커녕 어떤 종류의 구조물도 없었다. 이제까지 지나온 길의 상당 부분에 걸쳐 그의 동반자가 되어 준 허드윅 면양조차 암석 표면이 노출된 이 구릉 지대와 눈 덮인 봉우리까지는 너무 외져 감히 진출하지 못한 듯했다. '어딘지 모르는 곳 한가운데'*라는 구절이 파괴적 대중성을 가진 상투적 문구가 되기 이전의 힘을 가지고 머릿속에 떠올랐다. 그렇다, 그는 어딘지 모르는 곳 한가운데 있었다─그게 이 경우에 딱 맞는 표현이었다. 그는 늘 다양한 종류의 요지로 옮겨 다니며 살거나 일했다. 그럴 때마다 다시 또 잘 해냈다는 자각이 따랐는데, 그 자각

---

* in the middle of nowhere. '외진 곳, 접근이 어려운 곳, 사람이 사는 곳에서 멀리 떨어진 곳' 또는 '별 특징 없는 곳'과 같은 뜻을 가진 관용구.

이 이곳에서도 계속되는 느낌이 들었다. 그가 있는 이곳이 어딘지 모르는 곳의 한가운데라도 그랬다. 주소를 잘 찾았다는 만족감 뒤에, 옷 틈으로 조금씩 파고드는 얼음장 같은 바람을 피할 피신처나 바람막이나 먹을 것이나 따뜻한 불이 없는데도 그랬다. 그는 덜덜 떨며 골수가 언 듯한 느낌이 들기 시작하자 밤이 오는 것이 두려웠다.

"도와주시오!"

던바는 자기 혼자 있는 것으로 알았는데 방금 들린 소리를 어떻게 설명할 수 있을지 몰랐다.

"뭐요?" 그가 크게 외쳤다.

"도와주시오!"

그는 일순간 그건 헬리콥터 조종사일지 모른다고 생각했다. 가장 최근에 그의 머릿속에 구체적으로 떠올린 사람이기 때문이었다. 그러나 그의 존재를 입증해 주는 것은 아무것도 없었다─헬리콥터 조종사라면, 헬리콥터는 어디에 있지? 도무지 앞뒤가 안 맞았다.

그는 어리둥절해하다가 낮은 흙더미 같은 무엇이 갈라지면서 사람의 형체를 띠는 것을 보고 놀라 어쩔 줄 몰랐다. 아주 더러운 갈색 외투를 입고 수염에는 흙이 덕지덕지 붙은 사내가 일어나 앉아 얼굴의 흙을 털며 똑같은 간청을 반복했다.

"도와주시오. 이 부츠 좀 벗겨 주시오. 이거 때문에 아파 죽겠어요."

"부츠가 꼭 내 딸들 같군." 던바가 우연의 일치에 놀라워하며 말했다. 북받치는 연대감을 느끼며 그는 신음하는 새 지인 옆에 무릎을 꿇고 앉아 진흙이 두껍게 엉겨 붙은 부츠 끈을 끄르기 시작했다.

"발에 감각이 없어요. 그런데 발에 감각이 돌아오면 감각이 없기를 바라죠. 물집투성이예요."

"나도 눈에 물집이 있소."

"눈이 보이긴 해요?"

"아무것도 안 보여요."

"마태복음 15장 14절에 '눈먼 자가 눈먼 자를 인도하면 둘 다 도랑에 빠지리라'고 하죠."

"사리를 아는 사람 같군. 댁한테는 안내견이 훨씬 더 도움이 될 거요."

"나는 교구 목사였죠—사이먼 필드 목사라고 합니다—그런데 길을 잃었어요. 마태가 말하는 그 도랑에 빠졌죠."

"목사보다는 부랑자에 가까워 보이는데." 던바가 직설적으로 말했다.

"난 은둔자입니다."

"여기선 부랑자가 된 목사를 그렇게들 부르나 보네. 그럼 난 엉덩이요, 부랑자가 된 억만장자를 그렇게들 부르지."

"난 도박 때문에 신세를 망쳤어요." 사이먼이 말했다. "빚을 갚으려고 그들이 교회 지붕의 납판을 뜯어 가게 놔뒀죠."

"하느님 맙소사! 이 발 좀 봐, 피가 나네!"

"그다음엔 그들이 구리 파이프를 뜯어 갔죠. 총선 결과에 돈을 걸었다가 다 날렸죠. 난 동정심이 이길 줄로 생각했어요. 우리는 대중의 암페타민, 향상심의 시대에 살고 있는 거죠. 그들이 오래된 큰 라디에이터들을 뜯어 갔을 때는 교구 사람들에게 강도가 들었다고 알릴 수밖에 없었죠."

던바는 너덜너덜한 사이먼의 양말을 부츠에 집어넣고, 두 손을 모아 빗물이 고인 웅덩이에서 깨끗한 물을 떠다 사이먼의 외상 입은 발에 시원하게 부었다.

"그런데 교회 지붕 위원회 회장에게 사실을 고백한 게 실수였어요. 나는 우리가 서로 사랑하는 사이라고 생각했는데, 그 친구가 내 이야기를 신문사에 팔아먹었어요."

"「게이 목사, 연필에 심을 박다」 기사군."* 던바가 자기 목도리로 사이먼의 발을 닦아 말리며 말했다.

"아, 그 조직적 운동에 대해 잘 아시는군요. '게이 목사 성직을 잃다…… 도박 빚을 갚으려고 팔아먹은 납처럼 뒤틀린……' 어쩌고저쩌고."

"알아요, 알아. 그렇게까지 악착같이 괴롭히지 말았어야 하는데. 댁이 자살했다는 소문이 사실이 아니라 반갑소. 우리 신문사

---

* puts lead in [his] pencil. lead는 '납, 연필심'을 뜻하고, 이 관용구는 '정력을 돋우다'는 의미여서, 본문 신문 기사 표제는 말장난으로 '게이 목사'를 조롱하는 성적 은유이다.

편집장이 내게 '그 게이 성직자가 자살한 것으로 보인다. 속이 다 시원하다'라는 기사를 쓰겠다는 메일을 보내왔는데, 내가 그건 너무 지나치다고 했소, 아주 품위 없다고—물론 그 기사는 나가지 않았지."

"난 이제 그런 거에 마음 쓰지 않아요. 여기서 조금만 가면 우리가 하룻밤 쉴 수 있는 데를 내가 압니다. 추위를 좀 막아 줄 거요. 영감님이 좋다면 내가 안내해 드리죠."

"고맙소." 던바가 사이먼을 도와 부츠를 신겨 주며 말했다. "정말 고마워요, 더군다나 내가—"

"신경 쓰지 마세요. 어서 동굴로 가기나 합시다. 비가 그쳤으니 불을 지필 수 있을지도 모르겠군요."

던바가 손을 잡아 사이먼을 일으켰다. 그곳에서 일어나 출발하는 그들의 배경에는 술에 취해 거울에 휘갈긴 작별 인사의 립스틱처럼 야한 색깔의 저녁노을이 있었다. 그러나 곧 하늘에서 색이 빠지고, 대기에는 유리같이 청징한 잿빛만 남았다. 사이먼은 다리를 절며 걷다가 멈칫하고는 한쪽 무릎을 꿇을 듯하다 간신히 다시 일어섰다. 던바는 새로 생긴 벗을 경외의 눈으로 보며 그의 걸음걸이를 흉내 내 걷기 시작했다. 먼 봉우리를 덮은 눈의 흐릿한 빛을 배경으로 그들의 검은 윤곽이 드러났다. 한 걸음 한 걸음 예를 갖추듯 한쪽 무릎을 조금 굽힐 때마다, 그는 그대로 무릎 꿇고 한 사람 한 사람 그에게 해를 입은 모든 이에게 용서를 구하는 자신을 상상했다.

12

새벽 3시, 닥터 밥은 클로노핀*을 두 알 먹었는데도 전기 충격을 받은 사람처럼 누워서 말똥말똥 천장을 바라보고 있었다. 가까운 곳에서 부엉이 우는 소리에 귀를 기울였다. 영화를 좋아하는 대도시인인 그의 귀에는 그게 악의는 없더라도 바보 같은 감독이 **납득할 만한 이유로 걱정하며** 누워 있는 주인공의 비참한 장면에서 끝내 삭제하지 않은 음향 효과처럼 느껴졌다. 피터 워커를 희생양으로 삼는다든가(무모하고 엉뚱한 행동), 너팅을 포함해 던바가 탈출해서 갔을 법한 다른 모든 곳을 아무런 소득 없이 분주히 다녀온다든가 하는 일로 눈코 뜰 새 없는 하루였다. 그가 오후 내내 한 일이라곤, 레인지로버를 타고 빗물이 튀는 유리창을

✦ 초조감, 우울증 등 심리적 외상 후 스트레스 장애나 불안 장애에 쓰이는 진정제.

통해, 관심은 있지만 무력한 컴브리아 주민들에게 질문하는 케빈을 지켜보다 진흙투성이 마당에서 차를 돌려 나온 것뿐인 듯했다. 푸른색 오버올, 큼직한 스웨터, 후줄근한 가축을 내다보면서 한편으론 계속 휴대 전화 한쪽 구석에 선명하게 표시된 '서비스 불가'라는 말만 보았다. 던바를 찾는 것은 이제 그의 목적에 부수적인 일이지만 코니센티에게 돈을 받는 일은 그렇지 않았다.

마침내 킹스헤드로 돌아와 인터넷에 접속했을 때 그는 은행 잔고를 확인하고 그전 주에 던바 트러스트에서 입금된 650만 달러라는 금액에 아무런 변화가 없다는 것을 알았다. 제네바에 있는 거래 은행의 영업시간은 끝났지만, 2500만 달러가 입금될 것이라고 미리 연락받은 그의 개인 계좌 담당자는 송금인과 관련된 조회 정보를 알려 주면 자기가 송금 여부를 추적해 보겠다는 이메일을 닥터 밥에게 보내왔다. 스위스의 은행들이 제공한다는 서비스를 감안할 때, 그게 어떤 것이라도 자산의 출처를 묻는 것은 무언가 아주 비윤리적이라는 생각이 들었다. 그는 돈이 입금되는 즉시 통지 받기만을 바라며, 송금 추적은 '그의 편'에서 하겠다는 근엄한 답장을 보냈다. 그러나 저녁 식사 시간 전에 코니센티에게 전화할 시간은 없었다. 물음표 스물다섯 개와 함께 달러 기호를 확 찍어 보낼 마음이 굴뚝같았지만, 성가시게 조르는 이메일 기록을 남기는 것은 섣부른 짓일 것이다.

오후 늦게 날이 갰고 일기 예보에서 화요일은 날이 좋을 거라고 했다. 애비게일은 저녁 식사 중에 짐 세이지에게 연락해서 아

침에 케빈과 J가 그들이 찾은 유일한 평지인 플럼데일 운동 경기
장에 있을 테니 헬리콥터를 타고 그들을 데리러 가라고 일렀다.
닥터 밥과 애비게일, 메건은 뒤에 남아 준비하고 있다가 헬리콥
터 팀이 던바를 찾는 즉시 차로 달려가기로 했다. 그들은 임박한
이사회에서 나올 질문들에 대비하고, 주식 매수에 필요한 신용
대부 돈줄을 가동해 두는 등 할 일이 많았다. 한편으로는 최근 중
국에서 나오는 영업 실적을 숨기는 데 상당한 재간이 동원되었
다. 시장이 그 성과의 냄새를 맡기라도 하면 던바 주가는 두 자매
가 주를 되사기 전에 급등하거나, 실로 경쟁자가 그 모든 사실을
알고 더 비싼 값을 부를 수도 있기 때문이었다. 코니센티를 위해
그렇게 교묘히 일하는 즐거움은 배신하고 받기로 한 보수 2500
만 달러의 부재로 무뎌졌다.

그는 애비게일과 메건이 완전히 잠들 때까지 기다렸다가 코니
센티에게 전화해야 할 것이다. 다행히 애비게일은 너무 피곤해
서 그를 그녀의 침대로 부르지 않았다. 메건은 과도한 운동으로
근육이 뻣뻣한 지저스의 포옹을 노골적으로 갈구한 대가를 치르
고 있었다. 깜짝 놀란 듯한 즐거움을 과시적으로 내는 신음에 더
하여 침대 머리판이 벽에 쿵쿵 부딪히는 것으로 봐서 그녀는 아
직도 고조된 흥분 상태에 있었다. 물론 닥터 밥은 메건이 그의 시
중을 필요로 하지 않아서 안도한 한편, 당연히 그의 시끄럽고 멍
청한 후임자를 경멸했다. 하지만 자기가 그를 질투하기도 한다
는 것을 깨닫고 그는 상당히 놀랐다. 두 자매 모두 그의 것이었

다. 그는 두 여자 모두 참을 수 없이 싫었다. 게다가 그들을 배신할 참이었다. 하지만 그건 그들이 더 이상 그에게 욕정을 느끼지 않거나 의존하지 않을 이유는 되지 못했다. 이미 변절한 사람들을 배신하는 일에는 만족감이 없었다. 『성난 군중으로부터 멀리』에 나오는 발광한 양치기 개처럼, 그는 그의 작은 양 떼를 몰아 낭떠러지 아래로 떨어뜨릴 계획이었다. 하지만 그의 의도가 아무리 뒤틀린 것이라도 그는 자신의 기본기에 대한 자부심을 가졌기 때문에, 그의 희생자가 한 명이라도 혼자 벗어나는 것을 흐뭇한 듯이 바라보기만 하는 일은 생각조차 할 수 없었다.

스스로를 양치기 개에 비유하다니, 뭘 하는 거지? 그날 낮에 양치기 개 두 마리를 본 것은 사실이지만. 어쩌면 클로노핀 때문에 생각이 느슨해져서 연상 작용이 잘 일어나고 최면과 같은 상태로 빠져들고 있었는지도 모른다. 하지만 그래서 그런 것이리라고 생각하자 새로운 걱정으로 마음에 동요가 일었다. 그는 어쩌면 그리도 순진했을까? 코니센티가 그에게서 필요로 하는 건 더이상 없었다. 코니센티는 거래 시기를 알고 있으므로 상대가 맞서지 못하게 끗수를 올리고 있었다. 던바 자매의 거래 은행, 위험을 싫어하는 이사회 임원 명단, 주식 매수로 이글록이 지게 될 부채 규모와 조건 등 닥터 밥은 귀중한 정보를 하나씩 줄줄이 제공했다. 피해망상에 사로잡힘이 없이 코니센티에게 모든 것을 주다니 그로선 전례가 없는 일이었다. 최악은 그가 던바 자매에게 돌아갈 입장이 못 된다는 것을 이제 적으로 생각되기 시작한 코니센티가 잘 안다는 사실이었다. 그가 무슨 말을 할 수 있겠는가? "내가 너희들을 배신하려고 했는데, 이제 보니 나한테 배신당한 너희를 넘겨받을 자가 나를 배신하려고 해서 내가 그자를 배신 하고 싶다." 신뢰를 불러일으킬 만한 언설은 못 되었다.

저 우라질 부엉이가 또 우네! 잠이 들며, 양치기 개가 양 떼를 몰아 낭떠러지 아래로 떨어뜨리고 있었다. 부엉이와 양치기 개 가 하늘을 둥둥 떠다녔다, 아니 밑 빠진 배를 타고 출항했다, 아 니 부엉이와 양치기 개는 바닥없는 가파른 회색 공간을 지나 잠 에 빠져 낭떠러지 아래 양 떼 속으로 떨어졌다.

던바가 잠에서 깼을 때는 아직 어두웠지만 달빛이 밝아 매섭게 찬 공기에 숨이 녹아 드는 더운 김이 보였다. 사이먼의 발처럼 발 에 감각이 없었다. 이런 데 사는 사람들은 다 그렇게 되는 게 분 명했다. 바위 턱 아래 우묵하게 들어간 이곳은 사이먼이 약속한 동굴이라고는 할 수 없지만, 바닥이 비탈 아래쪽으로 기울어서 주변의 다른 데보다는 건조하므로 피신처라면 피신처였다.

일찍이 헨리 던바라는 사람이 있었다. 그는 세상에서 가장 뛰 어난 부동산들의 아름다움과 결점에 대한 전문가였다. 그런데 지 금 그는 간신히 알아볼 수 있을 지경이었다. 낯익지만 손실된 모 습, 그는 햇볕에 바랜 블라인드의 무늬 같았다. 진짜 던바는 바위 턱 아래에서 얼어 죽어 가는 사람이었다. 손과 발의 무감각은 심 장 쪽으로 퍼져 가고 있었다. 그 심장은 그리도 심하게 고동친 적이, 아니 그리도 많은 것을 느낀 적이 없는데, 이제 곧 이 혹한의 산비탈에서 멈출 모양이었다.

"사이먼! 사이먼!" 그가 소리를 크게 질렀다.

아무런 대답이 없었다. 던바는 너무 추워 떨지도 못해 일어나 앉았다. 그는 외투 안주머니를 더듬어 손전등을 찾아 겨우 굴 안을 비춰 보았다. 아무도 없었다. 사이먼은 어디 갔을까? 그는 종교인인데 설마 던바를 그렇게 버렸을라고. 분명 도움을 청하러 갔거나 근처에 숨겨 둔 식량을 가지러 갔을 것이다. 그는 조만간 돌아와야 할 것이다. 안 그러면 던바는 이 무시무시한 어둠 속에서 용서받지 못한 채 홀로 죽을 것이다.

플로렌스는 몹시 뛰는 심장을 안고 잠에서 깼다. 그녀의 아버지는 심각한 문제에 처했다. 그녀는 그의 생명이 흘러 나와 목말라 하는 땅을 적시고 있다는 느낌이 들었다. 그녀는 꿈속에서 바위 턱 아래 추위에 죽어 가는 아버지를 보았다. 동이 트려면 아직 한 시간 반은 더 있어야 하지만 그녀는 옷을 입기 시작했다. 경찰과 산악 구조대는 새벽에 출동하기로 되어 있었다. 그녀는 그녀대로 다른 헬리콥터를 타고 그들의 헬리콥터를 쫓아갈 계획이었다.

마크는 자기를 믿지 않는다고 플로렌스를 비난하지 않았지만, 그녀가 굳이 그런 마음을 숨기지 않아서 감정이 상했다. 그는 자기가 제 아내를 위해 염탐하는 게 아니라 그녀의 반대편에게 동조하고 있다는 사실을 누구에게도 설득시키지 못했다. 결정적인 정보를 주거나 되돌릴 수 없는 위험을 지지 않는 사람의 정직과 기만은 똑같이 열렬히 자신의 진심을 공언하는 모습을 취하기 때문이었다. 그는 자기도 구체적인 희생 행위나 결정적인 정보를 제공하고 싶은 마음이 굴뚝같지만 오래전부터 애비게일과 냉전 중이라서 그녀의 계획과 사업에서 배제되었다고 했다. 그들 부부는 가끔 보는 사이였다. 리무진을 타고 기금 모금 만찬이나 시상식에 갈 때도 거의 한 마디도 나누지 않았고, 그들의 거대한 아파트로 돌아가는 길에도 행사에 대해 아무런 느낌도 나누지 않았다. 게다가 편리하게도 그들의 아파트는 세 층으로 이루어져 있었다. 마크가 기거하는 구역은 주방과 풀장, 운동실, 손님방, 영화 관람실과 함께 아래층에 있었다. 애비게일은 꼭대기 층 전체를 썼다. 가운데 층은 파티를 여는 공간으로, 마크는 그곳에서는 거의 모습을 보이지 않았다. 크리스마스나 부활절, 또는 여름 한 주간 홈 레이크에서 만나면, 그들은 유엔총회에서 통역으로 적국의 연설을 듣는 외교 사절들처럼 숙달된 권태를 보였다.

부부간에 그렇게 사이가 뜨다 보니, 별거를 한다고 해 봤자 그들에게는 새삼 신날 일이 아니었다. 마크는 원래 조상 대대로 집안에 재산이 많았는데 그 대부분이 소실되어 없어졌을 때쯤 애비게일을 만났다. 애비게일은 그의 가문이 마음에 들었고, 마크는 그녀의 막대한 재산이 마음에 들었다. 마크의 선조 중 한 사람

(그러니까 마크 러시의 시조)은 영국 국교에 반대해 메이플라워 호를 타고 대서양을 건넌 청교도였다. 음울한 검은 옷차림으로 삐걱거리는 갑판에 서서 배를 따라 좌우로 흔들리며 중얼중얼 기도하거나 가족을 꾸짖을 때 자기가 탄 배가 역사적으로 가장 부유한 사람들이 타는 배의 하나였을 줄, 클레오파트라의 유람선마저 그 방향 가득한 분위기 속에서 이국적인 엉뚱한 것으로서 무시될 배였을 줄 그가 어떻게 알았으랴. 메이플라워호를 탄 바로 그 승객의 증손자는 맨해튼에 농사를 짓기로 결정했다. 농사는 손해를 면하는 수준이었다. 그러나 손자가 전통 농작물로 썩 좋은 수입을 올리지 못하자 밭과 과수원을 거리와 광장으로 만들었다. 그들의 재산이 정점에 다다른 것은 오래전 19세기 말이었지만, 그 규모는 몇 세대에 걸쳐 대단한 사회적 인기와 이혼에 따른 막대한 지출로 점철된 아주 우아한 재정 관리 부실도 견뎌낼 만큼 막대한 것이었다.

애비게일 던바는 스물세 살에 러시가家의 종손 마크를 만났다. 그는 연약하지만 눈에 띄는 미남에다 연줄이 대단히 좋고, 공식적으로 알려지기로는 훌륭한 교육을 받은 총각으로, 허드슨강 상류에 아직 팔아야 할 지경까지는 내몰리지 않은 본가를 소유하고 있었다. 여러 속성을 종합해 볼 때, 그는 완전히 애비게일의 마음에 차는 상대인 듯했다. 머지않아 그녀는 프랑스나 이탈리아의 백작 부인이나, 영국의 골칫덩어리를 상속받아 3에이커 크기의 지붕이나 교체해야 하는 신혼의 상속녀가 되느니 러시 집안의 며느리가 되는 편이 훨씬 낫겠다고 생각했다.

열의를 가지고 시작한 결혼 생활은 곧 활력을 잃었다. 그리고 애비게일이 아기를 가지지 못한다는 사실이 밝혀지자 결혼 생활은 끝난 거나 마찬가지였다. 두 사람 모두 천성은 자유방임적이지 않은데도 서로 아무렇게나 저 좋을 대로 살 자유를 허락했다. 무관심과 기회는 상황이 달랐더라면 관용이 했을지 모를 역할을 했다. 마크는 오랜 친구들과 민디를 데리고 사우스캐롤라이나로 메추라기 사냥을 가는 일이 잦았다. 민디는 그의 오랜 정부로, 그녀도 대대로 전해 내려온 가산이 있었지만 마크의 집안보다 더 두드러진 변화를 거쳐 새로운 빈곤의 국면에 접어든 처지였다. 하지만 그녀와 함께 있으면 그의 부모의 친구들이 그들의 자녀들을 데리고 와 뒤뜰이나 아기방에서 그와 함께 놀게 하던 단순한 시절의 추억이 생각났다. 그녀는 그에게 세상에서 가장 자연스러운 동반자인 듯했다.

마크는 이 상황을 무한정 유지해야 한다면 그럴 각오가 되어 있었는데, 애비게일이 멍청하게도 제 아버지를 납치해 요양원에 가둠으로써 현 상태에 안주한 그를 뒤흔들어 놓았다. 그건 무조건 옳지 않았다. 마크의 할아버지는 성미가 고약한 폭군이었지만, 날이 갈수록 별난 행동을 보이고 근본적인 망각 증상을 보이자, 그의 가족은 그를 뉴욕 북부 지방에 있는 옛집에 모셨다. 그게 옳은 일이기 때문이었다. 그럴 때 자손은 할아버지가 들려주는 놀라운 일화를 축적할 수 있는 것이다―졸음운전을 하다 이

옷의 들판에 들이닥친 바람에 그들이 가진 발군의 경주마를 치어 죽인 일, 런던의 턴불 앤드 애서에서 산 누빔 비단 가운을 입은 채, 저택 관리인 해럴드와 지붕에 올라가 홈통을 청소하겠다고 고집 피운 일, 일본군인 줄 알고 우편집배원에게 총을 쏜 일 등 돈으로 살 수 없는 이야기들은 정도를 지킬 때의 부담을 벌충하고도 남는다.

아닌 건 아닌 것이다. 윤리적이기도 하고 선조와 관련되기도 한 충동, 오랫동안 억제했던 아내에 대한 증오심의 고삐가 풀린 것과도 관련된 충동, 그 충동에 이끌려 그는 적극적으로 나서서 그 늙은 족장을 구출하는 일을 돕기로 했다. 결국 그들이 최상의 풍족한 생활을 영위하는 것은 모두 그의 장인 덕분 아닌가 말이다. 내가 더 도움이 될 수 있으면 좋으련만, 마크는 유감스럽게 생각했다. 그리고 아침 식사를 주문하기 위해 전화 수화기를 들었다. 민디에게 고민을 털어놓고 싶었다. 그녀는 멋진 생각을 내놓거나 쓸모 있는 조언을 해 줄 때가 많았지만, 그녀에게 전화하기에는 너무 이른 시간이므로, 일단 룸서비스로 수란水卵과 훈제 청어를 시켜 먹는 게 좋을 것 같았다. 훈제 청어는 실로 오랜만이었다.

던바가 있는 얕은 굴에 햇살이 기어들어 왔다. 엄청 큰 외투를 입은 그는 거의 꽁꽁 얼어붙은 몸을 웅크리고 있었다. 아무것도 덮지 않은 얼굴로 햇살의 희미한 열기가 기어올랐다. 눈꺼풀에 분

홍빛이 느껴지자 그는 자기가 아직 살아 있다는 것을 깨달았다.

잠이 들지 않고 휴식이 없는 그저 텅 빈 상태에서 몇 시간은 흘러간 게 분명했다. 그는 그 시간 동안 어떤 정신 활동이 있었는지 이야기할 수 없었을 것이다.

그는 머뭇머뭇 눈을 떴다. 얼마 동안 눈꺼풀을 깜박이며 눈을 찡그리면서도 얕은 굴 입구에서 시선을 떼지 않았다. 누군가 무릎을 꿇고 있는 듯했다.

"사이먼?"

"네."

"어디 갔다 온 거요? 난 간밤에 죽는 줄 알았는데. 움직일 기운이 남았는지 의문이오." 던바가 꾸짖듯 다그치며 속삭였다.

"자, 힘내세요. 이제 가야 할 시간입니다. 좀 더 괜찮은 데로 데려다 드리려고요. 여긴 그냥 하룻밤 몸을 피하는 데였죠. 인근 농가에서 따뜻한 음식이 우리를 기다리고 있어요. 영감님을 모시고 오라고 해서 왔어요. 여기서 1마일도 안 돼요."

"움직일 수가 없네. 솔직히 간밤에 죽었더라면 좋았을걸."

"죽는 건 이다음에 해도 되니까, 지금은 일단 아침을 드시는 게 좋아요. '하늘 아래 모든 일에는 시기가 있고 모든 목적한 것에는 때가 있도다. 날 때가 있고 죽을 때가 있으며, 심을 때가 있고 심은 것을 뽑을 때가 있도다.' 전도서 3장 1절 말씀입니다."

"아무렴, 아무렴. 장례식장에 가면 노상 듣는 그 소리. 자, 손 좀 잡아 주겠소?" 던바가 성마르게 말했다.

사이먼이 손을 잡아 그를 일으켜 세웠다. 던바는 잠깐 비틀거리며 균형을 잡으려고 애썼다.

"서 있을 수가 없어. 아아, 발이, 발이 따가워. 부츠 안에 전갈이 잔뜩 들어 있는 기분이야. 아아, 젠장 이 빌어먹을 발!" 그가 항의하듯 말했다.

"좋은 징후군요. 다시 피가 돌고 있다는 거니까. 발가락을 잃는다든가 하는 일은 없을 거예요. 자, 어서 갑시다, 이쪽으로." 사이먼이 천천히 걸음을 옮겼다. "저 아래 언덕 기슭을 따라 돌아 나가자마자 농가가 있어요."

"그 사람들이 우리를 기다리고 있다고?" 던바가 물었다.

"아, 그럼요, 모든 게 준비되어 있죠."

던바는 사이먼의 어깨에 손을 얹고 절뚝거리며 걸었다. 그는 걷는 일에 온 신경이 쓰여서 걸으면서 말을 할 수 없다는 것을 의식했다. 사이먼은 눈치 있게 던바의 정신 상태에 언행을 맞추었다. 두 사람은 묵묵히 걷기만 했다.

케빈이 생각하기에 J는 정말이지 좆같은 새끼, 얼간이, 완전 좆같은 얼간이였다. 밤새도록 그 개 같은 년과 떡을 치고 아침 식탁에 좀비처럼, 개 씹할 히죽히죽 웃는 좀비처럼 하고 나타나다니. 물론 그들 모두 그런 적이 있었다. 케빈도 내일 따위는 없다는 듯 그 개 같은 색마 년에게 씹을 해 주고 괴성을 지르게 해 줬지만, 대작전 개시 전야에 그런 적은 없었다. 케빈은 J가 눈을 뜨고 있을 수 있게 모다피닐* 두 알을 주어야 했다. 좆같이 멍청한 새끼! 닥터 밥에 비하면 비열한 뒷골목 마약 딜러는 치료 시설의 목사 같았다. 그는 달라는 것뿐 아니라 그들이 들어 보지도 못한 많은 약을 주었지만, 본국으로 돌아갈 때까지는 추가 보급은 없을 터였다. 사실 케빈은 어린아이가 스마티 초콜릿 캔디를 먹듯이 모다피닐을 먹고 있었다. 그는 약으로 긴장해 있는 게 좋았고, 감각이 날카로운 게 좋았고, 약 기운이 떨어지는 게 싫었다. 그래서 J 때문에 그가 보유한 공급량에 출혈이 생기게 되어 화가 났다─ 좆같은 새끼.

"어, 케빈," J가 작전 복장에 배낭을 메고 로비로 내려오며 말했다. "기분이 훨씬 나아졌어. 실은, 날아갈 듯한걸."

"설마, 그래?" 케빈이 J에게 다가와 목소리를 낮춰 말했다. "그거 혹시 내 마지막 각성제 두 알을 네가 도둑처럼 축내서 그런 건 아닐까?"

케빈은 아직 여덟 알을 가지고 있었다. 그 정도면 뉴욕으로 돌아갈 때까지 간당간당하기는 해도 괜찮았다.

"난 그게 우리 둘에게 같이 쓰라고 지급된 건 줄 알았는데."

"그걸 적재적소에 쓰고 안 쓰곤 내가 알아서 결정해." 케빈이 말했다.

"여태까지 본인이 적재적소였나 보네." J가 쾌활하게 말했다.

---

* 각성제의 일종.

"너 내 명령에 좆같은 토 달지 마." 케빈이 J의 귓가 가까이 입을 가져가며 속삭이듯 말했다. "네가 최근에 주인과 떡을 쳤는지 몰라도 이 작은 군대의 지휘관은 나야."

"네, 알겠습니다!"J가 말했다.

케빈은 약 때문에 너무 긴장해 있어서 J의 순종이 빈정대는 건지 아닌지 알 수 없었다. 어쨌거나 킹스헤드의 로비는 그를 닦아세우기에는 적절한 장소가 아니었다.

두 사람은 호텔에서 나와 길을 건너 운동장으로 갔다. 그곳에 짐 세이지와 헬리콥터가 있었고, 그는 외투를 입고 스카프를 한 어떤 여자와 이야기를 나누고 있었다.

"여어, 어서 와." 짐이 헬리콥터 문을 열어 주며 말했다. "어서 타. 방금 이분한테 우리가 구조 작업에 나서기 위해 비상 착륙을 해야 했다고 설명하는 중이었어."

케빈은 일언반구도 없이 후다닥 헬리콥터에 올랐다.

"아아, 짐, 안녕하세요?"J가 삼촌 같은 나이의 조종사를 힘차게 포옹했다. "그렇습니다, 부인." 그가 지역 주민을 향해 돌아서며 말했다. "구조해야 할 사람이 있어서요."

그의 눈에 잠시 이슬이 맺히더니 깜짝 놀랄 정도로 세게 제 가슴을 탁 쳤다.

"사랑이 느껴져." 그의 목이 메었다.

"에잇 쌍, 토 나오겠네, 빨리 타!" 케빈이 말했다.

가엾은 헨리, 월슨은 생각했다. 자각 부문의 단기 집중 코스는 누구보다 그에게는 맞지 않았다. 특히 그게 말년에 강제된 것이라면 더 그랬다. 리처드 2세가 뭐라고 했더라. "나는 청하기 위해서가 아니라 명령하기 위해 태어났다"라고 하지 않았던가? 한 줄의 대사로 말하자면 던바가 딱 그와 같았다. 다만 그는 "무조건 해내"라는 말을 더 좋아했다. 그것은 논평 없는 명령이었다. 사실 리처드의 대사는 "나는 명령하기 위해서가 아니라 논평하기 위해 태어났다"여야 했을지도 모른다. 아무튼 한심한 상황을 완벽하게 묘사하는 일에 결단력을 낭비하는 장애는 헨리에게는 없었다. 사실 그는 늘 미래에 살았다. 앞으로 너무 빨리 나아갔기 때문에 그 과정에서 일어나는 일을 미사여구로 치장하기는커녕 그 윤곽을 더듬어 볼 시간도 그에게는 없었다. 목표는 늘 뚜렷했지만 그것을 둘러싼 경험은 흐릿했다. 헨리가 어디에 있든, 월슨은 그가 지도를 갖고 있었으면 했다. 그가 지도를 갖고 있다면 목표를 설정할 테고, 목표를 설정하면 살아남을 테니까.

문을 두드리는 소리에 월슨은 일어나 문을 열었다. 막연히 플로렌스나 크리스일 것이라고 생각했는데 마크였다. 그는 하는 수 없이 마크를 방으로 들였다.

"오, 와, 버터미어 경치가 아주 잘 보이는 방이군요." 마크가 벽 밖으로 둥글게 내민 창 쪽으로 가며 말했다. "멋진 호텔을 또 하나 알게 해 줘서 애비게일에게 감사해야겠군요." 그는 경박하게 낄낄거리며 말했다.

"용건이 뭔가?" 윌슨이 물었다.

"내 친구 민디와 통화를 했는데요." 마크가 용건을 말하기 시작했다.

"민디라면 나도 알지." 윌슨이 말했다. 10년 동안 이중 결혼 생활을 한 것이나 마찬가지인 여자를 가리켜 '친구'라고 하는 게 귀에 거슬렸다.

"그런데 민디가 내가 두어 주 전에 말한 걸 상기시켜 주더군요. 아시다시피 이 집안에서는 상당히 큰 액수의 돈을 보거나 그런 금액이 거론되는 걸 듣는 데 익숙해지잖아요. 그래서 내가 민디한테 그 얘기를 해 주곤 금방 싹 잊었지 뭡니까."

"그런가?"

"어느 날 어쩌다 보니 애비게일의 서재에 들어갔는데요, 뭐 염탐하려는 건 아니었어요, 프린터 카트리지를 찾고 있었거든요. 아무튼, 책상 위에 작은 노트패드가 놓여 있었는데, 거기에 '6.5'라는 숫자가 있는데, 그 옆에 화살표를 긋고 B라는 글자를 써 놨더라고요. 이건 그냥 내 직감인데, 애비게일이 닥터 밥에게 큰 액수의 돈을 지불하려던 게 아닌가 싶어요. 다시 말하지만 그냥 직감일 뿐이에요."

"이미 지불했지. 우린 그걸 알고 있네. 모두 공개적으로 행해진 일이지. 닥터 밥은 이사회 임원이 될 예정인데, 임원에게 고정적으로 지급되는 보수 외에 던바의 주치의로서 '다년간 헌신적 직무 수행'을 한 보너스로 그 돈을 받은 거야."

"아, 그걸 알고들 있었군요."

"대부분의 이사회 임원들과 가깝기 때문에 무슨 일이 일어나는지 내 귀에 들어오지. 정말 유용한 정보라고 할 만한 건, 닥터 밥이 부정한 의료 행위를 저질렀다는 의혹에 대한 증거라네. 그 헌신적 직무 수행이란 게 헨리가 아니라 애비게일과 메건을 위한 것이었다는 증거."

"아니 도대체 내가 어떻게 그런 걸 입수한답니까?" 마크가 물었다.

"자네 친구 민디한테 가서 물어보지 그래." 윌슨이 의기소침한 마크를 문 쪽으로 데려가며 말했다. "나는 플로렌스가 출발하기 전에 할 얘기가 좀 있어서. 헨리를 찾는 데 쓸 헬리콥터가 오기로 했네."

"나도 같이 가도 되나요?" 마크가 물었다.

"세 사람 자리밖에 없네. 우리는 경찰이 헨리를 찾을 걸 대비해서 그들을 뒤쫓아 갈 뿐이야. 플로렌스하고 크리스가 탈거야. 아무리 그래도 자네를 태우려고 조종사를 내리게 할 수는 없지 않은가."

잘하면 아버지가 죽어 있는 걸 발견하겠지, 애비게일이 짐의 헬리콥터가 너팅을 향해 계곡으로 내려가다 안 보일 때까지 지켜보며 말했다. 그게 가장 간단한 해결책일 터였다. 아버지를 추적하는 일에 너무 많은 시간이 걸렸다. 사실 그들은 이미 뉴욕에

가 있어야 했다. 그들의 회사 역사상 가장 중요한 순간, 즉 던바 트러스트를 다시 비공개 기업으로 전환하는 일을 준비해야 했다. 전 세계에서 가장 영향력 있는 대중 매체 그룹을 전적으로 저희들이 지배하겠다는 것이었다. 늙은 던바는 물러나야 할 때가 되었다, 더 이상 권력에 집착하지 말아야 했다, 두 딸이 다시 회사를 장악하는 일, 사실상 그가 자랑스러워해야 할 그 일을 더 이상 방해하지 말아야 했다. 그들은 모든 계획을 세워 두었다. 임직원의 30퍼센트에게는 새로운 미래를 상상하라는 권유를 할 것이고, 감상적인 가치를 지닌 부동산들은 팔아서 현금화할 것이며, 회사 전체는 돈을 찍어 내는 기계가 될 것이다. 그러면 그들은 저희들 아버지가 혼자 힘으로 획득하고 방심하지 않고 지켜 온 기업 전반에 대한 운영권을 인정받게 될 것이다. 그들은 목요일에 있을 이사회의 승인을 구할 것이다. 그러면 임원들은 몇 가지 법률 양식에 서명을 한 뒤, 모든 거래가 끝나면 그들은 훨씬 더 부자가 되어 있을 테지만, 만일 누구에게든 내막을 발설하면 심각한 문제에 처하리란 점을 숙지하고 자유로이 사무실을 나설 수 있을 것이다.

애비게일은 등 뒤의 테이블에서 울리는 휴대 전화 진동음을 들었다. 흘긋 바라보니 해리스 박사에게서 온 전화였다. 그와는 전혀 이야기하고 싶지 않았지만, 관계 당국이 그를 접촉해 중요한 정보—되도록이면 아버지의 시신을 발견했다든가 하는 소식—를 주었을지 모를 일이었다.

"네, 해리스 박사님, 무슨 일이죠?"

"네, 러시 부인, 경찰에 연락해서 적극 협조하겠다고 하는 게 부인의 신상에 좋을 겁니다."

"협조라니, 뭘요? 당신의 무능에 대한 조사 말인가요?"

"피터 워커를 자살에 이르게 한 일련의 사건에서 부인의 역할이 무엇이었는지에 대한 조사요."

"자살?"

"그렇소. 이런 말을 전하게 되어 유감이오만, 우리가 모든 예방 조치를 취했는데도 피터가 오늘 아침에 샤워하다 목을 맸어요. 정말 끔찍하고 불필요한 죽음이죠. 나는 이 일에 대한 책임을 부인한테 물을 작정입니다."

"책임을 **나한테** 묻는다고?" 애비게일이 즉시 노발대발했다. "당신들이 잘못해서 어떤 고통받는 알코올 중독자가 우리 늙은 아버지, 까놓고 말해서 너무나 중요한 우리 아버지를 끌고 탈출해서 둘 다 목숨을 잃을 위험에 처하게 해 놓고, 나한테 뭘 물어? 우리 아버지마저 죽은 채 발견되기만 해 봐, 그럼 당신들은 두 건의 살인죄로 법정에 서게 될 거야. 주저하지 말고 고소 사유를 서면으로 보내시오, 해리스 박사. 내가 명예 훼손으로 맞고소해 줄 테니."

"아, 그건 이미 썼어요, 러시 부인. 로버츠 간호사도 썼ㅡ"

"그 멍청이가! 최고등 변호사들이 떼로 몰려가 그 여자를 물어 뜯는 걸 보고 싶ㅡ"

해리스 박사가 조용히 그러나 단호히 그녀의 말을 잘랐다. "피터가 다 말했어요, 러시 부인. 당신이 무슨 짓을 했는지를. 우리는 피터의 말이 사실임을 의심하지 않아요. 피터는 알코올 중독자였을 뿐, 굉장히 똑똑한 사람인 데다 정신병자가 아니었거든요."

"나 참, 어이없네. 그 사람은 누가 봐도 정상이 아니었어! 말도 자기 목소리로는 하지 못하고—우는소리 할 때 말고는."

"아, 네, 어련히 잘 아시겠습니까!"

그러자 애비게일은 황급히 전화를 끊고 휴대 전화를 테이블에 떨어뜨렸다.

"망할!" 그녀가 목청껏 소리를 질렀다. "망할! 망할! 망할!"

왜 이런 일이 벌어지는 것일까? 그녀가 전생에 무슨 죄를 지었다고 위대한 승리를 거두기 일보 직전에 왜 이렇게 일이 꼬이는 것일까? 이건 **너무** 불공평했다!

던바는 붙박이지 않은 돌을 밟아 균형을 잃고 쓰러질 뻔했다.

"가는 길 좀 신경 쓰구려." 그가 사이먼에게 툴툴댔다. "이쪽으로는 너무 가파르잖아. 평지라도 잘 못 걸을 판에, 이런 산사태 난 길이라니 원."

1년 전 다보스에서 그 빌어먹을 사고를 겪은 뒤로 그는 나동그라지는 게 가장 두려웠다, 아니 적어도 가장 두려워하는 것 가운데 하나였다. 정상 회의 또는 '포럼'을 한답시고 세상에서 가장 중요한 사람들을 1월의 스키 리조트 빙판길에 몰아 놓는 것부터 좋지 않은 생각이었다. 그들은 그 행사를 포럼이라고 부르길 좋아했는데, 이 이름은 사실 완전히 잘못된 것이었다. 광장이나 장터에 가는 거라면 특별 초청장이나 많은 사람들이 얻으려고 애쓰는 흰색 배지는 필요 없을 테니까 말이다.✦ 그날 오후 그는 예정 시간보다 두 시간 늦게 다보스에 도착해서 포럼 밖에서 비밀리에 열리는, 유일하게 영향력 있는 어느 중대한 회의에 서둘러 가고 있었다. 미끄러지지 않고 걷는 데 도움이 되는 눈이 부드럽게 내리고 있었다. 그런데 어떤 포럼 열성분자들이 쩌우의 산장으로 들어가는 길에 새로 내린 가랑눈을 싹 치운 바람에 거무스름한 빙판이 겉으로 드러났다. 던바는 그것도 모르고 산장 문을 향해 질주하다 그 빙판에 미끄러지더니 뒤로 넘어져 바닥에 머리를 부딪쳤다. 그는 우스꽝스러워 보였다. 중국 공산당 중앙위원회 소속 체면 유지의 달인인 어느 고위관리가 보는 앞에서 체면을 잃었다. 시간 엄수에 대한 강박 관념 때문에 6주 동안 병원 신세를 졌을 뿐만 아니라 1년 동안 준비한 위성 방송 거래는 성사되지 않았다. 그 이후로 모든 게 달라졌다. 진짜 추락은 그때부터 시작되었다. 그는 지난 한 해에 걸쳐 슬로모션으로 추락했다. 그리고 지금 그는 그 추락이 산사태의 잔해로 덮인 미끄러운 비

✦ 포럼forum은 라틴어에서 온 말로 원래 '광장, 장터'란 뜻을 가지고 있다. '흰색 배지'는 각국의 대표들이 받는 것으로 주요 참석자임을 나타낸다. 이 외에 여러 가지 다른 색 배지가 있다.

탈에서 치명적인 결말에 이르지 않게 하려고 여전히 애쓰고 있었다.

"오늘은 별로 할 말이 없으신가 보군." 던바가 사이먼의 어깨를 꼭 쥐며 말했다. "난 댁이 어떻게 이런 데를 다닐 수 있는지 모르겠소."

그의 어깨를 쥔 근육과 아픈 다리의 힘줄 상태가 조금만 더 악화되면 아예 움직일 수 없을 것 같았다. 의무적인 다음 걸음을 지탱하지 못하는 무릎을 용인하는 듯, 주저앉을 듯 말 듯한 사이먼의 독특한 걸음걸이에 맞춰 던바는 완전히 몸을 의탁했다. 극도의 피로가 공포를 압도하기만 하면 기꺼이 드러누워 죽겠지만, 당장은 공포가 극도의 피로를 압도하고 있기에 그는 계속 나아가야 했다.

던바의 눈에 이제 풍경은 대개 지나가는 구름에게만 해당되던 유연함과 암시성을 띠었다. 풍경의 거친 유연성이 만들어 내는 형상의 범위는 좁게 억제되었다. 눈이 뒤섞인 흑백 얼룩무늬의 웅크린 짐승만 잇따라 보였다. 처든 머리, 돌출한 주둥이, 뒷다리를 쭉 뻗은 듯한 돌출부, 공격에 치명적인 추진력을 주기 위해 땅을 파는 듯한 다리 모양들. 왼쪽에는 케르베로스*의 기괴한 머리가 보였다. 그것은 돌이 딸그락딸그락 구르거나 누가 털썩 넘어지기라도 하면 그 소리에 깨어날 듯했다. 언덕 등줄기로 가

✦ 그리스 신화에서 지옥을 지키는 개.

장한 케르베로스의 구부러진 뱀 꼬리는 몇백 야드 앞쪽에는 보이지 않았지만 던바의 멍든 발이 언제 그것을 밟을지 모를 일이었다. 오른쪽 산에서 돌출한 바위들은 발톱을 땅속에 박고 있는 스핑크스의 다리 같았다. 그는 뒤를 돌아볼 엄두가 나지 않았다. 등이 휜 늑대가 그의 목을 물어뜯으려고 아가리를 벌리고 있다가 유동적인 바위가 결정적으로 치솟을 때 함께 뛰어오를 기회를 기다리는 듯했기 때문이다. 그는 허물어지는 이 언덕 기슭의 굽이에, 이 게걸들린 풍경 어딘가의 굽이에 있다는 숨은 농가에서 빨리 가야 했다. 그는 사이먼이 허투루 그러는 게 아니기를, 어떤 점에서든 그를 속이는 게 아니기를 바랐다. 오늘은 사이먼이 이상하리만치 말이 없었다. 사실상 사람들은, 심지어 대통령들이나 총리들마저 던바가 있는 자리에선 잠자코 있는 일이 많았다. 이를테면 그들은 그의 축복을 바라고 기다리는 것이었다. "나는 당신이 테러리스트들의 뒤통수를 치기 전까지만 해도 당신이 이끄는 정부를 미심쩍게 생각했어요, 매기…… 나는 대통령 각하의 전략을 이해합니다, 우리의 지지를 확신하셔도 좋습니다…… 버냉키, 당신의 업적은 개인 부채 위기를 공공 부채 위기로 만든 것뿐이오."

"잠깐! 하늘에서 나는 저 둔탁한 소리 들려? 빨리! 뛰어!" 던바는 갑자기 백일몽에서 깨어나 공포로 휩싸였다.

그는 사이먼의 어깨를 놓고 몹시 고통스러운 다리가 허락하는 대로 재빨리 비틀거리며 뛰었다. 가까이에 몸을 숨길 만한 큰 바위가 있었다. 문가에 기관총을 탑재한 무장 헬리콥터가 오고 있었다. 그들에게 그는 콩팥부터 어깨까지 총알로 수놓아 몸속을 드러내야 마땅한 베트콩 동조자나 탈레반 반란군으로 보일 따름일 것이다. 이상한 기운이 던바의 노쇠한 몸을 사로잡았다. 그것은 황홀을 일으키는 공포 같은 것이었다. 이 때문에 그는 돌바닥을 뛰어넘기도 하고 말랑말랑한 땅을 뛰어넘기도 하는 기분이 들었다. 소리가 점점 더 커졌다. 큰 바위에 이르렀지만 헬리콥터가 어느 방향에서 오는지 알 수 없었다. 헬리콥터가 굉음을 내며 머리 위로 날아가자 그는 등을 바위에 붙이고 머리를 무릎 사이에 파묻어 웅크리고 발각되지 않았기를 간절히 바랐다.

닥터 밥은 새벽녘에 그럭저럭 잠이 들었다가 자기의 은퇴 재정 계획이 위태롭게 되었다는 생각에 따른 분노와 걱정 때문에 거의 금방 잠에서 깼다. 사흘 연속으로 극심한 불면의 밤을 보낸 그의 생각은 깎아지르는 추락, 나선 하강, 획획 지나다니는 환영으로 가득했다. 그는 던바를 배신했다. 그다음엔 그와 함께 던바를 배신한 두 딸을 배신했다. 그런데 이제 보니 코니센티가 배신에서는 그보다 한 수 위였다. 그의 재정 보장은 위협을 받고 있었고, 권모술수의 대가라는 그의 자존심은 상처를 입었고, 그의 정신은 모순된 만큼이나 요동치는 피로와 공격성의 해류에 휘말렸다. 그가 조금이라도 확신을 갖고 알고 있는 유일한 것은 무언가 비뚤어진 일을, 완전히 비뚤어진 적보다 더 비뚤어진 일을 해야 한다는 것이었다. 그러나 그 세부 계획을 세우기는 놀랍도록 어려웠다.

애비게일과 메건을 통해 코니센티를 배신하는 짓은 너무 위험하다는 결론은 이미 내려놓았다. 그들을 배신하려고 했다는 사실을 감출 수 없을 것이기 때문이었다. 이때 그는 바로 약간 무모한 방법을 생각해 냈다. 먼저 플로렌스가 아버지를 찾게 도운 다음, 그녀에게 던바 트러스트가 유니컴에게 먹힐 위험에 처했다는 익명의 메시지를 보내는 것이다. 그 영감이라면 어떻게든 세력을 결집할 수 있을 것이다. 어쨌든 이사회는 코니센티의 계획을 무산시킬 테고, 애비게일과 메건의 기반은 허물어질 테지. 이제 두 자매에 대한 그의 혐오감은 아주 확고해서, 무슨 일이 있더라도 그들을 실패하게 만들겠다고 그는 굳게 결심했다.

닥터 밥은 킹스헤드 식당의 창밖을 내다보다 조지를 발견했다. 그는 아버지를 걱정하는 공손한 질문을 해서 애비게일을 귀찮게 한 충실한 종이었다. 그는 던바의 유럽 지역 운전사로 30년 넘게 그가 유럽에 있을 때는 항상 그를 모셨다. 그는 던바를 위해 가장 좋은 일이라고 제시하면 무엇이든 하도록 쉽게 설득될 수 있는 사람이었다.

"들려?" 크리스가 헤드폰의 마이크를 통해 말했다.

플로렌스가 웃으며 끄덕였다.

"좋아, 조종사는 다른 회선으로 교신하고 있으니까 우리 둘끼

리만 이야기할 수 있어. 조종사가 우리한테 할 말이 있으면 신호
를 보내 줄 거야."

"잘됐어. 내가 짐하고 어떤 준비를 했는지 아무도 알아선 안 되
니까. 자칫 짐의 입장이 곤란해질 수 있어."

"알았어. 그리고 휴대 전화를 쓰려면 잘 생각해서 해. 운항에
방해되지 않아도 절차상 조종사는 승객이 휴대 전화를 못 쓰게
하도록 되어 있어."

플로렌스는 다시 끄덕이고 손을 내밀어 크리스의 손을 잡았다.

그들의 헬리콥터는 호텔 앞 잔디밭에서 이륙할 때 뒤로 약간
기울었다 호수 위로 완만한 곡선을 그리며 앞으로 돌진했다.

다행히 케빈과 J는 말다툼하느라고 짐이 봤다고 생각한 것을
알아채지 못했다. 그는 플로렌스에게 그 지점의 좌표를 알려 주기
전에 그것을 확인하기 위해 되돌아가는 위험을 무릅쓸 수 없
었다. 그는 그녀에게 5분 앞설 시간을 주기로 이야기가 되어 있
었다.

"아담의 호크*라는 곳 알아요?" 크리스가 조종사에게 물었다.

"네 말이 안 들리잖아." 플로렌스가 그를 일깨웠다.

"아, 참, 그렇지." 크리스가 웃으면서 조종사의 어깨를 두드렸

✦ Hough. 원래 (짐승 뒷다리의 뒤로 굽은) '무릎'을 뜻하는 지명.

다.

"내가 경찰에 연락할게." 플로렌스가 말했다.

크리스는 고개를 끄덕이고 조종사에게 헤드폰을 켜라는 신호를 보냈다.

"자, 자, 어서 갑시다." 애비게일이 행진하듯 식당을 지나가며 닥터 밥을 향해 손뼉을 쳤다. 메건은 검은 선글라스를 쓰고 하품을 하며 그 뒤를 따랐다. "아버지를 발견했다고 짐이 문자를 보내왔어."

"드디어 좋은 소식이 들어왔군." 닥터 밥이 자매의 뒤를 따라 호텔 정문으로 가며 말했다.

"아담의 호크로 갑시다." 애비게일이 레인지로버에 타며 조지에게 말했다.

"전속력으로." 닥터 밥이 조지 옆에 타고 말했다.

"앗, 이봐 짐, 우리가 찾고 있는 건 여든 살 먹은 노인네지, 씨발 올림픽 전지 훈련하는 마라톤 선수가 아니라고. 헬리콥터 돌려요." 케빈이 말했다.

"자네 말이 맞겠군. 이렇게 멀리까지 오시진 못했을 테니." 짐이 말했다.

"당연히 맞지, 멍청하기는."

짐은 5분 전에 던바를 봤다고 생각한 곳을 향해 아주 느긋하게 헬리콥터를 돌렸다. 그는 입버릇이 더러운 두 용병이 눈치채지 못하게 애비게일에게 그 사실을 방금 알리고 플로렌스가 먼저 그곳에 도착하기를 바랐다.

던바는 호주머니를 더듬어 스위스 아미 나이프를 찾았다. 울퉁불퉁하고 곱은 손으로 칼날을 뽑으려고 애쓰다 결국 가장 큰 날을 간신히 뽑았다. 그는 칼자루를 꼭 움켜쥐고 허공을 두어 차례 찔러 보았다. 그들이 그를 포로로 잡아가려 한다면 그는 그중 한 명은 해치울 것이다. 그는 싸우다 쓰러질 것이다. 그는 헨리 던바이니 누구든 그에게 까불다가는 대가를 치를 것이다.

그는 뒤돌아 바위 너머를 훔쳐보며 사이먼은 어디로 갔을까 생각했다. 비탈과 그 아래 골짜기는 텅 비었다. 자신의 시간 감각이 좀 이상하다는 건 알았지만, 단 몇 분밖에 안 지난 것 같은데 그 새 사이먼이 사라지다니 정말 놀라웠다. 그렇지만 그가 없는 게 더 나을지 모른다. 사이먼은 성직자여서 싸움에는 아무런 쓸모가 없을 테니까.

"딸아이들이 보낸 훈련된 암살자들과 벌이는 육박전이라니." 던바가 중얼거렸다.

그는 머리를 기울였다. 그들이 돌아오고 있었다. 헬리콥터 날개의 진동 소리가 들렸다.

"우리가 반대 방향으로 가고 있잖아, 이 바보 같으니!" 애비게일이 소리쳤다.

"이크, 그게 확실해요? 정말 죄송합니다." 조지가 말했다.

애비게일이 메건에게 휴대 전화를 보여 주고, 현재 위치를 알리는 점이 깜박깜박하며 목적지에서 멀어지는 것을 다시 확인했다.

그때까지 나른하게 있던 메건이 갑자기 활기를 띠었다.

"내려!" 그녀가 말했다.

"정말 죄송합니다." 조지가 말했다.

"내리라니까!" 그녀가 소리를 빽 질렀다.

"왜요?" 조지가 물었다.

"내가 운전하겠다고, 이 바보야!"

조지가 차를 세우고 불안한 얼굴이 되어 내렸다. 메건이 그를 밀치고 운전석에 올라 문을 닫았다.

"저 새끼를 차로 뭉개 버릴 거야." 메건이 말했다.

"안 돼. 그건 허락 못 해." 닥터 밥이 핸드브레이크를 잡아당기며 말했다.

"허락?" 메건이 웃었다.

"에이, 메건, 밥 말대로 하는 게 좋을 거야. 내가 깜빡하고 말을 안 했는데, 피터 뭐더라, 그 사람 성이, 아무튼 그 끔찍한 코미디언이 자살했어. 법적으로 복잡한 문제가 생기게 됐어." 애비게일이 말했다.

"깜박했다고?" 닥터 밥이 말했다.

"글쎄 뭐, 요즘 머리가 하도 복잡해서." 애비게일이 말했다.

"알았어, 알았으니까, 어서 가자고." 메건이 말했다.

닥터 밥이 핸드브레이크를 내렸다.

"그러게 내가 불붙이지 말라 그랬잖아." 닥터 밥이 말했다.

"아이 참, 그 소리 좀 그만해!" 애비게일이 말했다.

닥터 밥이 그 말에 미처 대답도 하기 전에 메건이 차를 후진해 조지의 발을 뭉갰다가 기어를 바꿔 앞으로 가며 다시 한 번 더 뭉갰다.

"앗, 미안!" 그녀가 조지의 비명에 비둘기 우는 듯한 소리로 말했다.

"빌어먹을, 메건! 나 내려 줘." 닥터 밥이 말했다.

"왜?"

"당신이 얼마나 큰 피해를 가했는지 보려고. 아마 잊었나 본데, 난 의사야."

"**나더러,** 잊었나 본데, 라고? 당신은 히포크라테스 선서를 한 게 아니라 히포크리트* 선서를 한 거야, **자기야말로** 잊었나 보네."

그녀는 속히 차를 출발시켰다.

닥터 밥이 뒤돌아보니 조지는 으깨진 발의 무게를 덜려고 정강이를 안은 채 누워 있었다. 조지는 제가 맡은 목적을 달성했다. 그것으로 그들의 도착 시간이 지체되어 잘하면 플로렌스가 선수를 쳤을 것이다. 그래도 이 모든 난폭한 짓은 아주 경솔했다. 그

---

* hypocrite, 위선자.

가 함께 일해야 했던 이 제멋대로인 버릇없는 애들이 함직한 아주 전형적인 짓이었다. 그는 나중에 그리로 돌아가 메건의 어린 애 같은 복수심이 저지른 피해의 뒤처리를 해야 할 것이다. 저희들이 저질러 놓은 것을 으레 누군가 좇아다니면서 치워 주겠지 하며 자라난 이 두 여자에 대한 증오심이 물밀듯이 그를 엄습했다. 그는 문자가 왔음을 알리는 약한 차임 소리를 듣고 호주머니에서 휴대 전화를 꺼내 흘긋 내려다보았다.

"돈이 잘 도착했음을 기쁜 마음으로 알려 드립니다. 일이 지체된 것을 사과드립니다. 안녕히 계십시오, 크리스토프 리히터 굴라그 드림."

이크. 그렇다면. 참을성이 그의 가장 큰 장점은 결코 아니었다. 그래도 그는 아직 근본적으로 잘못된 짓은 저지르지 않았다. 이제 그와 다시 손잡았다고 가정하면 그렇다. 만회할 수 없는 상황은 아니었다. 코니센티는 던바가 이사회 날짜에 맞춰 뉴욕에 돌아오기보다는 아예 은퇴하기를 기대했겠지만.

명쾌한 생각을 할 수 있으면 좋을 텐데. 어쩌면 그래도 던바에게 주의를 주는 게 좋을지 모른다. 전부 다는 말고 메건과 애비게일을 파멸하게 할 만큼만 말해 주는 것이다. 코니센티가 승리하면 두 자매는 영향력을 잃겠지만 그들이 보유한 주식의 가치는 급등해서 훨씬 더 부자가 될 테니까. 그들이 파멸해서 창피당하는 꼴을 그는 보고 싶었다. 바로 지금 그가 느낀 증오심은 아마 여태껏 그가 경험한 것 중 가장 진심 어린 감정일 것이다. 돈뿐만 아니라 그들의 파멸도 그의 은퇴 재정 계획에 포함되어야 했다.

    플로렌스는 던바를 보고 눈 덮인 고사리류 지대를 지나 그가 숨어 있는 바위를 향해 갔다.

    "아빠?" 그녀가 불렀다. "아빠? 저 플로렌스예요."

    던바의 머리 윗부분이 바위 위로 내밀어진 것이 보였다.

    "저 플로렌스예요." 그녀가 반복해 말했다.

    던바가 조금씩 모습을 드러냈다. 흰머리는 더럽고 엉클어졌고, 얼굴은 면도를 하지 않아 부스스하고 수척했고, 외투에는 죽죽 진흙 자국이 묻어 있었다. 그는 오른손에 쥔 작은 주머니칼을 앞으로 내민 채 서 있었다. 그는 플로렌스를 보고 깜짝 놀랐지만, 그녀가 그곳에 나타난 것을 어떻게 생각해야 할지 몰랐다.

    "아빠를 돌보러 왔어요." 플로렌스가 말했다.

    그는 여전히 주머니칼을 쥔 채 팔을 늘어뜨렸다.

    "내가 너한테 모질게 굴었는데……"

    "아빠는 그렇게 모진 일을 겪었는데……"

    플로렌스는 아버지를 만질 수 있을 만치 가까이 갔다.

    "사이먼도 데려가야 해. 그 친구는 아주 몹쓸 취급을 받았어, 우리가 무언가 도와줘야 해." 던바가 눈물을 글썽이며 말했다.

    "그럴게요. 그런데 그분은 어디 있어요?"

    "모르겠네…… 내가 전보다 더 쉽게 혼동이 돼. 조금 전만 해도 여기에 있었는데."

"아빠만이라도 일단 저희랑 가세요, 경찰에게 사이먼을 찾으라고 할게요."

"죽게 두면 안 되는데. 꼭 찾아야 해." 던바가 흐느껴 울며 말했다.

"그럴게요. 걱정 마세요."

"난 걱정을 아주 많이 했다."

"알아요, 아빠. 하지만 이젠 괜찮아요."

던바는 주머니칼을 땅에 떨어뜨리고 앞으로 걸음을 내디디며 플로렌스의 양 어깨에 손을 얹었다.

"들것에 모셔 갈게요."

"네가 도와주면 걸어갈 수 있을 거 같아."

플로렌스는 아버지의 허리에 팔을 두르고 그는 그녀의 어깨에 팔을 둘렀다. 그리고 두 사람은 대기하고 있는 헬리콥터를 향해 천천히 조심해서 고사리류를 덮은 눈밭을 걸어갔다.

13

"주무셔." 크리스가 던바의 방에서 비행기 주 객실로 나오며 말했다. "의사 선생님이 기꺼이 런던까지 따라가 주겠지만, 여권이 케스윅에 있어서 뉴욕까지는 동행을 못 한대. 그동안 있었던 일을 감안하면 회장님 건강 상태는 양호한 편이지만, 망상이 아주 심한 거 같다고 해."

"그야 뭐, 물론 잠을 푹 주무실 필요가 있으니까." 플로렌스가 크리스에게 대답하고 윌슨에게 물었다. "그런데 우리 꼭 런던에 들렀다 가야 해요?"

"정말 신중히 생각해서 내린 결정이야. 변호사들을 설득해서 판버러 공항으로 오라고 했지. 그러면 회장님이 침대에서 일어나지 않아도 되니까. 우리가 신속한 행동을 취하면, 법적으로 처리할 수 있는 일들이 있지. 그러면 우리가 자네 언니들보다 잠재적으로 훨씬 더 유리한 입장에 놓일 수 있거든. 그런 다음 잠은 얼마든지 주무실 수 있어. 시간을 30분만 내면 회장님이 50년 동안 건설한 회사를 살릴 수 있을 거야. 자네 언니들은 깡패야. 경찰이 코미디언 피터 워커의 자살 때문에 그들을 조사하려고 해." 윌슨이 말했다.

"아니, 세상에! 자살했어요? 하지만 요양원에서 그를 감시하고 있다고 했잖아요." 플로렌스가 말했다.

"기어이 샤워장에서 목을 맸어. 텔레비전 코드를 빼서 허리춤에 숨겨 갖고 들어간 모양이야." 크리스가 말했다.

"뜻이 있는 곳에 길이 있다고, 정말 그런 거 같군. 우리의 계획을 말하자면, 런던에서 변호사들과 만나려는 이유 중 하나는 자네 언니들과 관련해서 상충된 이해관계를 발생시키려는 거야. 닥터 밥과 공모해서 회장님을 메도미드에 유폐한 걸 가지고 메건과 애비게일을 상대로 브래그스에 소송을 의뢰하면 그들은 피터 워커의 자살 건과 관련해서 자네 언니들의 대리인이 되지 못해. 피터 워커는 자네 아버지의 탈출을 도우려던 친구라고 내가 브래그스에 말해 두었거든. 소송 당사자들의 이해가 상충하는 구도가 될 때 먼저 어떤 변호사를 선임하면 상대방이 같은 법률 회사를 선임하지 못하게 막을 수 있으니까." 윌슨이 말했다.

"메건과 애비게일이 먼저 그들에게 의뢰했으면 어떡하죠?" 플로렌스가 물었다.

"아직 안 했어. 이젠 하려고 해도 못 하지. 내가 예비 의뢰장을 냈으니까."

"아니, 그게 해결됐으면 런던엔 왜 가죠?"

"아직 처리해야 할 문서가 있어서. 그게 런던에 보관되어 있거든. 트러스트에 속한 자산 외에 자네 아버지가 소유한 전부에 대한 유언장이야. 트러스트는 델라웨어에 설립된 법인이지만, 개인재산에 대한 유언은 역사적 이유로 이곳에 마련해 두었지."

"난 아버지의 재산은 바라지 않아요. 건강을 되찾길 바랄 뿐이에요. 어쨌든 변호사들은 아버지의 현재 건강 상태로는 유언장변경에 동의하지 않을 테고요."

"맞아. 아무튼 이래도 저래도 우리에게 유리해. 무슨 말이냐 하면, 우리가 애초에 원하는 것을 얻는다면 물론 우리에게 유리해. 유언장을 변경해서 자네에게 위임장을 줄 수 있으니까. 하지만 브래그스가 그걸 거부하면, 우리 측이 그들에게 헨리는 제정신이 아님을 공언하는 문서를 요구할 거야. 그럼 난 그걸 가지고 회장님 정신 건강이 애초에 경영권을 내주기에 적합했는지 의문을 제기할 수 있지. 적합했다면 왜 정신병 치료소에 넣었냐는 거야. 다시 말해서, 자네 아버지가 회복할 동안 내가 분쟁을 일으켜 시간을 벌겠다는 거지. 내가 그런 문서를 손에 넣을 수만 있으면 이사회의 우리 편이 나를 회의에 참석시켜야 한다고 주장할 거야."

"그러니까, 사실은 우리가 요구하는 걸 얻으려고 그러는 게 아니란 건가요?"

"그게 바로 절묘한 점이야―어느 쪽으로 기울어도 우리한텐 좋지."

"30분이면 돼요?"

"그거면 될 거야. 문서는 모두 준비되어 있는 데다, 이 일에 필요한 법률 팀이 모두 이리 오고 있어. 법률 회사 간부 한 명과 증인 설 사람들, 그리고 국제법 관련해서 도와줄 아주 실력 있는 미국 변호사—영국의 위임장은 미국에서는 효력이 없거든. 그래서 그 변호사가 미국 쪽 위임장을 준비했어. 그리고 나서 헨리는 열 시간 동안 잠을 자고 뉴욕에서 일어나면 돼, 그러면 거긴 아직 화요일 저녁이겠지. 이사회까지 이틀 밤을 더 쉴 수 있어."

"좋아요, 그럼 그렇게 해요."

"떠날 준비 다 됐다고 조종사에게 말할까?" 크리스가 물었다.

"그래. 비행하는 동안 난 그냥 아버지 옆에 있을 거야. 혹시 잠이 깨실지 모르니까." 플로렌스가 말했다.

플로렌스는 던바의 침실로 들어갔다. 의사가 침대 발치에서 팔짱을 끼고 서 있었다.

"아, 어서 오세요. 잠드셨어요. 잠을 한참 못 주무신 데다 음식 때문인지 곯아떨어지셨어요. 아버님과 혼자 있고 싶으시겠군요." 의사가 말했다.

"네, 부탁드려요. 어차피 선생님은 좌석에 가서 앉으셔야 해요. 곧 이륙할 거예요."

플로렌스는 아버지 옆에 몸을 뻗고 누웠다. 이륙할 때 아버지가 잠을 깨면 껴안아 주기 위해서였다. 비행기는 활주로를 따라

가속을 내다가 급격하고 가파르게 상승해 맨체스터를 벗어났다. 플로렌스는 수평 비행이 시작되자 회색 가죽의 침대 머리판에 베개를 놓고 기대 앉아 책상다리를 했다. 그녀는 아버지의 얼굴을 내려다보며 아버지를 위에서 본 적이 거의 없다는 것을 깨달았다. 그녀의 눈에 그는 언제나 모든 사람들 위에 높이 솟은 존재였다. 그가 아팠을 때 로스앤젤레스로 문병을 간 적이 있지만, 그녀는 그때도 높은 침대 옆 의자에 거의 즉시 본능적으로 앉아 세상사의 자연 질서를 되찾고 베개로 등을 받치고 앉은 아버지를 올려다보았다. 네 살인가 다섯 살 때 홈 레이크 집의 베란다 소파에서 누워 읽던 책을 가슴에 놓고 잠든 아버지에게 다가가 얼굴을 사랑스럽게 쓰다듬는데, 아버지가 깨지 않게 다른 데로 가자고 한 어머니의 속삭임을 그녀는 기억했다. 아버지의 엉킨 백발이 이렇게 긴 것은 처음 보았다. 늘 깔끔히 하던 턱은 면도를 하지 않아서 까칠한 수염으로 뒤덮였다. 살이 빠진 탓에 이마와 눈가와 처진 뺨에 주름살이 더 깊이 잡혀 더 늙어 보였다.

몇 시간 전 황량한 산비탈에서 아버지를 구출한 뒤로 그와 거의 이야기를 나누지 못했다. 아버지는 헤드폰을 끼지 않으려 했다. 사실 그것을 보고 아버지는 마약이나 어떤 다른 고문의 방편을 제공받기라도 한 듯 움찔하고는 머리를 감싸 잡았다. 그녀는 헬리콥터를 타고 맨체스터 공항으로 곧장 날아가고, 마크와 윌슨은 짐을 챙겨 차로 왔다. 아버지는 이동하는 동안 계속 혼잣말을 중얼거렸지만 무슨 말인지 들리지 않았다. 아버지에게는 그녀가 크리스와 조종사에게 하는 말이 들리지 않았지만 그건 오히려 다행이었다. 그녀는 글로벌 원이 그녀의 비행기에 가려 보이지 않는 쪽에 헬리콥터를 내리는 게 중요하다고 역설하고 있었기 때문이다. 그녀의 비행기는 글로벌 원에서 최대한 멀리 떨어진 곳에 세워 두었지만, 무엇에 가리지 않는 한, 활주로와 에이프런에서 던바의 오래된 대형 보잉기가 보이지 않는 곳은 없었다. 글로벌 원은 아버지가 매우 좋아하는 장난감이었다. 그에겐 그게 또 하나의 집과 같았다. 그의 요구 조건대로 꾸민, 고정된 주소가 없는 집이었다. 벽을 장식 판자로 두른 경탄할 만한 서재의 바닥에는 옅은 금색의 페르시아 양탄자가 깔려 있고, 책장과 책장 사이에는 샤르댕과 윌리엄 니콜슨의 정물화가 걸려 있었다. 그녀가 어렸을 때 가장 놀라워했던 방은 터키탕이었다. 그녀는 비행기가 그린란드 빙하나 뉴멕시코 사막 위 3만 피트 상공을 날아가고 있다는 것을 의식하면서, 주황색과 초록색과 검은색으로 된 기하학적 문양의 타일 벽과 벤치가 자욱한 스팀에 흐릿해지는 것을 지켜본 적도 있었다.

플로렌스는 아버지가 오래 타고 다녔던 비행기를 보고도 그걸 타지 못하면 더 큰 혼란에 빠질 것 같았는데, 그녀가 세낸 걸프스트림에 아버지를 안전하게 태우고 보니, 그랬어도 별다른 영향은 없지 않았을까 생각했다. 그녀는 아버지의 혼돈 상태가 이미 오래전에 어떤 수준을 넘은 것을 모르고, 그렇게 되지 않게 예방하려고 애쓰는 것이었는지도 모른다. 그는 비행기에 올라타는 것만으로 정신이 어리둥절한 듯했다. 그는 사이먼은 괜찮은지, 피터는 런던에 잘 도착했는지 끊임없이 물었다. 그때만 해도 그녀는 피터가 죽었는지 모르기도 했지만, 아버지가 간절히 그를 다시 보려는 듯해서 그가 메도미드에 있다는 말을 하지 않았다. 아버지는 사이먼이 누구냐는 그녀의 물음에 성직자이고 생명의 은인이니, 그가 무사한지 확인하고 반드시 "그를 급여 대상자 명단에 올려야 한다"고 말했다. 그는 플로렌스를 길을 잃은 자신을 찾아 준 인정 많은 인물로 알아보는 듯했다. 자기와 플로렌스가 어떤 관계인지 이해했다면서도 그는 그것을 계속 잊었다.

탈출을 도운 두 사람의 운명에 대해 중얼거리던 던바의 불안은 한 시간 뒤 차를 타고 온 윌슨과 마크가 나타났을 때 다른 감정으로 바뀌었다. 그는 강렬하지만 무언가 결정을 내리지는 못하는 듯한 얼굴로 윌슨을 응시했다. 누구인지 기억을 되살리려고 애쓰다 어떤 추측을 하고는 설마 그럴 리 없다는 듯이 떨쳐 버리는 듯했다.

그런 반면, 그는 마크를 보고는 즉각 격렬한 분노로 반응했다.

"너! 너!" 던바가 말쑥하고 약간 살찐 사위를 가리키며 소리쳤다. "안 돼! 넌 안 돼! 저 녀석 쫓아내! 나를 멀리 가두어 놓는 일에 녀석도 작당했어. 나를 도로 데려가지 못해!" 이 말과 함께 그는 의자에서 벌떡 일어나 깜짝 놀랄 정도로 민첩하게 통로를 따라 달려가더니 화장실에 들어가 문을 잠갔다.

윌슨과 플로렌스는 주저 없이 마크에게 다른 비행기를 타고 뉴

욕으로 돌아가라고 했다. 플로렌스는 마크가 아버지의 반응보다
는 일반 여객기를 타게 생겼다는 생각에 더 화가 난 듯한 인상을
받았다.

"물론 그래야죠." 그가 누더기가 된 습관적인 정중한 태도로 말
했다. "가엾게도 장인어른이 완전히 혼란에 빠진 거 같네요. 애초
에 내가 여기 있게 된 건 장인어른의 감금에 강력 반대했기 때문
이라고 설명해 주세요. 그래서 내 역할에 대해 잘못 알고 있는 걸
바로잡아 주기 바랍니다."

의사가 청진기와 혈압측정기, 손전등, 반사망치를 다루며 분주
할 때 던바는 멍한 상태에 빠졌다. 마치 눈꺼풀 안쪽의 화면에 다
른 이야기가 영사되고 있는 듯이. 비행기, 계획, 주위 사람 모두
가 그의 머릿속에서 철저히 제외된 것은 아니라고 플로렌스는
생각했다. 그것은 마치 조명등을 끈 영화관의 비상구 표지처럼,
상영되는 영화와 경쟁하길 기대할 수 없는 무엇일 따름이었다.
그는 치킨 수프와 빵을 조금 먹고 나서 거의 즉시 잠에 빠졌다.

아버지 옆에 앉아 한쪽 손을 그의 어깨에 살짝 얹은 플로렌스
는 그를 자기의 보호 아래 두게 되었다는 생각에 안도했다. 그러
나 그녀는 그와 간절히 화해하고 싶지만, 아버지가 언니들에게
내몰려 간 정신의 유배지에서 다시는 돌아오지 못할지 모른다고
생각하자 마음이 불안했다. 그녀는 컴브리아의 황무지로 날아가
아버지를 데려왔지만, 정신의 황무지에서는 그를 어떻게 구해 낼
수 있을지 막막하기만 했다. 그가 권력을 가진 자리에 오르기까

지 겪은 어떤 것도 지난 몇 주간, 특히 지난 며칠 동안 겪은 일에 대한 마음의 준비가 되어 주지 못했다. 그것은 그가 이해할 수 없는 종류의 지식으로 그의 정신을 압도한 듯했다. 물길을 돌릴 비탈도 없고 물을 흡수할 흙도 없는, 편평한 바위로 된 평원에 밀려드는 대홍수처럼, 그것은 모든 익숙한 지형지물을 말살했을 뿐 새 생명을 불러오지 않았다. 그녀는 그 불모의 홍수에 휩쓸린 그를 어떻게 붙잡아 건질 수 있을까?

비행기가 런던으로 하강하다 난기류를 만났을 때 던바가 잠결에 눈살을 찌푸리더니 눈을 약간 떴다. 그가 눈을 치켜떠 플로렌스의 얼굴을 발견하고 믿기지 않아 하는 모습은 거의 분노에 가까웠다.

"아가씨, 혹시 사람들이 내 막내딸과 닮았다고 하지 않아?" 그가 잠들기 전의 상태를 감안하면 뜻밖에도 명료하게 말했다.

"저 아빠 딸이에요. 저 플로렌스예요."

"설마, 그럴 리가. 하지만 내 딸과 닮은 건 맞아."

그는 양손을 들어 괄호 모양으로 머리 가까이에 가져갔다.

"생각을 똑바로 하기가 힘들었어." 그가 손가락으로 허공을 만져 보듯 하며 말했다. 마치 상처의 범위를 가리키려는 듯이.

"네."

"포장 보도의 갈라진 금을 밟으면 안 되는데 다른 길로 걸을 수도 없는……" 그가 말을 멈추었다. 그의 손가락은 맹인이 다른 사람의 얼굴을 더듬듯 계속 허공을 탐색했다. "……그런데 무슨

수를 써서라도 피해야 하는 바로 그 일만 생기는 거야."

"이해해요. 이제 아빠는 안전해요."

"안전이라고?" 던바가 씁쓸히 말했다. "그것만 생각하면 바보야. 일단 알고 나면, 산다는 건 추락이야, 절대로 멈추지 않는 추락. 내가 무슨 말 하는지 알겠어? 바닥이 없는 추락, 아무것도 우리를 잡아 줄 것이 없는……"

플로렌스는 그가 무슨 말을 하는지 느낌으로 알았지만 어떻게 반응해야 할지 생각이 나지 않았다. 설득으로 느낌을 버리게 하는 시도는 해 봐야 소용없고, 안전이란 없다는 이 느낌의 경우, 안심시켜 주는 말은 또 하나의 위장된 설득으로 들렸을 뿐일 것이다. 그는 음식을 조금 먹고, 휴식도 좀 취하고 나서 의식이 좀 더 또렷해졌지만, 자신의 혼란과 절망을 더 또렷하게 설명하는 데 그치는 것 같았다. 그녀가 할 수 있는 일은 오직 그의 곁을 지키면서 쾌유를 비는 것뿐이었다.

"뭐지?" 던바가 비행기가 약간 거칠게 착륙하자 깜짝 놀라 말했다.

"런던에 도착했어요."

"피터는 런던에 있어?" 던바가 근심스레 물었다.

"아뇨, 컴브리아에 있어요."

"바보 같은 사람. 나랑 세상에서 가장 아름다운 로마의 유적에 가서 네그로니를 마시기로 했으면서. 그 친구가 말한 거야. 그 친구는 내가 포로수용소에서 탈출하는 걸 도왔어. 그 친구도 급여 대상자 명단에 올려야 해."

"그럴게요, 아빠." 플로렌스가 곧 아버지의 손님들이 올 것에 대비해 침대에서 내려가며 말했다. 그녀는 법률 서류가 그녀에게 유리하게 바뀔지 모를 장소에 있는 것은 보기에 좋지 않을 것 같았다. 미묘한 방식으로 위압하는 것처럼 보일지 모를 일이었다. 게다가 그녀가 없어도 윌슨이 언급한 사람들조차 전원이 다 한꺼번에는 아버지 침실에 들어가지 못할 터였다.

"아가씨, 나를 뭐라고 불렀지? 플로렌스, 너니?"

"네."

"내가 온통 너를 찾아 다녔는데." 던바가 그의 양팔을 벌리며 말했다.

플로렌스는 침대 반대편으로 빙 돌아가 아버지 옆에 무릎을 꿇고 앉아 양쪽 볼에 키스했다.

그는 손을 내밀어 머뭇머뭇 그녀의 윗머리를 만졌다.

"나를 용서해 줄 수 있겠니? 너와 네 아이들을 유산에서 제외하고 모든 걸 그 괴물 둘에게 준 것을. 나는 너무 오만하고 포악했어. 그리고 무엇보다, 어리석었어."

플로렌스는 고개를 들어 눈물로 범벅이 된 아버지의 얼굴을 보았다.

"물론이에요, 물론이에요. 오만한 건 저였어요. 제가 먼저 오래 전에 아버지께 다가가야 했는데."

"아니야!" 던바가 힘주어 말했다. "내 변변찮은 성미가 화근이었어. 늘 지배하는 습관도 그렇고. 허!" 그가 환멸에 찬 너털웃음을 짧게 내뱉었다. "난 이제 지배도 못해—생각의 끝에 가 보면 어디서 출발했는지 벌써 까먹을 때가 있거든."

"어떻든, 앞으로 다시는 우리 사이가 틀어지는 일은 없을 거예요." 플로렌스가 아버지 이마에 키스하고 잠깐 그의 가슴에 머리를 기댔다.

"다시는 없어야지." 던바가 양손으로 다정히 그녀의 얼굴을 감싸고 말했다. "내 사랑 캐서린, 난 당신이 죽은 줄 알았는데 살아 있었구려." 그는 믿기지 않는다는 듯 머리를 가로저었다.

14

플로렌스의 승리에 따른 혼란과 낙담 속에 메건은 남편이 지난 해에 그렇게 갑작스럽게 죽지 않았더라면 좋았을 텐데 하고 생각하는 흔치 않은 시간을 가졌다. 그녀와 처음 만나기 전에 이미 빅터 앨런은 다채로운 월스트리트 이력으로 '미친개'라는 별명을 얻었다. 결혼해서 마지막 10년 동안 그는 '비열한 새끼'로 승격되었다. 중요한 거래치고, 심지어 빅터가 거들떠보지도 않은 것까지, 세계 곳곳의 회의실에서 사람들이 마음을 죄며 먼저 "이 건에 대한 비열한 새끼의 입장은 뭘까?"라는 의문을 제기하지 않고 이루어지는 일은 생각조차 할 수 없었다. 그의 동료들에게 얼마든지 해당될 아주 막연한 묘사였을 말을 개인적인 호칭으로 전환시키는 것을 그는 매우 자랑스럽게 여겼다. 그의 경쟁자들이 다스 베이더나 로드 사우런, 볼더모트로 알려지는 경향이 있는 세계에서 빅터는 어린애들과 관련 있는 어떤 오락도 가리키지 않는 두 개의 평이한 영어 단어로 된 자기의 별명을 성숙의 표시라고도 생각했다. 대체로 그는 모욕을 받으면 생기가 돌았지만, 칭찬은 못 견뎌 했다. 그는 칭찬을 '자명한 사실인데 분별력을 흐리는 말' 또는 그에게서 돈을 뜯어내기 위한 트로이의 목마 같은 수작으로 여겼다. 그가 차츰 소중히 여기게 된 호칭을 뒷받침해 줄 이렇다 할 거래나 혁신을 꼭 집어 말하기는 어려웠다. 합법과 불법의 경계를 타는 조세법의 허점 이용, 더 복잡하고 현혹적인 금융 상품을 이용한 파멸적인 부채 창출, 소수의 투자자들에게 더 폭발적인 부를 안겨 주기 위해서라면 지역 사회와 수천수만 가구가 의존하는 오래된 성공적인 기업을 언제든 산산조각 낼 수 있는 준비성. 이런 것들은 월스트리트에서는 빵집에서 빵을 찾기처럼 흔해서 그 자체로는 놀라운 일이 아니었지만, 운용의 규모, 이중성의 범위, 그 빈정거림과 승리주의의 강도는 마치 마라톤에서 결승점에 가까웠을 때까지 비축해 둔 힘이 아직 남은 선수가 뭉쳐서 뛰는 나머지 선수의 무리 같은 그 세대의 비열한 새끼들을 따돌리고 혼자 앞으로 쑥 나와 결승선을 통과하는 것을 뜻했다.

그가 아직 살아 있었으면, 아니 더 나은 건, 한 주 동안만, 텔레비전 인기 시리즈에 특별 출연하는 스타처럼 살아 돌아왔다 다시 사라지면 좋을 텐데. 그녀는 빅터를 추모하는 식장에서 매우 중요한 미망인 신분을 제대로 나타내 줄 추모 연설을 준비하느라 애를 먹었다. 하지만 그 결핍이 피부로 느껴지는 지금은 시라도 쓸 수 있을 것 같았다. 지저스가 그녀에게 오르가즘을 주려고 분주한 동안 그녀는 첫 행을 상상했다. '빅터, 당신이 지금 이때 살아 있다면!' 정형시의 전통에 부합하는 탄탄한 시작이다…… '우리에게 필요한 건 당신의 독과 당신의 부채……' 그녀는 '부채'와 운이 맞는 말을 바로 머리에 떠올릴 수는 없었지만, 어쨌든 빅터라면 던바 트러스트의 인수를 확실하게 할 놀랍도록 공격적인, 또는 상도를 벗어난 수단을 즉석에서 생각해 냈으리라는 사실이 시의 영감을 주었다. 그의 오랜 동업자인 딕 빌드가 주가 한도를 유지하고 있었지만, 그녀가 극단적 수단을 취할 필요가 있을 때 그를 신뢰할 수 있을까?

아, 뜻밖에 조금 전율이 오네! 지저스는 간신히 그녀의 주의를 끌었다. 그는 노력으로는 'A'를 받을 만했다. 적어도 옆에 누워 공허한 칭찬을 중얼거릴 때보다 더 혀를 잘 쓰고 있었던 건 확실했다. 그는 자기가 단순히 잔인한 살인자가 아니라 수줍음을 잘 타는 어린애라고 했다. 이미 그의 세례명에서 뚜렷이 볼 수 있듯이 다정한 남미 출신 어머니의 영향을 받아 그의 텍사스 말씨에 부드러운 마찰음이 섞였고, 다른 점에서는 허리띠를 휘두르고, 트럭 운전 일을 하고, 술고래였던 무서운 전직 군인 아버지 때문에 냉혹해지고 다른 모습을 보이게 되었다고 말했다. 그녀는 그 모든 음울한 이야기를 익히 들어 알고 있었다.

그녀는 문득 자기가 오랫동안 한숨을 쉰 적이 없다는 생각이 들었다. 그녀는 아마 그래야 할 것이다, 어쩌면 신음 소리도 내야 할지 모른다.

"멈추지 마, 제발 멈추지 마." 그녀가 숨을 죽이고 말했다.

그는 지금 하고 있는 것을 멈추면 수다를 떨지 모른다. 모든 것을 감안할 때, 간질 발작적인 성적 희열을 느낀다는 인상을 주기 위해 몸부림치는 가운데 불만스러워 비명을 지르고 싶은 유혹이 있어도 그녀는 지금 이대로가 더 좋았다.

물론 사람은 간혹 난기류를 만날 각오를 하고 있어야 한다. 그러나 지난 몇 시간은 정말 어처구니없었다. 피터 워커의 자살과 관련해서 그녀와 그녀의 일행을 조사하고 싶어 하는 영국 경찰을 간발의 차이로 따돌리고 간신히 글로벌 원을 이륙시켰다. 몇 분만 늦었어도 어떤 불쾌한 지방 경찰서에 붙들려 있을 뻔했다. 그뿐 아니라 브래그스가 이상한 태도를 보이기 시작했다. 자기들은 상충된 이해관계 때문에 이 사건의 대리인이 될 수 없다는 것이었다. 해리스 박사는 처음 보기보다 더 교활한 늙은 여우였던 게 분명했다. 어쨌거나 그녀는 양심에 거리낄 게 전혀 없었다. 정신 병원의 샤워장에서 완전 미치광이가 목을 맨 게 어떻게 그들의 책임이란 말인가, 더군다나 그들은 당시에 멀리 떨어진 곳에 있었는데? 고발당하는 것 자체는 그녀로서는 놀랄 일이 아니었다. 사람들은 지칠 줄 모르고 그녀의 가족을 공격했으니까. 물론 그건 다름 아닌 질투 때문이었다. 질투는 인간 본성을 이루는 부분이라 어떻게 할 수 없는 것이었다. 그녀의 어머니는 유치원 가는 첫날 그녀에게 그 점에 대해 주의를 주었다. 그런데 하필이면 그게 바로 이 시점에 그 추악한 고개를 쳐들다니 정말 맥 빠지는 일이었다.

플로렌스는 늘 그렇듯이 악몽 그 자체였다. 한 해 동안은 어떻게 치워 두긴 했는데 이제 다시 돌아와 아무것도 모르면서 우리 일에 끼어들었다. 늘 그랬듯이 이번에도 역시 플로렌스가 아버지를 차지한 딸이 되었다. 그녀는 가장 나중에 태어났지만 가장 처음 진짜로 아버지의 관심을 끈 딸이었다. 메건의 생애 대부분에 걸쳐 플로렌스는 잘난 체하며 아버지의 사랑을 독차지하는 위치에 있었던 데 반해, 그녀의 언니들은 제아무리 순종하고 아부하고 아버지의 태도를 흉내 내도 그의 사랑을 한 방울도 얻지 못했다. 이번 일은 너무 심각해서 플로렌스는 아버지의 총애를 받는 작은 딸이 된 대가를 치러야 할 것이다. 플로렌스는 메건이 애비게일과 쟁취하려고 3년 동안 노력해 온 보상과 메건 사이를 가로막고 선 것이다. 아버지의 사랑에 우쭐한 플로렌스는 풀을 뜯으며 돌아다니다 기차가 커브를 돌아 고속으로 달려오는 것도 모르고 철길을 건너는 젖소와 같았다. 메건이 보는 한, 그 결과는 불가피한 것이었다.

물론 플로렌스는 오직 아버지가 걱정되어서 불쑥 나타났다고 주장할 것이다. 하지만 첫째, 아버지는 최고 전문가들의 보살핌을 받는 (비싼) 시설에 들어갔다. 둘째, 그는 양로원에서 사람들의 방문을 필요로 하는(메건은 때가 되면 그렇게 해 줄 의도가 충분히 있었다) 그냥 아무 비실비실한 아버지가 아니라 그를 중심으로 온갖 구시대의 반동분자 세력이 결집하는 영향력 있는 상징적 인물이었다. 그녀와 애비게일은 이글록의 매수 호가를 찬성하는 대가로 전적으로 윤리적이지는 않은 뇌물을 제공해서, 가장 독선적이지 않은 이사들과의 관계를 은밀히 다졌다. 그들은 던바와 윌슨의 오랜 동지들에게는 감히 접근하지 못했지만, 자기들이 확보한 표와 이사회에 들어가는 닥터 밥의 표를 합하면 근소한 차로 과반수가 될 전망이었고, 나머지 임원들도 매우 후한 제안을 수락하는 쪽으로 설득되리라고 기대했다.

이글록은 현 주가보다 15퍼센트 높은 가격을 부를 계획이었다. 일반 주주들에게는 노다지였다. 물론 가엾은 트러스트에 막대한 부채 부담을 지우는 것은 옳지 않은 일일 것이다. 결국 대규모 정리 해고나 자회사 처분 특매, 훌륭하고 오래된 회사들의 파멸을 부르는 것은 과도한 채무이니까. 다시 말해서 그것은 바로 그들의 꿍꿍이속이었다! 트러스트의 군살을 더 빼고 더 뛰어난 기업으로 만들어, 5년 뒤에 능률화된 기업으로 공모증자를 할 생각이었다. 딕 빌드에 따르면 그녀와 애비게일은 각각 14억 달러를 벌 것이다—상황이 골치 아픈 쪽으로 전개되고 있다는 점을 감안하면 그것도 그리 많아 보이지 않았다—그들은 사업적으로 이치에 닿는 일을 하고 있을 뿐이었고, 누군가 해야 할 일이라면 탐욕스러운 외부인보다는 이 회사를 정말로 사랑하는 사람들이 하는 게 낫다는 생각이었다. 정말이지 아무것도 염려할 것은 없었다. 이글록은 매우 분명하고, 충분한 자금을 확보한, 법적으로 전혀 문제가 없는 우호적 합병 제안을 내놓았다. 중국과의 위성 거래를 유니컴에 빼앗겼기 때문에 아무도 이 가격에는 던바 트러스트에 관심을 두지 않을 것이다.

"아아, 그러니까 기분 좋아." 그녀가 신음했다.

그녀가 그녀의 애인들에게 싫증을 느끼는 속도는 정말 간담이 서늘할 정도였다. 간밤만 해도 J는 아주 스릴 만점인 듯했다. 젊은 그의 열띤 육체, 원자폭탄의 뇌관을 제거하기 위해 일분일초를 다투어 일하는 사람에게 어울릴 열광적인 집중력을 기울인 얼굴, 그러나 그 모든 집중력은 사실 그녀에게 연속적인 즐거움의 물결을 주는 데 낭비되었다. 어떻게 그는 벌써 잘못된 재공연 같은 느낌을 준단 말인가? 닥터 밥이 옆방에 없으니 발작적인 증폭된 소리를 마음껏 지를 필요가 없어서 재미가 덜했기 때문이란 것이 유일한 이유일 리는 없었다. 그녀는 그렇게 얄팍하지 않았다. 공유 벽을 사이에 두고 닥터 밥이 질투나 적어도 불면증 때문에 속을 끓이고 있다는 것을 알 때 복수심이 주는 약간의 즐거움을 느끼긴 했지만. 이보다 더 좋은 세상에서는 J가 몇 주 더 버티거나, 그녀의 편리에 따라 섹스 파트너로 선택될 기회를 생각해서 주위에 머물게 할 수 있었을지 모른다. 하지만 시간의 압박 때문에 그녀는 그에게 특별한 부탁을 하지 않을 수 없었다. 그 요청을 좋은 말로 꾸밀 시간은 없을 것이다. 다만 가슴을 짓찧는 불가피한 사정이라는 인상을 풍길 것이다. 그녀는 매우 비정상적인 무엇을 부탁해야 했다. 그렇지만 J는 아버지에게 두드려 맞고 작은 단층집 구석에서 울고 있는 어머니를 위로하는 일에 폭력 어린 유년기의 대부분을 보냈기 때문에 그녀의 눈물 앞에 무력하리란 걸 직관으로 알았다. 그래서 그는 스스로 무거운 짐을 떠맡을 테고, 스스로에게 감동해서 조용히 눈물만 펑펑 쏟을 것이다. J는 상황에 걸맞게 엄숙한 태도로 요구에 따르는 한편, 그의 생각에 그녀가 내린 그런 어려운 결정은 진정한 용기를 필요로 하는 것이라는 의견을 개진할 것이다. 그녀는 그에게 좀 더 찰싹 달라붙어 눈물관에서 좀 더 많은 분비액을 짜내 그의 털 없는 가슴에 떨어뜨리는 것으로 대답을 대신하리라. 완전한 정적이 흐르는 가운데, 그의 위협적인 양쪽 흉근 사이의 골에 눈물이 고일지 모른다. 메건은 자신의 공들인 안무에 스스로 감동하지 않을 수 없었다.

어쩌면 그건 문제일는지도 모른다. 이제 J를 열 추적 미사일처럼 발사하려는 마당에 그에게 계속 매달리는 건 위험할뿐더러 직관에 반대되는 듯했기 때문이다. 그렇지 않더라도 이번에 있을 뜨거운 색욕의 붕괴는 반복적인 패턴의 한 부분에 불과하다는 것을 그녀는 잘 알고 있었다. 그녀의 애인들은 그녀와 매번 관계를 가질 때마다 더 가까워지는 듯한 벼랑 옆에서 잠잤다. 해안 침식은 멈추지 않고 계속될까? 그래서 그녀도 벼랑에서 굴러 떨어져 해안에 어질러져 있는 부서진 육체들과 합칠 때가 올까?

물론 사랑은 연극일 뿐이었다. 그녀는 언제나 만족하지 못하는 연출가이자 스타였고, 연극 제작은 전체가 그 스타를 중심으로 구성되었다. 어떤 이유로든 주연 남자 배우가 해고되면 언제나 그 자리를 채울 대역이 있었다. 본질적으로 그녀 외에 다른 출연자들은 중요하지 않았다. 그들에게는 독자적 존재 이유가 없었다. 그들은 제로의 배수였다. 그녀는 열 살 때, 그녀의 유일한 산술적 직각을 얻은 일을 기억했다. 어떤 숫자 끝에 제로를 보태면 열 배로 커지지만, 제로를 곱하면 가치가 없어진다는 것이었다. 그녀는 그 난잡하고 무가치한 무無가 각기 다른 상황에서 다른 배역을 맡는다고 가정하고, 한 사람을 '최저의 제로'보다는 제로의 배수로 생각하는 쪽을 선호했다.

  J의 경우, 그 관계는 특별히 짧을 것이다. 그녀를 위해 작은 수고를 한 뒤 그가 그녀와 함께 사람들의 눈에 띄는 건 그녀로선 편의상 바람직하지 않기 때문이었다. 안타깝지만 사실 케빈은 그녀를 가리키는 흔적의 모든 위험을 제거해야 할지 모른다. 사람들을 시켜 흔적을 제거할 때의 문제는 그들은 그들대로 또 다른 흔적이 된다는 사실이다. 제거하는 사람은 누가 제거하지? 그녀가 혼자 솔선해서 그 일을 불사한 때가 있었다. 아무에게도 그 일에 대해 이야기한 적이 없었다. 그건 자기 마음속으로도 떠오르지 않게 억제하는 기억이었다. 그때 그 충돌 사고가 조작의 증거를 없앨 정도로 심각했기에 망정이지 큰일 날 뻔했다. 그녀는 어리고 무자비하기 그지없었다. 그 후로 그녀가 저지른 모든 나쁜 짓에는 세속적 구실이 있었지만, 그때 그 일은 순전한 증오의 행

위였다. 그 일을 꾸미는 데는 시간이 좀 들었지만, 그것은 웬일인지 충동에서 말미암은 것으로 기억에 남았다. 그녀의 증오는 한순간의 성찰도 허락하지 않을 정도로 효과적으로 갱신되었다는 의미에서 그랬다. 오랜 세월이 흘렀는데도 그 일만 생각하면 그녀는 아직도 마음 한구석에서 조금 흠칫 놀라곤 하지만 너무 오래 그 생각에 머물고 싶지는 않았다. 무슨 일에든 놀라는 것은 아주 세련되지 못한 행동이었다.

결정적인 비명을 지를 때는 바로 지금이리라고 판단하고 메건은 헉 하고 숨을 쉬며 근육에 힘을 넣기 시작했다. 그녀는 허벅지 사이에 J의 머리가 꽉 물려 있는 느낌이 문득 좋다는 생각이 들자 등을 구부리며 허벅지를 더 단단히 조였다. 그가 특수부대의 무술훈련소에서 각개 전투 훈련을 받은 이후로 그렇게 공격받기 쉬운 위치에 놓인 적은 아마 처음이리라고 그녀는 생각하지 않을 수 없었다. 그녀가 갑자기 다리를 옆으로 틀기만 하면 어쩌면 그의 목을 부러뜨리고 축 늘어진 몸을 방바닥으로 차 버릴 수 있을지 모른다. 그녀는 그 전망에 이끌리는 자신을 억제할 수 없었다. 그녀는 역대 최고의 페이크 오르가즘을 느낄 참이었지만, 방금 가진 그 짧은 환상에 실제로 흥분하고 있었다.

"오, 세상에! 오, 세상에!" 그녀가 그의 목이 부러지는 소리를 상상하며 말했다.

그녀는 허벅지를 더 세게 조이며 상체를 더 쳐들었다. 단 한 번의 급격한 비틀기, 그것으로 충분할 것이다.

J는 몸을 일으켜 아직도 몸을 떠는 그녀 옆으로 기어가 제 목을 주무르며 털썩 누웠다.

"허벅지가 정말 튼튼하네요." 그가 감탄했다.

"오, J, 넌 예술가야. 나한테 얼마나 큰 영감을 주는지 몰라."

"그렇다면 그건 오직 당신한테 영감을 받으니까 그렇죠, 케리다*." J는 바보같이 만족스러운 얼굴이었다.

혀짤배기소리의 애정 표현과 헌신적인 얼굴에 메건은 순식간에 짜증이 났다.

"오, J, 내가 그렇게 격렬하게 싼 건, 음, 지난밤 이후로 처음이야." 그녀가 손톱으로 그의 갈비뼈 부분의 피부가 벗겨질 정도로 쓱 그으며 말했다.

"케리다, 밤새도록 당신을 안고 싶어." 정신을 못 차리는 용사는 말했다.

"나를 안아 줘, 나를!"

"이게 당신에겐 늘 있는 일인진 몰라도, 나는 이전에는 사랑에 빠진 적이 정말 없는 거 같아."

"아주 듣기 좋은 소리네. 당연히 내게도 늘 있는 일은 아니야. 얼마나 강렬한지 난 정말 도무지 정신을 못 차리겠어."

그녀가 그의 가슴에 키스했다. 그리고 한쪽 눈에서 간신히 눈물 한 방울을 짜냈지만, 그게 콧등 한쪽으로 흘러 이윽고 표적에

✦ Querida, 사랑하는 사람을 부를 때 쓰는 스페인어. 영어의 darling과 같다.

떨어지기까지는 짜증 날 정도로 오랜 시간이 걸렸다.

"케리다!" 과민한 J가 품 안의 여자, 그의 여자가 우는 모습을 보자 억장이 무너졌다. "케 파싸⁺?"

"으웅, 아무것도 아니야." 메건의 말투가 짐짓 씩씩했다.

자신의 꿋꿋한 말에 그녀는 자기 연민에 빠져 귀한 눈물 한 방울을 더 방출했다. 그녀는 모든 방법을 자유자재로 동원해 그 느낌에 몰입했다―그녀는 단 두 학기 만에 그만두었지만 리 스트라스버그 연기 학원을 다녔다. 눈을 감고, 자기를 괴롭히는 슬픈 일들을 마음에 그리려고 애썼다. 그녀에게 효과적인 색욕의 환상을 찾은 바로 그 순간 그것을 빼앗기고 있었다. 그것은 임의로 전이 가능한 것이 아니고, J가 용병이라는 사실과, 살인자를 수중에 넣었다는 느낌과, 자신의 완력에 도취된 남자를 치명적으로 나약하게 만들었다는 생각과 밀접하게 엮여 있었다. 그러니까 더욱, 애초의 목적에서 벗어나 더 흔히 예측할 수 있는 방식으로 돌아가는 델릴라식 함정에 빠지지 말아야 한다. 그녀의 인생이라는 건물을 그녀와 함께 언제든 무너뜨릴 삼손을 협박의 기둥에 묶어 두면 안 된다. J는 해야 할 일을 하고 나면 사라져 줘야 할 것이다. 어쩌면 한 번 더 그와 잘 수 있을지 모른다. 아직 화요일이니까. 그래, 그러면 되겠다. 오늘 밤 뉴욕에서 한 번만 더, 그리고 어쩌면 아침을 먹기 전에 또 한 번 더. 그런 다음 그녀는 그를 떠

⁺ Que passa, '무슨 일이야'라는 뜻의 스페인어.

나보내야 할 것이다. 미사일은 모범적인 제로의 배수였다. 일단 표적을 맞추면 더는 존재하지 않으니까. 마크 덕분에 그들은 적보다 한발 앞서 있었다. 그가 글로벌 원을 타고 그들에게 온갖 유용한 정보를 주었기 때문에 그들은 상황 파악에 많은 시간을 절약할 수 있었다. 자기가 왜 맨체스터에 갔었는지에 대한 설명은 전혀 설득력이 없었지만, 적과 불장난을 하다 보니 결국 실익은 아내의 편에 서는 데 있다고 결론 내린 게 분명했다. 그는 플로렌스가 트러스트 자산 외의 모든 것을 상속하고 언니들을 제외시킬 계획을 꾸미는 소리를 엿들었다. 탐욕스러운 년.

이 모든 불행한 일들. 플로렌스가 인간 사냥에서 승리하고 아버지의 사유 재산을 독차지하려는 일, 역겨운 이복 자매를 누르고 절대적 승리라는 더 숭고한 대의에 자기의 애인을 잃는 일, 그리고 무엇보다 언제나 강하고, 날카롭고, 지휘하고, 한 걸음 앞서야 한다는 부담감이 누적된 끝에 그녀는 갑자기 그녀가 안간힘을 쓰며 성취하려던 신경 쇠약을 일으켰다. 그녀의 눈에서 눈물이 줄줄 흘렀다. 흐느끼며 떠는 그녀의 몸은 보호자에게 더 찰싹 달라붙었다. 그녀는 언젠가 정신과 의사를 찾았지만, 너무 짜증 나서 거의 즉시 중단한 적이 있다. 그녀가 보기에 그의 능력으로는 절대로 접근하지 못할 세계를 엿보게 해 줄 재미있는 일화를 말하는 도중에 그는 "이 화려한 파티에서 어린 메건은 어디 있죠? 어디에 숨어 있죠?"와 같은 질문으로 자꾸만 그녀를 방해했다. 그런데 지금 예기치 않게 그의 목소리와 웃기지도 않는 질문들이 머릿속에 되살아나자 그녀는 진짜 고통스럽게 울부짖을 수 있었다.

J는 사랑하는 여인의 흐느끼는 몸을 안고 도무지 어찌할 바를 몰랐다. 메건이 짐작한 대로였다.

"케리다, 제발, 당신의 눈물을 그치게 하는 일이라면 난 뭐든지 다 할 거야. 무슨 일인지 말해 봐." 그가 간청했다.

메건은 조금 더 흐느껴 울다가 자세를 바로잡고 앉아 침대 옆의 화장지를 집어 코를 풀었다.

그녀는 머리를 다시 J의 어깨에 갖다 대고 좀 더 조용히 다시 울기 시작했다. 그녀는 이제 벽장에 숨은 어린 메건을 찾았다. 이제 그녀는 겁먹고 의심 많은 어린애 같은, 이상하게 앳된 목소리로 말했다.

"뭐든지 다?" 그녀가 속삭였다.

"뭐든지 다, 정말 뭐든지 다." J가 말했다.

15

비행기가 뉴욕에 도착했을 때 플로렌스를 비롯해 모두 신경이
곤두서고 불안정했다. 깊은 잠에 빠진 던바는 예외였다. 그는 며
칠 만에 처음으로 휴식을 취하고, 몇 주 만에 처음으로 안전했다.
런던에서 브래그스의 입회 아래 적절한 절차에 따라 서류에 서
명을 했기 때문에 일단은 더 이상 할 게 없었다. 플로렌스는 아버
지가 저절로 깰 때까지 기다리기로 하고, 크리스와 윌슨은 호텔
로 가도록 했다. 그들은 수요일 아침에 만나 그다음 날을 대비한
전략을 논의하고 던바에게, 그가 원하면, 윌슨을 그의 변호사로
복귀시키도록 하자는 데 동의했다. 크리스와 윌슨은 오직 회사의
통제권을 되찾아 주려는 마음에서 그런 것이지만, 플로렌스는 의
심스럽지만 마땅히 거두어야 할 승리를 위해 그들을 쫓아가느냐,
아니면 아버지를 와이오밍 집으로 모시고 가 철저히 보호하느냐

를 놓고 갈등했다. 아버지는 권한을 되찾기보다는 더 대폭적으로 그것을 포기할 필요가 있다고 그녀는 생각했다. 윌슨과 크리스더러 그들끼리 정의를 위해 싸우라고 하고 이대로 비행기를 띄워 집으로 가는 건 어떨까? 지칠 대로 지친 아버지를 어째서 또 기업 투쟁의 장으로 끌어내야 한단 말인가?

플로렌스는 비행기 안에서 참을성 있게 기다렸다. 그녀는 제트기 임대 회사가 기꺼이 다른 조종사와 부조종사를 제공해 주리란 것을 알고 있었다. 그러면 아버지를 아침 식사 시간에 맞게 집으로 모셔 가 평온과 사랑의 분위기 속에 젖도록 할 수 있을 것이다. 그녀는 벽난로에 장작불이 활활 타오르고, 커다란 창문 밖으로는 마음을 비우게 하는 조용한 들판과 눈 덮인 숲이 성벽 같은 먼 산에 둘러싸인 경치가 내다보이는 방에 아버지를 모실 수 있을 것이다. 그 경치는 도표와 법리 논쟁과 스프레드시트로 가득한 바인더보다는 그의 정신을 치유하기에 더 알맞을 것이다. 그러나 그 결정은 그녀가 내릴 게 아니었다. 그녀의 의도는 언니들과 정반대라도 방법이 같아서는 안 되었다. 치유하기 위해서라도 아버지를 납치하면 안 되었다. 그녀는 아버지가 잠에서 깨어나면, 어떻게 하기를 원하는지 먼저 물어봐야 한다.

애비게일은 경찰이 피터 워커의 자살 사건을 조사한다는 말에 마음의 준비를 했던 것보다 더 불안해졌다. 사실 글로벌 원이 이륙하기를 기다리는 동안 그녀는 거의 공황 상태에 빠졌었다. 이

류이 고통스럽게 지체될 동안, 그녀는 그 멍청한 라이터의 방아쇠를 당겨서 이 모든 국제적 분규를 촉발한 무절제한 행동을 자책할 생각을 잠깐 했다. 하지만 비행기가 아일랜드 영공에서 순항 고도에 이르자, 갑자기 분한 마음이 치밀어 오르며, 워커는 사실 그렇게 나약하게 굴어서 처벌을 자초했다는 것을 깨달았다. 그에게 불을 붙인 건 친절한 행위라 할 수 있었다. 불에 타 죽는다는 그의 공포는 베이크트 알래스카⁺나 크리스마스 푸딩처럼 몇 초 동안 푸른 불꽃에 옷이 휩싸이는 현실보다 훨씬 더 심각했다는 것을 보여 주었으니 말이다. 정상인이라면 그 상태에서 재빨리 벗어나 상대에게 강력히 맞섰을 것이다. 그런데 워커는 신경증적인 비정상인이었다. 자기가 누구인지도 모르는 것을 직업으로 해서 먹고 산 사람이었다. 그런 퇴행적인 괴짜에게서 무얼 기대할 수 있겠는가?

그녀에 대한 혐의가 터무니없다는 건 분명하지만, 모종의 방어책을 강구하는 게 중요했다. 관건은 이야기 하나에 모두 동의하고 그걸 시행하는 것이다. 케빈이 최근에 뽑은 신입 경호원에게 동생이 홀딱 반한 게 눈에 빤히 보이지만, 지저스가 모든 걸 뒤집어써야 하리란 건 분명했다. 곧 트러스트의 이사가 될 닥터 밥을 희생시키는 건 생각조차 할 수 없었다. 또한 그녀와 몇 년을 함께해 온 케빈을 데리고 있는 게 더 편했다.

⁺ 아이스크림 스펀지케이크에 머랭을 얹고 여기에 럼주를 부어 불을 붙이는 디저트.

그래, 그렇게 된 거였다. 그들이 다 함께 신신당부했는데도 J는 그 불운한 코미디언의 옷에 불을 붙였다. 워커는 전혀 심하게 데지 않았지만, J는 그가 사실을 부는지 확인하려고 분명 극성스럽게 굴기는 했다. J를 위한 변론으로는, 그녀의 연로한 아버지가 본인의 정신 착란과 메도미드의 놀라운 무능과 워커의 파괴적 알코올 중독의 어이없는 조합에 낚여 컴브리아의 눈 덮인 황무지를 헤매다 죽을 게 거의 확실했기 때문에 그들 모두 제정신이 아니었다. 이 시점에서 닥터 밥은 지저스가 이라크에서 영웅적인 군 복무를 마친 뒤 외상 후 스트레스 증후군을 앓고 있는 탓에, 환각의 재현 속에 바그다드의 뒷골목에서 당한 야만적인 고문 에피소드를 보고 워커를 폭도로 착각했다고 증언할 수 있을 것이다. 만일 J가 사회에 진 빚을 갚기로 하고 형무소에서 2년 정도 살다 나오면 몇백만 달러가 그를 기다리고 있을 것이다. 그렇게 생각하면 할수록 애비게일은 그만큼 더 마음을 진정시킬 수 있었다. 보통 때라면 자면서 생각했을 종류의 작은 위기가 트러스트를 사유화하는 일을 둘러싼 긴장 때문에 침소봉대식이 되어버렸다.

그녀는 돈으로 할 수 있는 일을 생각하면 대체로 기운이 났다. 자연의 죽음을 탄소세와 배기가스 배출량 한도치의 활발한 거래 형식으로 통화화할 수 있다면, 그녀는 어째서 개인의 어리석고 해묵은 자살도 돈으로 해결할 수 있다는 생각을 진작에 하지 못했을까? 그만큼 스트레스가 심했다는 표시였다. 이 모든 일이 끝나면 그녀는 봄철 일정을 변경하는 한이 있더라도 자신을 위해 당연히 한 달 동안 휴가를 내 캐니언랜치*에 다녀와야 할 것이다.

"너 아직 플로렌스를 사랑하는구나, 그렇지?" 윌슨이 물었다.

"네, 끝이 안 보여요." 크리스가 말했다.

그들이 탄 차가 매디슨가로 꺾어 들어 북쪽 시가지로 향했다. 길 양쪽에 늘어선 상점들이 겨울의 어둠 속에서 사치스러운 빛을 발하고 있었다. 크리스는 벌써 플로렌스가 보고 싶었다. 그녀는 언제까지나 그가 조건 없이 사랑하는 여자로 남을 것이다. 그가 사랑하고 또한 좋아하는 여자, 같이 다니면 자랑스럽고 집에 함께 있으면 행복한 느낌을 주는 여자, 자극적이면서 동시에 마음 든든한 여자. 지난 며칠 동안 그들은 늘 함께 지냈다. 다음 날 아침에 또 보겠지만 그 여행의 그 부분은 끝났다. 그녀는 오늘 밤 그녀의 아파트에 있겠지만 곧 가족이 있는 집으로 돌아갈 것이다. 런던에서 돌아오는 비행기 안에서, 개인적인 대화를 나눌 마지막 기회인 듯했던 때, 그들은 서로 자제력을 잃지 않은 것을 축하해 주었다. 그때 뒤섞여 나온 유머와 유감은 그들이 자제력을 잃을 지경에 얼마나 가까웠는지 보여 주었다. 자기들이 매우 현명했다는 점에 동의하고 나니 그만큼 더 그녀를 갈구하게 되었다. 크리스는 키스를 아직도 하지 않은 자제력에 대한 보상으로

✦ 미국 애리조나주에 있는 스파 리조트.

자기들은 키스할 자격이 있다고 느꼈다. 사실상 그들이 매우 바르게 행동한 점을 고려하면 같이 살고 애도 낳고 하는 것도 괜찮을 것이다. 바르게 사는 게 그렇게 고통스럽고 혼란스럽다면 그렇게 살지 못할 이유가 어디에 있을까? 그는 재결합의 기쁨을 누리지도 못했는데 용케도 찌르는 듯한 이별의 아픔을 느꼈다.

"마음 한구석으로는 이번에 느끼는 물밀 듯한 사랑은 플로렌스를 가질 수 없다는 것과 관련이 있는 것 같아요. 실제로 같이 살았을 때는 몇 달마다 헤어졌거든요."

"어떤 때는 몇 시간마다 헤어지는 것 같았지. 언젠가 회장님과 중국 출장을 다녀왔을 때 한 말이 생각나는구나. '세상에, 얘들이 아직도 같이 있네!' 그랬는데 나중에 보니 우리가 없는 사이에 헤어졌다 다시 합친 거였더군."

"그랬죠. 그런데 지금은 달라요."

아이 둘을 낳고 친절하고 말없이 깊은 인상을 주는 남편과 행복한 결혼 생활을 하는 옛 여자 친구와 사이좋게 지내는 얄궂은 상황과 무익함을 떠올리며 크리스는 잠시 말을 멈추었다. 차가 76번가로 꺾어 들어 호텔 입구에 서자 그는 안도의 숨을 쉬었다. 그는 도착에 따르는 서두름과 현실적인 일들 속에 우울한 기분을 흩어 버리고 싶었다.

"혹시 또 모르죠!" 크리스가 말했다.

윌슨은 말없이 그의 팔뚝을 잡아 연대감을 표했다.

닥터 밥은 공항에서 혼자 타고 갈 차를 부르겠다고 고집했다. 그는 스티브 코니센티와 급히 할 이야기가 있었다. 전화 통화 약속을 잡는 것조차 많은 계획이 소요되었다. 그들은 11시 15분에 통화하기로 했다. 그때쯤이면 스티브는 아내 없이 만찬 행사에 참석했다가 집으로 돌아가는 길에 뒷좌석이 운전석과 칸막이로 차단된 스트레치 리무진 안에서 닥터 밥에게 15분을 할애할 준비가 되어 있을 터였다. 닥터 밥도 칸막이로 차단된 공간이 필요해서, 낡았지만 갖출 건 다 갖춘 스트레치 리무진 택시를 불렀다. 글로벌 원을 타고 여행하고 난 뒤, 평소대로라면 다른 사람의 차를 얻어 타거나, 록 음악의 역사에 대한 다큐멘터리 영화에 나오는 것과 같은 리무진보다는, 해병대 전사들을 태우고 전쟁에 짓밟힌 모가디슈의 거리를 달릴 것 같은 평범한 차를 불러 혼자 타고 갔겠지만, 다행히 다른 사람들은 모두 딴 데 정신이 팔려 아무도 그런 이상한 점을 알아채거나 지적하지 않았다.

비행기를 타고 오며 두어 시간 겉잠을 잤지만 그는 약으로는 자극할 수 없을 정도로 지난 한 주간 완전히 탈진했다. 그는 집에 가서 완전히 쓰러져 열 시간 동안 잠을 자고 아침에 일어나서 애더롤을 먹으면 효과가 있을 거라고 생각했다. 그의 목소리는 스티브에게 얼이 나간 사람처럼 들리겠지만, 그에게 전달할 소식은 중요한 것 딱 하나, 던바가 복귀했다는 것뿐이었다.

11시 2분. 스티브는 광적으로 시간을 엄수하는 사람이라 아직 시간이 조금 있으므로, 닥터 밥은 잠시 눈을 감고 머리를 식히기로 했다. 그는 무슨 생각을 해야 할지 아무것도 생각나지 않았으나, 어차피 생각이란 것 자체를 할 수 없었으니 아무래도 상관없었다. 지난주 내내 생각을 멈출 새가 없다가 이제는 벽에 부딪쳐 아무런 생각도 구성할 수 없었다.

이런 우라질! 잠이 들었었나 보다. 여기가 어디지? 그는 어리벙벙한 얼굴로 검은 가죽 좌석 옆 자리에서 꽥꽥 울어 대는 싸구려 휴대 전화를 물끄러미 바라보다가 자기가 했어야 할 일이 불현듯 떠오르자 그것을 턱석 잡아 들었다.

"스티브!" 그가 얼떨결에 황급한 목소리로 크게 말했다.

"밥! 어떻게 된 거야? 잠들었던 거지? 전화를 막 끊으려던 참이었는데."

"아니, 아뇨, 지금 방금 차에 올라 가방에서 전화기를 꺼내느라고 그랬어요. 비행기가 예상보다 좀 늦게 도착했어요."

닥터 밥은 자기가 구태여 왜 거짓말을 하고 있는 걸까 생각했다. 불필요한 거짓말을 많이 하면 그만큼 들통날 위험이 커질 뿐이라고 생각하기 때문에 그는 던바 자매보다는 훨씬 더 거짓말을 절제하는 편이었다. 다른 때 같았으면 잠들었다고 시인했을 텐데 그러지 못했다. 코니센티가 피해망상의 분위기를 조성했기 때문이었다. 코니센티는 그럴듯한 호의적 태도를 보이기는 해도 끊임없이 상대의 약점을 찾는 듯한 인상을 주었다. 마치 북극곰이 물개 새끼를 잡으려고 얼음을 두드려 부수는 것처럼.

"오스트리아는 어땠어? 독일 종 셰퍼드가 주변을 돌며 지키는 안전시설에 그 영감을 집어넣었나?"

"근데 그게 우리 계획대로 되지 않았습니다." 닥터 밥은 즉시 방어 본능을 느끼고 코니센티가 돈을 도로 가져갈 도리가 있을까 생각했다.

"어떻게?"

"플로렌스가 선수를 쳐서 제 아버지를 찾아 이리로 데려왔습니다."

"일을 조졌군." 스티브가 쌀쌀맞게 말했다. "이건 우리가 합의한 사항이 아니잖아. 던바는 이 지구상에서 가장 상대하기 힘든 협상가야. 이 일에 관계하지 못하게 해야 한다고. 던바의 건강은 어때, 목요일 회의에 참석하겠어?"

"절대로 못 할 겁니다. 호수 지방에 닥친 폭풍우 속에서 실종되었는데 거의 사흘 동안 먹지도 못하고, 몸을 피하지도 못했죠. 살아 있는 게 기적이에요. 마크 러시가 오늘 던바를 봤는데, 잘 알아들을 수 없는 말을 하고 몸은 완전히 엉망이더랍니다. 던바를 확보하지 못해서 미안합니다. 플로렌스가 경찰을 불러들여—"

"무슨 일이 있었는지는 관심 없어." 스티브가 그의 말을 잘랐다. "난 한 방향만 보고 가. 똑바로 앞만 보지. 이 통화가 끝나면 지금 쓰고 있는 그 전화기를 없애 버리게. 나도 내 걸 없앨 테니."

"그럼 앞으로 어떻게 연락드리죠?"

"연락하지 말게. 인수가 끝날 때까지 이게 우리의 마지막 통화야. 다 끝난 다음엔 만나서 신나게 놀 수 있을 거야."

"알겠습니다." 닥터 밥은 그보다 더 그와 놀고 싶은 마음이 없는 목소리는 들어 본 적이 없었다. 그는 대화를 끝내며 우호적인 인사의 말도 하기 전에 전화가 끊겼다는 것을 깨달았다.

"그래, 너도 좆 까세요." 그가 한마디 내씹고 유니컴 휴대 전화를 오른쪽 유리창을 내리고 교통량이 많은 4차선 고속도로에 내던졌다.

헤엄치는 사람이 스노클에 들어간 물을 내뿜고 안심이 되는 확장된 호흡 리듬으로 돌아가듯이, 던바는 그의 꿈이 주는 무거운 짐을 벗었다. 심장을 파열시키겠다는 일념으로 수사슴을 쫓는 개와 사람을 보는 꿈. 그의 의식은 자신의 힘들인 호흡 소리가 들리는 수준까지 떠올라 왔고 자기가 꿈을 꾸고 있었다는 것을 알았다. 그러나 잠에서 완전히 깨지는 않고 자기가 어디에 있는지도 알지 못했다. 그의 정신은 의식의 방향이나 상황의 감각이 없이 순전한 감정으로 형성된 하나의 상처였다. 공포와 갈망과 희망의 맥박은 매번 뛸 때마다 과다 복용한 수면제처럼 그를 다시 꿈속으로 몰아넣었다. 그는 거친 파도가 치는 바다에서 암석 해안으로 기어오르려고 애쓰지만, 부인할 수 없는 파도에 자꾸자꾸 다시 광막한 바다로 휩쓸려 나가는 자신의 모습이 보였다. 그는 다음번 시도에서 조금 더 깨어났다. 비몽사몽간에 파열하는 파도가 안 닿는 곳으로 기어오르는데 헐벗은 발과 손이 날카로운 바위에 찢겼고, 찢긴 살갗이 따가웠다. 좀 더 이성의 영역으로 떠오르자, 해안 영상은 서서히 희미해지다 이내 사라졌다. 그의 정신 착란은 더 이상 압도적인 환상이 아닌, 답이 없는 논법의 형식으로 나타났다. 최근 캐서린을 본 기억은 있지만, 그는 자기가 죽지 않은 이상―자기가 죽었다고는 생각하지 않았지만―그건 분명 허위임을 알았다. 그렇다면 도대체 무슨 일이 일어나고 있는 것일까?

그는 눈을 떴다. 분명히 죽지 않았다. 죽음이 삶의 완벽한 복제가 아닌 이상은. 어쩌면 죽은 자들은 다른 곳으로 옮겨졌는지 모른다. 호기심 많은 군중의 손이나 산성비가 닿지 않도록 미술관에 안치한 조각상처럼. 그 대신 복제된 것들이 광장이나 발굴 도시를 관장하는지도. 분쟁 경계에서는 어떤 일이든 가능한 듯했다. 한데 그것은 무엇과 무엇의 경계일까? 삶과 죽음의 경계? 아니면, 온전한 정신과 정신 이상의 경계? 그는 더 이상 무엇이 개인적인지 알 수 없었다.

"여보시오." 그가 도움을 받을지 해를 입을지 몰라 나직이 불렀다. 그리고 다시 좀 더 크게 불렀다. 무슨 일이 일어나는지 모를 때의 고통은 일이 잘못되고 있을 가능성보다 한층 더 크기 때문이었다.

"여보시오!"

방문이 열리고 아름다운 여자가 들어왔다. 꿈과 추측에 가려졌던 가까운 과거의 일이 갑자기 이해되었다.

"플로렌스, 너구나."

"네, 아빠."

"길 잃은 나를 네가 구해 주었어."

플로렌스가 아버지 옆에 와 침대에 걸터앉았다. 그리고 본능적
으로 손을 내밀어 그의 이마에 흘러내린 머리칼을 쓸어 올리고,
열이 있는 제 아이에게 그러듯 그의 얼굴 한쪽에 손을 갖다 댔다.
던바는 자기 손으로 그녀의 손을 감쌌다. 부드러운 손길에 굶주
린 그의 눈에 눈물이 절로 솟아났다.

"우리는 런던으로 가는 비행기에 타고 있었는데."

"맞아요. 그랬다가 뉴욕으로 날아왔어요."

"뉴욕이라……" 던바는 그곳에 대해 들어는 봤지만 가는 것은
꿈에도 생각해 보지 못한 사람 같았다.

"아빠가 깰 때까지 기다렸다가 제 맨해튼 아파트로 모시고 가
려고 했어요. 아니면," 플로렌스가 망설였다. "그냥 저랑 와이오
밍 집에 갈 수도 있고요. 거긴 가 보신 적이 없죠. 아주 아늑해요,
주변 전원도 아주 아름답고요."

"전원 얘기는 꺼내지도 마라." 던바가 단호히 말했다. "내가 어
떤 회의에 가기로 하지 않았어? 윌슨이 와서 회의가 있다고 했는
데."

"가기 싫으면 안 가셔도 돼요. 아빠한테 지금 중요한 건 푹 쉬
는 거예요."

"푹 쉬었다." 던바가 베개를 짚고 몸을 일으키며 말했다. "지금
몇 시냐?"

"수요일 새벽 2시 30분이에요." 플로렌스는 아버지의 오랜 권위주의적 버릇이 되돌아온 것을 보고 한편으론 기뻤고 한편으론 불안했다. "우리 둘 빼고는 모두 잠자고 있어요. 그러니까 지금은 집에 가서 편히 쉬는 것 외엔 아무것도 할 게 없어요."

던바는 매우 엄격하고 정연한 경례를 했다가 쉬어! 명령을 받은 사람처럼 다시 푹 가라앉았다.

"아무것도 할 게 없다고……" 눈물이 양쪽 뺨의 골과 이랑을 타고 흘러내렸다. 그 한 마디는 괴로움이 많은 인간 세상에서 잠시 도피처가 되어 주는 듯했지만, 그곳에 오래 머무르지는 못했다.

"나를 용서해 주겠니?" 그가 물었다. "내가 큰 혼돈에 빠져 있었어, 최근뿐만 아니라 그전부터 늘―"

"용서할 게 아무것도 없어요." 플로렌스가 그의 말을 잘랐다.

"중요한 건 이거야." 그가 그녀의 손을 꼭 쥐며 말했다.

"그냥 떠나도 돼요. 이게 정말 중요한 거라면, 회의는 잊어버리고 우리 그냥 떠나요."

"하지만 회의는 그것의 한 부분이야. 네 언니들이 트러스트를 차지하게 두어서는 안 돼. 나는 트러스트가 너와 네 자식들에게 주어졌으면 해." 던바가 다시 그 문제에 휩쓸렸다.

"우린 됐어요. 우린 가진 게 충분해요."

"충분하다고……" 던바가 다시 놀라워했다. "가진 게 충분하다고…… 아무것도 할 게 없다고……"

그는 잠시 이 두 개의 단순한 구절을 두드러져 보이게 했다. 그리고 마치 애당초 살 마음이 없는데 보석을 빛에 갖다 대고 숨은 흠이 있는지 살핀 사람처럼, 고개를 가로저으며 그 구절들을 플로렌스에게 되돌려 준 것이다.

"네 언니들이 회사를 훔쳐 달아나게 내버려 두면 안 돼." 그가 말했다.

"언니들은 원래 그렇게 생겨 먹었잖아요." 플로렌스가 말했다. "그냥 가지라고 내버려 둬요."

"안 돼," 던바가 말했다. "무형의 유산 때문이야."

16

 새벽 5시, 지저스는 체크무늬 대리석으로 된 로비를 지나 메건의 아파트 건물 밖으로 나갔다. 뭐가 어떻게 돌아가는지 훤히 알고 있다고 생각하는, 반은 졸린 듯하고 반은 경멸적으로 보이는 야간 근무 문지기는 앨런 부인의 최근 '개인 트레이너'를 위해 문을 잡아 줄 뜻이 전혀 없었다.

 밖은 어둡고 계절에 맞지 않게 따뜻했다. 택시들이 파크가를 따라 지나다녔지만 J는 걷고 싶은 기분이 들었다. 마음속에 부풀고 있는 이 믿기 어려운 느낌에 집중하고 싶었다. 메건에게 완전히 굴복하고 싶었다. 그녀와 하나가 되어 그녀가 가진 뜻의 연장이 되고 싶었다. 아주 어렸을 때 자연스럽게 마음으로부터 어머니를 사랑한 이후로 다른 사람에게 스스로를 내맡긴 적이 없었다. 그런데 메건은 그를 돌봐 주는 쪽이 아니라 그의 보호와 위로를 필요로 하는 쪽이었다. 물론 그는 경호 차원에서 메건을 보호할 테지만, 더 큰 그림을 보면, 그녀는 그가 늘 원하던 여자, 그를 총체적으로 돌봐 줄 여자였다. 그녀는 그들이 함께 살 것이라고, 언제나 그녀 주변에 그가 있기를 바란다고 했다. 그가 있으면 안심되는 동시에 흥분되기 때문에. 그것은 모든 여자의 꿈이었다. 그녀의 '특별한 부탁'을 들어주면, 일이 완수되는 대로 그를 '진짜 지상 낙원', 마우이에 있는 별장에 데려가겠다고 했다. 그녀는 하와이의 언덕 꼭대기에 거대한 하얀 집이 있는 사진들을 보여주었다. 그 집에서 작은 길을 따라 내려가면 개인 해변이 있고, 팔만 뻗으면 망고를 딸 수 있었다. 사진을 보는 동안 그의 머릿속에 영화의 한 장면이 펼쳐졌다. 그는 그녀를 욕망으로 미치게 할 온갖 방법을 떠올리다 자신의 포르노적 환상이 보이자 주춤했다. 그의 사랑은 단순히 섹스에 관한 것이 아니기 때문이었다. 그것은 마치 두 사람이 하나가 된 것인 양 총체적인 것이었다. 그녀와 지금 당장 떨어져 있기만 해도 양손을 묶인 채 얻어맞는 기분이었다. 그들은 함께할 운명이었다, 언제나 총체적으로 함께.

그는 무슨 일이 있어도 흔들리지 않고 이 아름다운 느낌에 집중할 것이다. 다른 모든 것은 그의 내면에 있는 훈련 하사관에게, 감정을 다루는 데 시간을 허비하지 않고 임무를 완수하는 그 냉혈한에게 위임할 수 있을 것이다. 누군가 혼낼 사람이 있으면 그에게 말하면 된다. 누군가에게 겁을 줘서 혼비백산하게 만들 필요가 있다면 바로 이 훈련 하사관이 한다. 분부만 내리세요. 문제

없습니다. 다 된 걸로 아십시오.

마크는 자기가 한 짓이 조금도 떳떳하다고 생각하지 않았지만, 그가 가진 다수의 위험 분산형 투자 포트폴리오와 마찬가지로 그의 종합적인 자존심은 개별 주식의 폭락처럼 즉 개별 사건에 대한 수치심 정도는 쉽게 견뎌 낼 수 있었다. 게다가 집에 올 때 가족 전용 비행기를 좀 탔기로서니 그게 뭐 그리 창피한 일이란 말인가? 플로렌스의 임대 제트기에서 내려 부랴부랴 적의 진영으로 보일 수도 있을 비행기로 옮겨 갔을 때 분위기가 야릇하긴 했다. 그러나 그는 비행 중 그 문제에 대해 생각을 거듭할수록 차츰 자기가 근본적으로 스위스와 같은 중립국이라는 자각에 이르렀다. 그는 수비가 잘 되고 산이 많은 그의 무관심의 국경 너머에 있는 평야의 진창에서 무능하게 서로를 학살하는 맹렬한 군대를 혐오스럽게, 유감스럽게, 그러나 편파적이지는 않게 내려다보는 것이었다. 그의 아내가 던바를 취급한 방식보다 그에게 더 큰 혐오감을 주는 게 있다면 그것은 던바가 그를 취급한 방식이었다. 사람들이 다 보는 앞에서, 윌슨과 그의 재수 없고 열성적인 아들이 보는 앞에서 큰사위에게 중풍 걸린 손가락을 흔들어 대다니. 윌슨의 아들은 분명 플로렌스를 가지지 못해 안달이 나 있었다. 이제 플로렌스가 흰 군마를 타고 전속력으로 질주해서 아버지를 구하고 트러스트 외에 그가 가진 모든 자산을 손에 넣으면서 가족 사업에 뛰어들고 있었다. 솔직히 그 모든 건 그의 입맛에 좀 추잡했다.

마크는 아파트 중간층, 장식 판자로 벽을 두른 아늑한 아침 식사 식당에 앉아 열대 과일 주스와 블랙커피를 마시고 있었다. 그는 마누엘라에게 커피를 한 잔 더 따르라는 시늉을 하고, 아침 식사 테이블 위 한쪽에 단정하게 접혀 있는 수요일 조간신문에 주의를 돌렸다. 끝이 어떻게 나든 중립이 상책이었다. 그는 플로렌스에게서 알아낸 것을 모두 빠짐없이 이야기함으로써 비행기를 얻어 타는 대가로는 너무 많은 것을 지불했는지도 모른다. 이제부터는 파괴적 갈등 상황을 피하기 위해 그는 스위스인보다도 더 스위스적이어야 할 것이다. 점심때 민디와 만나기로 해서 정말 다행이었다. 그녀와 함께 있으면 그는 스스로에 대해, 자기가 실제로 어떤 사람인가에 대해, 자기가 실제로 표방하는 것에 대해 늘 좋은 기분을 가졌다. 그녀는 러시 집안은 던바 집안이 있기 전부터 있었으며, 던바 집안은 사라져도 러시 집안은 영원할 것이라고 말해 주었다.

마크는《월스트리트 저널》을 집어 낮은 유가와 하강세의 중국 주식에 관한 눈에 익은 표제만 대충 훑어보며 몇 장을 넘기다 결국 한 기사를 읽기로 했다. 정부가 죄 없는 미국 경제계의 목에 교수형 올가미를 씌워 조이고 있다는 그의 기존 견해를 강화해 줄 것 같은 기사였다. 물질적 위안을 추구하는 그의 열정은 지적인 위안을 추구하는 열정에 필적했다. 그 지적인 것이 공분의 형태나, 이 경우, 그로서는 조금도 개의치 않는 종말론적 비관주의의 형태를 취해도 그건 마찬가지였다. 가령 중산층의 고통이 늘어나고 있다든가 아마존 열대 우림이 매년 벨기에 영토만큼 파괴되고 있다든가 하는(그게 아니라 북극 빙원이 녹고 있다는 거였던가?). 그는 벨기에가 생태계의 재앙을 측정하는 단위가 되었다는 생각에 혼자 낄낄 웃었다. 그가 어렸을 때만 해도 벨기에는 폴란드나 헝가리의 몇몇 가문이 잃은 방대한 재산을 설명할 때 언급되었다(빙하나 밀림의 손실보다 훨씬 더 충격적인 것이다).

《월스트리트 저널》을 읽기 좋게 반으로 접다가 식당 벽에 걸린 스크린이 그의 눈길을 끌었다. 소리를 죽이고 자막만 나오게 해서 변함없이 블룸버그 채널에 맞추어 놓은 거였다. 진행자의 등 뒤에 '던바'가 큰 글자로 비쳤다. 그것은 분개할 정도의 과도한 규제에 대한 재미있을 것 같은 기사에서 그의 주의를 앗아갔을 뿐만 아니라, 그가 기대하던, 분개로 말미암은 만족감에 정반대되는 감정을 불러일으켰다. 유니컴이 매우 공격적인 초과액으로 던바 트러스트의 보통주에 대한 공개 매입 제의를 한다는 것이었다. 마크가 재빨리 어림해 보니 22퍼센트 정도일 것 같았다. 현시세보다 15에서 20퍼센트 높게 쳐 주는 통상적인 제의보다도 훨씬 높은 것이었다. 그는 즉시 상반된 충동을 느꼈다. 몇 분 전까지만 해도 장인이 결혼 선물로 준 50만 던바 주의 가치는 2300만 달러였는데, 잘만 하면 2800만 달러 이상이 될 판이었다. 그러나 인정사정없이 아내를 배신하지 않으면 그 도취적인 500만 달러의 기쁨을 실현할 수 없었다.

돈은 얼마나 있어야 충분할까? 그로서는 도무지 종잡을 수 없는 문제였다. 현재 가지고 있는 돈으로는 별로 만족하지 못하기 때문이었다. 그는 돈을 가지고 있다는 것을 즐기지 못하고 오히려 잃을 것을 두려워하는 듯했다. 한 가지 확실한 것은, 그의 남은 인생을 크게 단축시키거나 매우 불쾌한 것으로 만들지 않으면서 애비게일에게서 도망치려면, 던바 집안에 더 많은 돈을 요구할 수 없으리라는 사실이었다. 그가 가진 다른 자산까지 합하면, 그의 순자산은 2800만 달러를 합해 5000만 달러 정도 될 터였다. 그는 그 정도면 인상적인 액수로 여겼을 때가 어렴풋이 기억났다. 그러나 지난 20년 동안 억만장자들 틈에 끼어 살다 보니 그 뒤틀린 영향을 받아 이상하리만치 그 정도 돈은 충분하지 않아 보였다.

에잇, 그게 다 뭐라고! 지독히 싫은 여자와 궁궐에 사느니 사랑하는 여자와 오두막에 사는 게 낫다. 잘 있거라, 글로벌 원! 잘 있거라, 홈 레이크! 잘 있거라, 벨기에만 한 사유지여! 그는 민디와 달아나 코네티컷에서 간소하게 살 것이다. 아니 팜 비치(특히 그곳에서는 5000만 달러로는 정말 간소한 생활이 될 것이다)나 (얼빠진 생각이 꼬리에 꼬리를 물었다) 산타바바라는 어떨까? 바닷가에서 민디와 살면 정말 느긋이 쉬는 것 같은 생활이 될 것이다. 늘 마음은 있어도 미처 하지 못한 독서도 하고, 늘 생각만 하고 가지 못한 곳으로 여행을 다니고, 옛날에 잘 다니던 좋아하는 곳들도 다시 가 볼 수 있을 것이다. 치프리아니 호텔 수영장에서 보내는 인생도 나쁘지 않았다. 그의 아버지는 마음에 드는 수영장의 바에서 "손에 든 벨리니* 한 잔은 벽에 걸린 벨리니** 그림 둘과 맞먹어"라는 멋진 말로 베네치아의 붐비는 거리로, 미술관이나 교회로 끌려 다니기를 거부했다.

한 가지 문제는 유니컴의 공개 매입이 한정된 기간에 과반수 지분을 취득해야 한다는 통상적인 조건을 포함하리라는 것이었다. 그가 유니컴에 그의 지분을 팔려고 내놓았다가 그들이 인수에 실패하면 애비게일이 그 사실을 알게 될 텐데, 그러면 그는 그녀에게 처참한 박해를 당하며 비참한 여생을 보내게 될 것이다. 동향을 확실히 알 때까지 기다리는 게 현명할 것이다. 그는 코니센티를 한두 번 만난 적이 있지만─전형적인 벼락부자다─그에게 직접 접근하는 것은 위험하기 짝이 없는 짓이리라. 유니컴의 제의가 어느 정도 진척되고 있는지 알기 위한 가장 간단한 길은 애비게일이 도움을 필요로 할 때 그녀 곁으로 달려가 코니센티의 충격적인 해적 행위를 그녀와 함께 걱정해 주고, 무엇보다 코니센티가 성공에 얼마나 가까이 왔는지 알아내는 것이다. 자기의 지분으로 인수 결과에 결정적 영향을 주는 자, 던바 트러스트를 파괴하는 자가 되는 것은 얼마나 복된 일일까!

윌슨이 40년 동안 던바의 법무 부서장으로 일하다 해고당했을

---

* 칵테일의 일종.
** 베네치아 출신 르네상스 시대 화가 조반니 벨리니.

때 경험한 충격은 유니컴의 적대적 매수를 목전에 두고 트러스트의 방어 체제를 맡고 있지 않은 지금 상황에서 느끼는 경악에 비하면 아무것도 아니었다. 종전의 분한 심정은 오랜 친구가 혼란에서 벗어나려고 발버둥치는 것을 보는 그의 동정심에 가렸다. 그가 지금 느끼는 불안감은 그 동정심 때문에 더 커졌다.

어떻게 도울 수 있을까? 그는 결과에 영향을 줄 수 있는 요인들을 써 내려가기 시작했다. 그러는 가운데 스스로 한 가지 근본적인 질문에 답하지 못하고 있다는 자각이 뒤따랐다. 누구에게 주려고 이 목록을 쓰고 있지? 플로렌스와 헨리는 이것을 적절히 실행할 수 있고, 애비게일과 메건은 이것을 받을 자격이 없고, 얼마 전까지만 해도 그가 지휘하던 법무 부서는 회사 일과 관련해서 그와 정보를 주고받거나 그의 자문을 구하지 못하게 금지되어 있었다. 문제의 핵심은 회사가 지도력을 잃었다는 것이었다. 던바에 비하면 모두 그의 이름을 사칭하는 사기꾼이었다. 우선 매우 친숙한 것으로 알았던 것에 크게 놀라, 왕국을 건설한 동력에서 멀어진 던바는 또 그대로 던바 자신의 사기꾼이 되었다. 그는 늘 그의 정서 생활을 트러스트의 자회사를 경영하듯 했다. 그것은 협상과 장려 정책, 또는 처벌과 추방으로 관리할 수 있는 무엇이었다. 그런데 이제는 거꾸로, 그가 업무에서 발휘할 수 있는 건 정서적 혼란뿐이었다. 회사를 구원할 수 있는 유일한 사람은 구원을 받아야 할 당사자였다. 그래도 이사회는 내일 회의에서 그가 조금이라도 설득력을 갖춰 조리 있게 말하기만 하면 여전히 그를 따를지 모른다. 경영권 포기에 이어 런던에서 일어난 이상한 광기 발작, 유폐, 탈출에 이르는 과정을 거쳐 궁극적으로 그의 영혼에 무언가 이로울지 모를 변혁이 일어난 것 같기는 한데, 목전의 위기 상황에서 그것은 오직 파멸을 초래할지 모른다.

윌슨은 계속 목록을 작성했다. 가능한 전술을 탐구하기 위해서이지만 이에 못잖게 마음을 가라앉히기 위해서였다. 독점 금지와 관련해서 문제가 있었다. 유니컴만큼 큰 언론사가 던바만큼 큰 회사를 인수하는 것을 허락하면 자유 경쟁에 해가 된다는 항의서를 즉시 공정거래위원회와 법무부에 제출해야 할 것이다. 그는 노란색 리걸 패드에 줄을 그어 새 항목을 추가했다. '내부자'. 그건 믿기 힘든 실수이지만, 급히 돈을 벌려는 사람들의 탐욕과 서투름을 과소평가할 근거는 없었다. 내부에 코니센티와 친한 사람이 있나? 아니면 공개 매입에 필연적으로 따를 가치 상승을 기대하고 던바 주식을 취득한 껍데기 회사가 있을까? 그는 이 의문에 자연스럽게 따르는 두 가지 사항을 적었다. '잠행 공개 매수'와 '비밀 기업사냥꾼 연합'. 유니컴이 오랜 기간에 걸쳐 암암리에 주식을 사들였나? 아니면 제삼자를 통해 매입하고 오늘 아침에 세를 합치려는 것일까?

그런 생각을 계속하는 가운데도 그는 자기의 정확한 목적을 모르기 때문에 자신감이 꺾였다. 던바와 플로렌스가 나서서 트러스트를 지킬 수 없다면, 방어에 성공하는 유일한 길은 애비게일과 메건이 경영권을 잡아채는 것을 지지해서 회사의 임직원과 자산을 적대적 매수로부터 보호할 책임을 지게 하는 것이리라. 윌슨은 그런 결과에 이르는 것은 피하고 싶었다. 그는 어느 한쪽 적과 동맹을 맺어야 하리라고 시인하지 않을 수 없는 가운데 두 전선에서 적과 싸우고 있었다. 그는 보통은 삼차원적 체스를 즐겼을 테지만, 상대보다 몇 발 앞서서 명료하게 사고하는 익숙한 느낌을 즐기기는커녕 갑자기 비애와 상실감에 휩싸였다.

호텔 스위트룸의 팔걸이의자에 앉은 윌슨은 펜을 패드에 떨어뜨리고 뒤로 기대어 앉아 벽난로를 물끄러미 바라보았다. 그는 헨리와 처음 만난 일을 회상했다. 이글록 시절, 헨리가 브라이들 패스에 있는 옛집에서 첫째 아내와 살았을 때였다. 윌슨은 그때 겨우 스물아홉 살이었다. 던바를 주로 담당하던 수석 변호사가 주말 계획을 지키려는 그릇된 판단으로 던바와의 미팅을 그에게 위임했다. 가정부가 문을 열어 그를 안으로 들이고 집 뒤편 경사진 잔디밭이 내려다보이는 테라스로 안내했다. 던바는 식구끼리 야구 시합을 할 준비를 하고 있었다. 어린애였던 애비게일과 메건은 따분해했지만 고분고분했다. 그들의 어머니는 벌써 술에 조금 취했다. 밝은 노란색 바지를 입고 한 손에 담배를 든 그녀는 즉흥적으로 꾸민 야구장 가장자리에서 조롱하는 듯한 말을 크게 외치고 있었다. 던바가 곧 윌슨을 보고 그를 맞으러 경사진 잔디밭을 성큼성큼 거슬러 올라오자 엉성하고 불만에 가득했던 경기 구성이 해체되었다. 윌슨은 그때 처음 그 장면을 보고, 던바는 늘 무언가를 조직해야 하고, 무언가와 경쟁해야 하고, 심지어 일요

일 오후에 표면상 내키지 않아 하는 식구들을 데리고 놀 때조차
어떤 식으로든 활동적이어야 하는 것을 알아챘다. 그는 경이로운
체력을 가지고 있어서 그와 접촉하면 모든 일이 긴급하고 흥미
진진해 보였다.

그 당시에 아직 성취하지 못한 야망을 발산하기도 한 던바는
사람들이 이미 성취한 것보다는 앞으로 성취하고 싶은 것에 더
깊은 인상을 받았다. 그는 월슨과 몇 시간 보낸 뒤, 그에게 직장
을 그만두고 자기 회사의 주식 상장하는 일을 할 법무 팀을 도맡
아 꾸려 달라는 제의를 했다. 어떤 이유에선지 던바는 즉석에서
그의 충성심을 얻었고 일요일도 빠지지 않는 수준의 헌신을 불
러일으켰다. 월슨은 잘 다니던 법률 회사를 그만두는 위험을 무
릅썼고, 법률 회사는 중요한 고객을 하나 잃었다. 그는 던바와 함
께 큰일, 즉 스톤, 러커 앤드 화이트 법률 회사 토론토 사무소의
계급 서열을 기어올라 가서 할 수 있는 것보다 훨씬 더 큰일을
이룰 수 있으리란 걸 알았다.

월슨은 다시 펜을 들었다. 그는 계속 나아가야 한다. 헨리가 마
지막 싸움을 위해 충분한 집중력을 되찾기만 한다면, 어쩌면 아
직 그들은 유니컴에게 약탈당하는 위험에서 그의 필생의 업을
지킬 수 있을지 모른다.

지저스와 격정의 밤을 보낸 메건은 수요일 점심때까지 잠을 잤
다. 휴대 전화를 잠깐 살펴보았지만 아직 일에 휩쓸리고 싶지 않

왔다. 애비게일과 회사의 중역들 거의 모두한테서 온 부재중 전화가 수없이 많은 것을 보고 마음이 찔렸다. 이글록의 트러스트 인수와 관련된 은행들의 전화도 있었다. 후유, 그들은 그냥 기다려야 할 것이다. 이사회 전에는 늘 전화기가 바쁘기 마련이지만, 케빈과 곧 만나 이야기를 잘 끝내기 위해서는 그녀가 동원할 수 있는 모든 집중력과 연기력이 필요했다. 그녀는 케빈이 J를 제거해 주었으면 했다. 지나친 변덕으로 보이지 않으려면 그의 신참 동료를 없앨 이유에 설득력이 있어야 할 것이다. 그녀가 잠재적으로 수억 달러에 상당하는 중대한 기업 비밀을 발설했는데 J가 그 정보를 어떤 경쟁사—그 선택은 물론 유니컴—에 팔겠다고 협박하고 그녀에게서 돈을 뜯어내려고 한다는 환상으로 정했다.

아, 그가 왔다! 벨 소리가 나자 그녀는 동요되고 깊은 생각에 빠진 비통한 얼굴로 그를 맞을 준비를 했다.

던바는 자기가 어디에 있는지 잘 알고 있었다. 그는 플로렌스의 뉴욕 아파트 주방에서 점심을 먹은 뒤 작은 컵에 커피를 마시고 있었다. 플로렌스는 윌슨과 전화 통화를 하고 있었다. 그는 부당한 해고에 대해 그의 오랜 친구 윌슨에게 사과해야 한다. 바깥을 둘러싼 테라스 유리문으로 햇빛이 쏟아져 들어와 주방의 모든 것이 밝게 빛나자 조금 놀랍기까지 했다. 그는 정신 이상과 죽음의 문턱까지 갔었다. 죽기 전에 플로렌스를 못 볼지 모른다는 걱정으로 제정신이 아니었다. 그런데 지금 그는 그녀의 아파트에 있었다. 평범하게 정상으로 돌아온 정도를 넘어 상황은 어느 때보다 훨씬 더 좋아졌다. 좋아하고 오래되어서 헝겊과 테이프와 끈으로 수선한 장난감 같았다가, 몇 주 만에 처음으로 몸이 한 가지 물질로 이루어진 기분이었다. 잠도 자고 음식도 잘 먹었다. 밥과 해리스, 두 의사가 억지로 먹인 해로운 약의 찌꺼기는 컴브리아에서 시련을 겪는 동안 씻겨 나가 이제 던바의 기분과 정신에 대한 영향력을 잃은 듯했다. 던바는 늘 어느 정도의 튼실한 체력을 당연한 것으로 여겼고, 건강을 잃고서야 그것이 고마운 줄을 깨달았다. 그런데 이제 건강을 되찾자, 그것을 잃었을 때 못잖게 놀랐다. 친숙하고 그만큼 낯설기도 했다. 여름이 시작되어 홈 레이크에 가면 처음 한 시간 동안은 그간 잊고 지냈던 수많은 정보들이 자기들은 늘 그 자리에 있었다고 주장하며 밀려들어 올 때처럼.

그는 새로움과 알아보기가 겹치는 혼란 아래에서 그가 느끼고 있는 것이 무엇인지 분명히 밝히려고 애썼다. 그 모든 일에는 어떤 근거가 있었다. 그것은 그가 거의 경험해 보지 못한 무엇이었다. 캐서린이 청혼을 받아들였을 때 경험한 것인지도 모른다. 하지만 그때는 이 차분하고 근본적인 어떤 느낌보다 훨씬 더 황홀했다. 이건 어쩌면 고마움일지 모른다. 바로 그것이 그가 지금 서 있는 입지에 어울리는 명칭일지 모른다. 그렇다, 그는―여기서 과감히 새로운 영역의 어휘를 끄집어낸다―축복받은 기분이었다. 좋아하는 것과 싫어하는 것을 나누는 기본적인 구분을 넘어

자기의 느낌을 식별하는 데 관심을 갖는 것은 그에게 어울리지 않았다. 그에게는 동기를 탐색하는 데 쓸 언어도, 그것을 개발할 동기도 별로 가져 본 적이 없었다. 권력과 돈을 축적하는 일보다 더 중요한 일은 있을 수 없다는 생각, 그가 자명한 진리로 간주하는 바로 그 생각에 이끌려 그는 늘 행동에 몰입했다. 자기 성찰의 여행을 떠나기에는 늦었지만 선택의 여지가 없었다. 지난 몇 주 동안 광기만 경험한 건 아니었다. 그들이 사실과 통계와 법률의 세상에서 그를 데려다 놓은 곳은 은유와 통찰과 모호한 연관성의 세계였으니까. 그는 되돌아갈 필요가 없는 교전 지역에서 헬리콥터를 타고 빠져나오고 있는 게 아니었다. 그는 중심을 통하지 않고서는 빠져나올 수 없는 미로에 여전히 갇혀 있었다. 그렇기는 해도 그는 중심에 가까이 가 있다는 느낌, 시간만 주어지면 빠져나올 길을 찾을 수 있을지도 모른다는 느낌이 들었다.

"아빠." 플로렌스가 주방으로 다시 들어오며 말했다.

"플로렌스!" 던바가 말했다. "방금 내가 얼마나 행복한지, 아니, 축복받은 기분인지 생각하고 있었단다."

플로렌스가 그의 양쪽 어깨에 손을 얹고 몸을 구부려 그의 머리에 키스했다. "아빠한테 그런 말을 들은 건 처음인 거 같은데요."

"그래, 처음이지." 그가 약간 쑥스러워하며 그녀를 보고 빙긋 웃었다.

그녀는 그를 안심시키려고 어깨를 지그시 눌렀다.

"윌슨이 아빠와 상의할 게 있다고 5시에 들른대요. 아빠만 괜찮으시면."

"그럼, 그럼. 윌슨에게 좀 더 충분히 사과해야겠어. 오늘 아침에 고맙다고 하고 복직시키기는 했지만." 던바는 죄책감을 만회하려고 안간힘을 썼다.

"윌슨은 사실 그동안에도 계속 자기 할 일을 했어요. 그렇지만 아빠의 신뢰를 회복해서 기뻐할 거란 걸 난 알아요."

"나도 내 신뢰를 회복했으면 좋겠는데."

"이미 회복되고 있어요, 그래서 정말 기뻐요. 아빠만 좋다면 함께 공원으로 산책이나 다녀올까 하고 있었어요. 날이 아주 기막히게 좋아요. 윌슨이 오려면 아직 두 시간 정도 있어야 해요."

"그래, 나도 그러고 싶구나."

엘리베이터를 타고 내려가면서 던바는 자기가 모든 것에서 일종의 설명할 수 없는 기쁨을 느끼고 있음을 깨달았다. 플로렌스가 엘리베이터맨, 대니를 보고 인사말을 건넸을 때 던바에게 그는 거의 성스러운 은혜를 베푸는 사람처럼 보였다. 엘리베이터 한쪽 구석에 있는, 단추 박힌 가죽을 씌운 삼각형 의자에서는 축소 모형이 주는 것과 같은 이상한 매력과 긴장이 느껴졌다. 짙은 회색과 금색으로 치장된 로비는 거울과 꽃으로 빛났다. 문지기는 플로렌스에게 반한 게 분명했다. 그럴 만도 했다. 그 모든 경험은 사실 『공원의 하루』를 생각나게 했다. 그가 아주 어렸을 때 가장 좋아한 그 책에는 짧은 바지와 노란색 스웨터를 입은 바비라는 소년이 등장한다. 센트럴 파크에 있는 소년은 세련된 어머니와 풍선을 사러 간다. 어머니는 크림색의 주름치마를 입고 짙은 선글라스를 쓰고 있다. 이야기 자체는 별 의미가 없지만 네 살 먹은 던바는 황홀했다. 그 황홀한 느낌은 가장 가까운 공원 입구를 향해 플로렌스와 나란히 5번가를 건너고 있는 지금 그가 느끼는 기쁨, 거저 얻은 듯한 바로 그 기쁨에 가까운 것이었다.

플로렌스가 어느 쪽으로 가고 싶으냐고 묻자, 던바는 사람들이 모형 배를 띄우는 컨서버토리 연못으로 가는 굽은 길을 택했다.

"내가 간밤에 우리가 비행기에서 나눴던 얘기를 생각해 봤는데, 이제 피로도 훨씬 더 많이 풀리고 또……"

"축복받은 느낌이란 거요?" 플로렌스가 웃으며 말했다.

"내가 그 말로 놀림을 받을 줄 알았지." 던바가 그녀를 보고 웃었다. "'견고한' 느낌이 든단 말을 하려고 했는데 좀 이상한 말이란 생각이 들었어. 아무튼 요점은 내가 네 제의를 받아들여 너와 함께 와이오밍으로 가고 싶다는 거야."

"아주 좋아요!"

"적어도 몇 주 정도, 아니면 더 오래 있을지도 모르고."

"계시고 싶은 만큼 얼마든지 계세요."

"네 언니들은 아직 모르는 얘기다만, 그리고 엄밀히 따지면 이 사회를 거쳐야 하는 사안인데, 윌슨이 나더러 트러스트의 부동산 자산을 되사라고 권유하더구나. 그래서 거부할 수 없는 좋은 매매 제의를 넣었단다. 부동산은 회사의 좋은 투자일 뿐 주력 사업

은 아니지. 밴쿠버와 토론토를 비롯한 여러 대도시 언저리에 있
는 땅인데, 가치가 거의 10억 달러에 상당할 거야. 그것과 미술품
과 집들을 모두 너와 네 아이들에게 물려줄 거야……"

"우린 지금 우리가 가진 것만으로도 충분해요." 플로렌스가 조
금 머뭇거리며 말했다. 그의 의도에 감동을 받았다는 것을 분명
히 전달하기 위해서였다. "재단을 만드는 건 어때요? 땅을 사되
그걸 기반으로 아무것도 쌓지 않는 거죠."

"넌 누가 늙은 자본가를 화나게 할 줄 모른다고 할까 봐 그러
는구나." 던바가 말했다.

"공정한 거래잖아요. 1에이커를 개발하면 100에이커를 사서
그대로 보존한다는 것."

"생각해 보마." 던바는 이미 동의할 것을 알면서 말했다. "그냥
무용하게 그런단 말이지." 그가 덧붙였다.

"무용한 거야 우리한테나 그렇죠."

"그래, 무슨 말인지 알겠다." 그의 말소리가 점점 약해졌다.
"네 언니들은 권력욕이 있어." 그가 더 확립된 근거에 발을 붙이
고 말했다. "그걸 누구한테 물려받은 건지 내가 모른다고 할 수
는 없지. 지금 생각해 보면 애들이 갖고 싶어 하는 걸 못 가지
게 할 이유가 없어 보여. 던바 트러스트는 누가 경영해도 세상에
서 가장 위대한 기업으로 남을 테니까. 그 점이 내 유산이 될 거
야……"

던바가 말을 멈췄다. 플로렌스가 몹시 고통스러운 얼굴로 목

한쪽을 손으로 꽉 누르고 있었다.

"왜 그래?" 그가 그녀의 팔을 잡으려고 손을 내밀며 물었다.

"죄송해요. 별안간 목에 무언가 따끔한 게 느껴졌어요. 벌에 쏘인 것처럼. 이 계절에 벌이 있을 리 없는데."

"어디 보자. 계절이 워낙 변덕스러우니 알 수 없지."

플로렌스가 목에서 손을 뗐다.

"피가 조금 나네!"

"어린애가 BB총으로 장난쳤나 봐요." 플로렌스는 아무렇지 않다는 듯 말했지만 안색은 창백하고 심란해 보였다.

"의사한테 보여야겠다." 던바는 가슴이 쿵쿵 뛰고 귀는 이명으로 갑자기 먹먹했다.

"에이, 의사한테 보일 것까진 없어요. 아빠하고 윌슨이 이야기하는 동안 소독약을 바르고 좀 쉴게요."

"어서 집에 가자." 던바가 불과 몇 분 전에 말한 견고한 느낌은 사라졌다.

애비게일은 시간을 갖고 사태를 조사해 보지도 않고 그날이 자신의 인생에서 최악의 날이라고 확정했다. 몇 시간째 계속 전화기를 붙들고 트러스트의 고위 경연진과 다음 날 아침 이사회에 참석할 임원들과 통화했다. 이 엄청난 위기 상황에 메건은 3시까지 전화도 받지 않다가 애비게일이 전한 뉴스를 듣고 깜짝 놀랐다. 증시 개장 직전, 전신이 도착했을 때부터 모든 사람의 입에 쉴 새 없이 오르내리던 뉴스였다. 마침내 메건과 통화가 되었을 때, 애비게일은 유니컴 일을 전혀 몰랐다는 메건의 말을 믿을 수 없었다. 그녀는 코니센티가 내놓은 높은 초과액에 메건이 주식을 팔았을지도 모른다는 의심마저 들었다. 그건 미친 짓이겠지만, 메건은 무슨 짓이든 할 수 있는 인물이기 때문이었다.

그녀와 메건은 각각 트러스트 지분의 15퍼센트를 갖고 있었으니까(원래는 10퍼센트씩 갖고 있었으나 플로렌스가 회사에 등을 돌리자 그녀의 지분이 두 자매에게 배분되었다) 회사의 합병을 강제하는 데 필요한 과반수를 막으려면 최소한 20퍼센트를 더 확보해야 했다. 회사를 조용히 비공개 기업으로 전환할 계획을 세워 왔고, 그날을 하루 앞두고 있는데 방어 대책까지 생각하려니 미칠 듯했다. 이제 알게 되었지만 유니컴은 주주들에게 훨씬 더 높은 값을 제시했다. 애비게일은 이글록의 트러스트 사유화를 백기사로 둔갑시키면 좋지 않을까 생각하기 시작했다. 완전 무장하고 회사를 구하기 위한 매수 준비를 하고 있다가 때마침 나타난 백기사. 그러나 언제든 그런 비상사태에 대응하기 위해 오래전부터 가동 준비를 해 두었다며 이글록을 대책으로 제시한다는 것은 그날 그녀가 들은 두 번째 최악의 뉴스, 즉 월슨이 아버지의 변호사로 복직되고 두 사람 모두 이사회에 참석하리란 점을 감안하면 가당치 않은 시나리오였다.

그러나 무엇보다 근본적인 문제는 돈이었다. 그녀는 빌드와 더 많은 부채를 끌어 대야 할 것이다. 이글록은 이미 JP 모건, 시티

은행, 모건 스탠리에게서 많은 대출을 확보했지만, 회사의 나머지 지분을 매입할 돈을 마련하기 위해 주력 사업이 아닌 자산의 일부를 팔아야 할지 모른다. 상황이 아주 지독히 복잡해지고 있었다. 그녀가 수없이 전화했는데도 빌드한테선 왜 연락이 없을까? 빌드는 어떻게 해야 할지 방법을 생각해 내고 그것을 실행할 수 있는 유일한 사람이었다.

플로렌스의 아파트 현관 앞 엘리베이터의 문이 닫힐 때 던바는 한 번 더 월슨에게 고맙다는 말을 했다. 월슨에 대한 그의 사과는 월슨이 섭섭한 마음을 깨끗이 잊어버린 것처럼 힘들이지 않고 자연스럽게 나왔다. 세 시간 동안에 걸친 회의에서 월슨은 한 번만 더 싸움에 나가 달라고 던바를 설득했다. 유니컴의 공개 매수 소식, 그리고 던바와 월슨에 대한 의리가 사리 분별을 능가하는 이사회 임원들에게서 흘러나온 소문 즉 애비게일과 메건이 회사를 사유화하려고 한다는 소식을 듣고 던바는 전적인 은퇴 선언을 미루기로 했다.

그는 공원에서 돌아와 쉬고 있는 플로렌스가 어떤지 어서 보고 싶었다. 그는 다음 날 벌어질 싸움을 앞둔 자신의 태도에 어떤 급격한 변화가 일어났다는 것을 알았다. 자신도 알아보지 못하는 던바 자신에게 일어난 무엇이었다. 그의 이름을 지닌 트러스트라는 회사가 유니컴에게 먹힌다는 생각은 이론상으로도 불쾌했다. 그의 두 딸이 막대한 빚을 지면서 회사를 사유화하고, 수천 명의 직원을 해고하고, 수익성은 별로 좋지 않아도 대단한 영향력이 있고 활동이 두드러진 자회사들을 새 회사로 분리한다는 전망도 마찬가지로 불쾌했다. 그런데도 이 참혹한 소식에 보이는 그의 반응에 무언가 빠진 게 있었다. 그는 어찌 된 일인지 이모저모 생각하는 가운데 문득 자기가 격분하고 있지 않다는 것을 깨달았다. 벽에 걸려 있던 익숙한 그림을 치우고 아무것도 걸리지 않은 못과 액자 자국만 남았을 때, 그제야 그 자리에 걸려 있던 그림을 의식하게 되는 것처럼, 그는 격분을 하지 않았을 때 그제야 비로소 결코 만족할 수 없는 세상사의 본질과 맞붙어 끊임없이 벌이는 다툼에서 자신의 대단한 '활력'을 얼마나 많이 얻었는지 보게 되었다. 이따금 큰 승리를 거두었을 때는 잠시나마 마음이 누그러지기는 했어도 끝없는 불만감 때문에 그 다툼은 늘 재개되었다. 플로렌스와의 화해는 기업 전쟁도, 심지어 개인적인 전쟁도 어지럽힐 수 없는 깊은 평온을 가져다준 듯했다. 그는 윌슨과 함께 다음 날 이사회에 들어가 탐욕스럽고 이기적인 두 딸에게서 지배권을 빼앗아 그가 가장 신뢰하는 최고경영자 두 사람에게 넘길 것이다. 그들은 하고 싶은 말을 하고 회사를 구하기 위해 마지막으로 힘을 합칠 테지만, 결과는 운명과 이사회 임원들의 결정에 맡길 것이다. 그리고 어떤 결과가 나든 그는 그날로 가정생활과 자선 활동을 위해 플로렌스와 떠날 것이다. 그는 그가 추구하지도 고안하지도 않은 어떤 용광로에서 새로 주조되어 이제 격분이나 야망은 없고 사랑만 있는 듯한 느낌이 들었다. 던바는 팔을 뻗어 벽에 몸을 기댔다. 자신에게 일어난 일의 중요도와 그 일을 경험하지 못하고 죽었을지 모른다는 생각을 인식하고는 숨이 목에 걸린 듯했다.

17

닥터 밥은 극도로 피곤한데도 걱정에 잠을 빼앗겼다. 그는 신음 소리와 함께 욕설을 내뱉으면서 이불을 홱 젖히고 일어나 침대에 걸터앉았다. 새벽 5시밖에 안 되었지만 차라리 일어나는 게 나을 것이다. 이날은 그의 인생에서 가장 걱정이 많고 중대한 날이 될 것이다. 그는 어서 끝을 봐야만 했다. 돈은 코니센티와 던바 자매 사이를 오가며 충분히 챙겼다. 이제 은퇴해서 그 자신의 주치의가 되리라. 그 자신의 헤픈 처방전과 전문적 치료의 혜택을 받는 유일한 사람이 되리라. 그러나 그는 애비게일과 메건이 그가 배신한 사실을 확실히 알기 전에, 그가 던바를 제거하지 못한 데 대한 코니센티의 오싹한 실망이 더 커질 이유가 생기기 전에 모두를 등지고 떠나야 했다. 그는 그날 취리히행 밤 9시 비행기 표를 사는 예비 조치를 취해 두었다. 그러나 지금 당장은 정신

이 예리해야 했다. 그는 약통을 흔들어 30밀리그램짜리 애더롤
두 알을 손바닥에 받아 침대 옆 탁자에 있는 물과 함께 목구멍으
로 넘겼다. 그런 다음, 최근 약효가 없었다는 생각이 떠오르자,
한 알을 더 먹었다.

"딕, 뭐야 도대체? 어제 하루 종일 내 전화를 받지 않더니, 새벽
6시 반인데, 이 시간에 전화를 하고."

"애비게일, 진심으로 사과합니다. 하지만 어제는 내 생애 최악
의 복병을 만났어요. 유니컴은 수영장에 던진 수류탄 같았죠. 우
리는 들것에 사람들을 실어 나르느라 바빴어요. 이 바닥에서 웬
만한 일론 까딱없는 트레이더들의 눈에서 눈물을 봤어요. 이글록
이 과반수를 넘기기 위해, 적어도 유니컴 합병을 막기 위해 필요
한 추가 주식 20퍼센트를 확보한다는 목표 하나에 우리 사무실
전원이 매달렸고, 오늘 홈런을 칠 것으로 기대했는데, 지금으로
서는 우리가 이미 쌓은 것 외에 대출 탑을 하나 더 높이 쌓아야
만 성공할 수 있게 됐어요."

"주를 더 일찍 확보했어야죠." 애비게일이 씁쓸히 말했다.

"내 일에 대해 설교는 하지 마시고요." 딕의 말에 위협적인 느
낌이 있었다. "매수를 너무 일찍 시작하면 주가가 올라가고, 그러
면 결국 런던과 뉴욕의 차익 거래 전문 독수리들이 당신의 심장
을 뜯어내게 되어 있어요. 아무튼, 우리가 최고의 증권 회사 다섯
군데에 우리를 대신해서 단계적으로 주식을 사라고 했어요. 그래

서 이사회가 끝나기 전까지는 모두 확보될 것으로 기대하고 있습니다. 어제는 그 빌어먹을 증권 회사들이 모두 주식이 아직 준비되지 않았다거나 충분히 취득할 수 없었다는 말들만 했어요. 그놈들이 코니센티한테 판 거 같아요. 어떤 개자식이 코니센티한테 뭘 어디서 쇼핑할 수 있는지 알려 준 게 틀림없어요."

"당신네 회사 사람이 그런 거 아니에요?"

"애비게일, 아까도 말했지만, 우리 사무실 성인 남자들이 모두 온통 눈물을 흘렸어요. 크리스마스 보너스가 날아가게 되어 한탄하는 거였죠. 우리는 세 달 동안 이 이글록 거래에 매달렸어요. 우리 직원 모두 백 퍼센트 헌신적이었단 말이에요."

"이거 완전 역대급 개판이 됐어!"

"진정하세요. 아직 선택의 여지가 남아 있어요. 계속해서 찌꺼기들을 있는 대로 다 긁어모으고, 한편으론 오랜 던바 주주들에게 통고해서 그들의 의리에 호소하는 역공을 펴는 겁니다. 증권 회사들이 많은 주를 갖고 있었지만 그보다 훨씬 더 많은 주는 수백만 일반인들로 이루어진 주주들에게 있어요. 문제는 우리의 대출 금액을 재교섭해서 유니컴보다 더 좋은 값을 제시해야 할 거란 겁니다."

"그럼, 어서 그렇게 해요."

"벌써 하고 있습니다."

던바는 플로렌스가 자고 있을까 봐 노크하기가 주저되었다. 월슨을 보내고 나서 그녀를 잠깐 들여다보았을 때 그녀는 속이 좀 메스꺼우니 그대로 계속 누워 있겠다고 양해를 구했다. 그녀는 배에 손을 대더니 갑자기 복통이 일어났다고 했다. 그는 눈치껏 생리가 시작되었다는 뜻으로 지레짐작하고 더 이상 묻지 말자고 생각했다. 그녀는 다음 날 일이 많을 걸 생각해서 잠을 푹 자 두고 싶다고 말했다.

그는 아직 시간이 좀 있으니 조금 더 자라고 그녀를 내버려 두었다. 어차피 그녀는 이사회에 갈 것도 아니고, 윌슨이 그를 데리러 올 때까지는 아직 한 시간이 남았다. 그동안 그는 외출 준비에 바쁠 것이다. 그는 흰 와이셔츠와 짙은 회색 양복, 바탕과 같은 색의 은은한 다이아몬드 무늬가 있는 적갈색 넥타이, 금으로 된 커프스단추를 꺼내 펼쳐 놓았다. 몇십 년 동안 입던 종류의 옷인데 이제는 낯설고 조금 우스꽝스러워 보였다.

몇 분 뒤 그는 샤워 꼭지 아래에 섰다. 물이 산비탈에 내린 비처럼 몸을 타고 흘러내려 물줄기를 형성하게 하는 것만으로도 더 바랄 게 없는 느낌이었다. 아무것도 하지 않는 것만으로도 족한 듯했다. 그는 전례 없는 어떤 평온을 느끼고 있었다. 유니컴이 그의 회사를 집어삼켜도, 두 딸이 그것을 사유화해도, 던바 트러스트는 충실한 고위 경영진의 경영으로 잘 보존될지도 모른다. 앞으로 나타날 수 있는 모든 결과를 떠올려도 지금 그는 마음이 편안했다. 운명에 따르는 그 마음은 눈시울을 뜨겁게 하는 눈물이 샤워 물에 섞여 보이지 않듯이 숨겨져 있기도 하고 분명히 드러나기도 한 것이라는 느낌이 들었다. 그는 감사해서 울었고, 울고 있어서 감사했다. 툭하면 눈물을 보이는 그런 바보 같은 늙은이가 된들 상관없었다. 더 이상 감정을 억제하려 애쓰지 않아도 된다는 생각은 크나큰 안도감을 주었다. 전에는 자신의 필생의 업은 세상에서 가장 큰 영향력을 가진 기업을 건설하는 것이라고 생각했다. 지금은 모든 게 사실은 그를 순수의 회복에 이르게 한 과정이었다는 느낌이 들었다. 처음엔 외견상 네발로 기어 제2의 유년기를 지나게 만드는 순환 여행인 듯했다. 그런데 뜻밖에 컴브리아 지방의 시련을 통해 계속 훨씬 더 이전으로 거슬러 올라가 다시 태어나는 것 같은 경험을 갖게 되었다. 순환 패턴으로 보이던 것이 마지막 순간에 그 주기를 끊고 모든 게 있는 그대로 완벽해 보이는 새로운 영역을 펼쳐 보였다.

그에게 아직 현실적인 면이 남았는지 던바는 이윽고 샤워 물을 잠그고 나와 타월로 몸을 감쌌다. 천천히 침실로 돌아가 침대 위에 펼쳐 놓은 옷을 흘끗 보았지만 어서 옷을 입어야 한다는 생각을 심각하게 받아들일 수 없었다. 그는 그 나이에 처음으로 새로운 무언가를 경험하게 된 게 놀라워 창문과 옷장 사이의 구석에 있는 안락의자에 푹 주저앉았다.

문에서 노크 소리가 났다. 그가 미처 대답하기도 전에 플로렌스가 드레싱가운을 입은 채 비틀거리며 들어와 침대로 가서 털썩 주저앉았다. 그녀의 얼굴이 놀랍도록 창백했다. 그런데도 그녀는 몸이 처한 상태를 이기려고 애쓰고 있는 게 분명했다.

"미안해요, 아빠." 그녀가 힘들게 말했다. "내가 이렇게 아빠 방에 불쑥 들어오는 사람이 아닌데 몸이 굉장히 안 좋아서요. 뭐가 잘못됐는지 모르겠어요. 자꾸만 토해요. 그래서 실은, 아이들 방으로 옮겨야겠어요. 내 방이 엉망이 돼서. 토하는 걸 억누를 수가 없어요. 이건 정말 공평하지 않아요, 이런 날……"

플로렌스는 말하다 말고 허리를 구부리더니 포갠 양팔에 이마를 대고 고통으로 신음했다.

"이거 어쩌지." 던바가 옆에 앉아 그녀의 굽은 등을 한쪽 팔로 감싸고 말했다. "의사를 불러야겠다." 그가 플로렌스는 물론 스스로를 안심시키려는 듯 그녀의 어깨를 꼭 잡았다.

"벌써 불렀어요. 의사가 오면 문 좀 열어 주실래요?" 그녀가 헐떡이며 말했다.

"그래, 그래."

"아, 하느님." 플로렌스가 몸을 앞으로 움찔거리며 구역질했다.

"얘야, 아니 대체 이게 무슨 일이야?"

"몰라요……"

"여기 누워, 여기 누워. 내가 가서 그릇 가져올게."

그는 일어섰다. 가슴이 몹시 쿵쾅거렸다. 그녀가 카펫 바닥에 토한 것은 붉은 피였다. 그는 그것을 내려다보고 공포에 휩싸였다. 휘청거리며 방에서 나갈 때 극심한 공포와 강렬한 반감이 소용돌이쳤다—만일 하느님이란 존재가 있는데 플로렌스에게 무슨 심각한 일이라도 생기면, 그는 미치광이 범죄자보다 나을 게 없다.

의사는 어디에 있지? 망할 놈의 의사는 어디에 있지?

케빈이 함께 아침 식사를 하며 "경호 문제를 점검하자"고 했으므로 그가 불청객으로 초인종을 누르는 쪽이 되리라고 가정하는 것은 당연한 일이었다. 그러나 J는 근육 발달과 원기 증진에 좋은 전매특허 스무디를 만드느라 바빴다. 믹서기를 켜지 못하게 그를 막으려면 건장한 남자 넷으로도 모자랐을 것이다. 그는 느긋하게 물 끓일 주전자의 스위치를 올리고 천천히 가서 문을 열었다. 그리고 믹서기가 웽웽 돌아가는 소리, 이제 막 끓기 시작한 물소리로 가득한 소박한 원룸 아파트로 그를 맞아들였다. 단 한 가지 물건만이 흰 벽을 장식했다. 검고 완만하게 굽은 사무라이 검 한 자루가 방 안쪽의 간이 침대 옆 벽에 못이 거의 안 보이게 걸려 있었다.

"잘 있었나?" 케빈이 싹싹한 태도로 말하자 J는 즉시 의심을 품었다. 무슨 불쾌한 부탁을 하거나 어떤 잔인한 소식을 전할 게 분명했다.

"별일 없죠?" J가 부엌으로 가 믹서기를 껐다. 동시에 주전자가 절정에 달해 떨다 자동으로 꺼졌다. J는 흠 없는 효율성과 자연스러운 동시 작용이 주는 만족감을 만끽했다. 메건과 함께 있게 된 뒤로는 줄곧 모든 게 아주 잘 맞아 떨어졌다. 그것은 마치 완벽한 섹스, 또는 칸막이 반대편의 보이지 않는 적을 정확히 쏘아

맞히는 완벽한 직관과도 같았다.

저 심술궂은 고참 새끼 케빈이 또 뭘 가지고 불평하려는지 몰라도 그는 별로 개의치 않았다. 다음날이면 그는 개인 제트기를 타고 메건과 마우이로 날아가 나무에서 떨어지는 망고를 받아먹고 있을 테니까. 그가 우월감과 더불어 곧 신선한 블랙커피 1파인트에 연녹색 단백질 음료 1파인트를 섞은 특대 원기 증진 음료를 마실 기분 좋은 생각을 음미하고 있는데, 스테인리스 주전자의 불룩한 표면에 비친 빛의 경미한 변화가 그의 주의를 끌었다. 주전자의 표면에 괴상하게 확대되어 비친 케빈의 손이 갈색 가죽 코트로 들어갔다. 조금 전 의심을 품고 갖추게 된 그 전투적 경계심으로 그는 케빈이 무기를 꺼내려는 것을 알았다.

J가 그대로 돌아서며 주전자를 획 들어 올려 끼얹은 끓는 물이 케빈의 손목부터 얼굴까지 튀었다. 그와 동시에 그는 케빈의 다리 사이를 있는 힘껏 걷어찼다. 케빈의 몸이 앞으로 기울자 J는 주전자로 그의 정수리를 가격하고 오른팔을 잡아 비틀어 권총을 떨어뜨리게 했다. 그는 발로 권총을 멀리 차고, 케빈의 옆머리를 주먹으로 갈긴 다음 침대로 가 벽에 걸린 검은 검을 꺼냈다.

케빈에게 공정하자면 그도 전사여서, 심하게 데이고 장애를 초래할 정도의 펀치를 두 차례나 맞았는데도 다시 일어나 용케도 전기레인지 위의 자석 띠에 붙어 있는 칼을 잡아 들었다. J는 칼집을 벗겨 던져 버리고 칼을 휘두르려 날을 뒤로 젖힌 채 상대에게 다가갔다.

"에잇 망할, 난 네가 질투하는 줄은 알았지만 미친 줄은 몰랐어."

"질투? 나를 보낸 건 씨팔 그 여자야." 케빈이 고통을 흡수하며 말했다.

"그 더러운 거짓말 취소해!" J가 말했다.

"정말이야, 이 친구야. 네가 협박한다던데. 그래서 너를 죽여 달라는 거야."

"그럴 리가, 아냐!" J가 소리쳤다.

그 말을 부정하려고 애쓰면서도 J는 케빈의 말이 사실이란 걸 알았다. 이 개 같은 세상에서 그가 믿을 수 있는 건 손에 든 무기뿐이었다.

"아냐!" 그는 한 번 더 소리치고 케빈의 목을 벴다.

J는 싱크대 옆에 깔끔하게 접어 둔 마른 행주로 칼날을 닦았다. 칼을 칼집에 꽂으며 그는 복수심을 제외한 모든 생각을 비웠다.

"회의에 가셔야죠." 플로렌스가 말했다.

"너를 이대로 두고는 안 가. 윌슨이 나 대신 가면 돼." 던바가 말했다.

"저도 어찌 된 건지 알기 전엔 가지 않을 겁니다." 윌슨이 말했다.

"구급차가 현재 6분 걸리는 데까지 왔습니다." 의사가 말했다.

"아이 참, 두 분 다 의리 좀 그만 겨루세요." 플로렌스는 태평하

게 현실적으로 말하려고 하면서도 다시 고개를 돌리고 이미 피
와 담즙으로 흥건한 그릇에 구토했다. "다른 건 다 제쳐 두고, 누
구한테도 이런 꼴을 보이고 싶지 않아요." 그녀가 덧붙였다.

"적어도 난 있어도 되겠지?" 크리스가 말했다. 그는 이불에 윤
곽이 드러난 그녀의 다리에 손을 얹은 채 침대에 걸터앉아 있었
다. "잊었나 본데, 우린 멕시코 여행을 두 번 갔었잖아. 나한텐 네
가 이러는 게 익숙해." 그가 웃으며 말했다.

"이건 달라. 마치 나 자신을 토해 내는 거 같아. 이렇게 아팠던
적이 없어." 플로렌스가 처음으로 두려움을 보이며 말했다.

그녀는 아버지의 얼굴에 어린 표정을 보자 크리스와 마주 보고
말하면서 얻은 위안에 그만 정신을 놓은 것을 즉시 후회했다.

"제발 좀!" 던바가 의사에게 소리쳤다. 마치 감정에 호소해서
충분한 압력을 가하면 의사가 마침내 동의하고 해결책을 제시하
기라도 할 것처럼. "어떻게 좀 할 수 없소?"

"이건 왕진으로 해결될 일반적인 케이스가 아닙니다." 의사가
감정에 사로잡히지 않고 말했다. "구급차가 오면 강력한 구토방
지제를 주사하고, 활성탄 위세척을 시작하고, 혈액과 구멍 난 상
처 부위의 피부 샘플을 채취해 비상 병리학 실험실에 보낼 겁니
다. 환자는 30분 안에 프레즈비티리언 병원 중환자실에 들어가
이 세상에서 가장 훌륭한 의료진의 치료를 받을 겁니다. 모두 침
착해야 환자에게 도움이 될 겁니다."

던바는 아무 말 없이 의사를 응시했다.

"중환자실……" 그가 목쉰 소리로 속삭이듯 그 말을 반복했다.

메건은 차 뒷좌석에 앉아 애비게일이 나오기를 멍하니 기다리며 절박한 심정으로 케빈에게서 문자가 오기를 기다렸다. 그들은 암호를 정해 두었다. 아침 식사 회의를 위해 케빈과 J가 만나기로 한 시간으로부터 한 시간 뒤에 '이사회가 끝난 뒤 던바 빌딩에서 만나자'는 그냥 멀쩡한 문자를 케빈에게 보내기로 했다. 그랬을 때 만일 그가 J를 성공적으로 처치했으면 '알겠습니다'라고 답하고, 무슨 문제가 있거나 일이 지체되고 있으면 '가겠습니다'라고 답하기로 했다. 그런데 아예 대답 자체가 없었다.

그녀는 걱정하기를 거부했다. 단순히 거부했지만, 걱정은 그녀의 측근에 있는 많은 고용인들과 달라서 그녀의 거부를 거부하고 그녀의 생각을 사로잡았다. 만일 케빈과 지저스가 뜻을 합해 작당해서 무언가 꾸미면 어떡하지? 어쨌든 그들은 전우였지 않은가. 폭행과 살인과 고문을 할 수 있는 공식 인가를 받았던 사내들끼리 어떤 이상한 유대가 형성되는지도 모르지. 만일 J가 이겼으면 어떡하지? 케빈이 미친 질투심에 사로잡혀 그런 짓을 했다고, J의 목숨을 보존해 준 하느님에게 감사하는 촛불을 천 개 밝히겠다고 그를 설득할 수 있을까?

"얘!" 애비게일이 말했다. 상념에 잠겼던 메건이 흠칫 놀랐다. "아주 염병할 초를 칠 날이야……"

"어, 언니, 나도 반가워." 메건은 애비게일이 오기 전까지 그녀의 정신을 휩쓸어 가던 의문의 급류에 압도되지 않기 위해 얼른 빈정거릴 기회를 잡았다.

"미안해. 아침부터 딕 빌드와 짜증 나는 전화 통화를 해서 그래. 딕이 완전 맛이 갔어. 우리가 확보한 주를 손에 넣지 못했다지 뭐야. 돈을 더 빌려야 할 거야. 그러면 우리의 수익이 축나겠지……"

"그럼 그 염병할 이사회에 아예 가지 말지 뭐." 메건은 돈 버는 일에 대한 애비게일의 갑작스런 무관심과 자기는 감옥에 갈지도 모른다는 두려움이 겹쳐 불안했다.

"너 도대체!" 애비게일이 말을 시작하다 말고 메건의 앙다문 입을 보자 그만두었다. 그녀는 메건이 겁먹은 건 거의 본 적이 없었다. 절망하는 건 더욱 본 적이 없었다. 그 두 감정이 한곳을 응시하는 얼어붙은 시선에 응집되었다. 애비게일은 자신의 격분한 감정을 운전사에게 돌렸다.

"뭘 기다려? 어서 가."

"재미있을 거야." 코니센티가 컴퓨터를 켜며 말했다. "이사회의 새 임원과 접속을 해 두었거든. 그게 누구인지 신분을 보호해 줘야 하니까 그냥 '닥터 밥'이라는 익명으로 부르도록 하지."

"그 멍청한 놈이. 아니 그 놈이 이사회에서 뭘 한대요?" 딕 빌드가 말했다.

"두 여자가 어떤 호의에 대한 보답으로 그자를 거기 앉힌 거지."

"강력 퍼코세트♦를 준 호의인가요, 아니면 던바 트러스트에 대한 호의인가요?"

"처방전을 아낌없이 써 주기도 했겠지만 그는 던바의 실권失權에 결정적 역할을 했지."

"충분히 결정적인 건 아니죠. 그 노인네가 간밤에 이리 돌아왔다고 들었습니다. 빅터조차 헨리 던바와 겨루는 건 줄곧 피했어요. 그래서 지금 우리가 도청하려는 건지도 모르지만요. 던바에게 아직 예전의 마력이 남아 있는지 보려고 말입니다."

"마력? 던바는 이틀 전까지만 해도 정신 병원에 입원한 미치광이었어. 자네가 없으면 이글록의 매수 시도는 이미 실패한 계획이고. 던바가 뭘 어쩌겠어? 이사회에서 22퍼센트 프리미엄을 거절하면 성난 주주들에게 소송이나 당하면서 여생을 보낼 텐데, 오히려 그걸 거절하는 게 신탁의 책임이라고 설명하는 감동적인 연설이라도 할 건가?"

스티브는 찬 일본산 맥주 두 병을 테이블에 놓았다. 마치 미식축구 구경을 할 준비라도 하는 듯이.

"이미 끝난 게임이야, 딕." 스티브가 앞으로 몸을 구부려 컴퓨터의 음량을 키우면서 말했다. "쇼나 즐기자고."

♦ 진통제의 일종.

18

"안 돼," 던바가 말했다. "플로렌스는 안 돼."

"죄송합니다." 의사가 그의 부적절한 말에 평상시보다 더 망연 자실해서 말했다.

"새 장기를 이식해 줘야 해," 던바가 말했다. "이식할 동안 기 계 같은 걸 달면 되잖아. 당장 구할 수 없으면 내 걸로 해. 낡은 건 알지만 아직 잘 작동되고 있어."

던바는 재킷을 벗어 던지고 넥타이를 풀었다.

"회장님……" 의사가 입을 열었다.

"우리 애가 먼저 죽는 건 도리에 맞지 않아." 던바가 셔츠의 목 단추를 끄르며 말했다. "그 반대라야지. 우리 애한테 필요한 건 아무거나 써. 심장, 폐, 간, 콩팥, 눈, 아무거나. 우리 애를 살릴 수 있는 거라면 아무거나."

"회장님, 저희가 할 수 있는 건 아무것도 없습니다." 의사가 던바의 팔을 제지하며 말했다. 몸 전체가 패혈증을 일으켜서 새 장기를 이식해도 바로 멈출 거예요."

플로렌스는 아브린에 중독되었다. 그것은 해독제가 없는 독으로, 그녀의 경우 더 확실하고 고통스러운 죽음을 노린 다른 독소들이 추가로 결합된 것이었다. 그들은 그녀의 체내를 계속 세척하고 혈액을 계속 갈고 있었다. 조금은 더 살려 둘 수 있을지 몰라도 그녀의 몸은 이미 돌이킬 수 없는 허탈 과정에 돌입해 있었다.

던바는 계속 셔츠의 단추를 풀어 가슴을 드러냈다.

"뭐 하세요?" 플로렌스가 다량의 진정제를 투여받은 상태에서 깨어나며 말했다.

"너한테 기증할……"

"아이 참, 아빠는……" 플로렌스가 말했다. 눈물이 차올랐다.

던바가 플로렌스의 손을 잡아 꼭 쥐었다. 안도와 두려움으로 범벅이 된 상태에서 그는 캐서린이 회복하지 못할 것이라는 말을 들었을 때 그를 감쌌던 그 마취적 무감각이 느껴지지 않는 것을 깨달았다. 슬픔과 정신의 황폐에 항복할 시간을 지체시켜 줄 마음의 방어벽이 남아 있지 않았다. 더 맑은 의식으로 슬퍼하기. 그런 게 자각의 공적이란 말인가? 하루 전만 해도 그는 난생처음 축복받은 기분이었다. 그의 새로운 마음이 지니게 된 무차별적 명료성에는 무언가 불쾌한 데가 있었다. 플로렌스가 하자는 대로 바로 와이오밍으로 갔으면 좋았을 것을, 좀 더 일찍 경영권을 내려놓았으면 좋았을 것을. 이제 그는 남이 밀어 주는 휠체어를 타고 지나가다 마침 〈마르시아스의 처형〉 앞에서 시력을 회복했지만, 이미 지나온 다른 전시실로 돌아가지 못할 것을 알고 이동하지도 못하고 떠나지도 못하는 사람 같았다.

"우리는 밖에 있을 테니, 도움이 필요하면 이 단추를 눌러요." 의사가 플로렌스에게 말했다.

플로렌스는 끄덕이기만 하고 아무런 말을 하지 않았다. 마치 이제 몇 마디밖에 남지 않아 아껴 쓰려는 것처럼. 의사와 간호사가 나가자 그녀는 다시 간신히 입을 열었다.

"죽는 게 무섭지는 않아요. 다만 나 때문에 다른 사람들이 아파할 걸 생각하면 속상해서…… 사랑이 낭비된 것도."

그녀는 잠깐 크리스를 바라보았다. 마치 자신의 죽음으로 아파할 모든 사람들을 대신해 그에게 용서를 비는 듯했다.

"사랑이 낭비되다니." 던바는 딸의 평결과 이에 따라 상상하지 않을 수 없는 풍경에 충격을 받아 그 말을 반복했다.

"아빠는 참. 너무 늦기 전에 아빠랑 화해해서 너무 기뻐요." 플로렌스는 힘을 주어 속삭이듯 말했다.

"그런데 너무 늦었어." 던바가 자제하지 못하고 말했다.

"알아요…… 우리 애들—아직 너무 어린데, 어려운 지경에 놓일 걸 생각하면 견딜 수가 없어요."

던바는 괴로워하는 딸을 책임감에서 해방시켜 줄 수 있는 말을 찾으려 애썼다. 하지만 말하는 수고는 그녀에게 너무 힘에 부쳤다. 그가 아무 잘못 없는 딸의 죄책감을 덜어 주기도 전에 그녀는 다시 눈을 감더니 꼼짝 않고 간신히 숨만 쉬었다.

"쉬는군요. 잠깐 앉으세요." 윌슨이 말했다.

던바는 한쪽 구석의 팔걸이의자에 허물어지듯 앉았다. 광이 나는 검정 구두와 짙은 회색 바지의 격식 차린 모양은 그 위로 드러난 배와 가슴의 노출과 무언가 어울리지 않는 데가 있었다. 그는 자신의 흰 머리카락이 흘러내려 호흡에 따라 들렸다 가라앉았다 하는 모양을 물끄러미 바라보았다. 마치 다른 사람의 몸에 생명이 붙어 있는 흔적을 찾으려고 관찰하는 듯이.

"자비는 없어. 이 세상에든, 어디에든." 던바가 머리를 감싸 쥐며 말했다.

고통이 금속 띠처럼 그의 이마를 죄었다. 곧이어 다른 고통의 띠가 그의 가슴을 꽉 죄기 시작했다. 그는 마치 오랫동안 분리되었던 자신을 포옹하기라도 하듯이 팔이 엇갈리게 옆구리를 움켜잡았다. 그러다 숨을 쉬려 애쓰며 등받이에 기대 축 늘어졌다. 줄이 끊긴 우주인이 생기 없는 우주의 어둠 속으로 공중제비 하듯 멀어져 가는 그 무한한 공포가 엄습했다. 그러자 다보스에서 뒤로 넘어져 머리가 깨졌을 때처럼 머릿속에 큰물이 흘러드는 듯했다. 그는 의식 상실의 두꺼운 문턱 위에 일시적으로 정지되어 있는 듯했다. 머릿속의 큰물이 망각의 전조를 주는 중에 그는 이상한 거리감을 가지고 그 비상사태를 인식했다.

무엇 때문인지 그가 미처 알아차리기도 전에 의사가 그의 옆에서 간호사에게 지시를 내렸다. 던바는 '세동제거기'와 '산소'라는 말을 들었고, 머리와 가슴을 죄던 고통처럼 공포 분위기가 주위를 감쌌다.

"걱정 마세요, 회장님. 즉시 고통을 없애드리겠습니다." 의사가 어느새 주사기를 들고 말했다.

"아니야, 하지 마. 사는 게 지겨워, 더는 보기 힘들어." 던바가 가쁜 숨을 쉬며 말했다.

"지금 무척 괴로우신 건 압니다만······"

"나더러 무슨 꼴을 더 보라고 이러는 거요? 내 딸이 내 앞에서 죽는 거?"

"그럼 회장님은 따님이 마지막 몇 시간을 아버지가 눈앞에서 죽어 가는 걸 보길 바라십니까?" 의사가 말했다.

던바는 의사가 한 말의 진실성을 인정하고, 하는 수 없이 팔을 내밀어 주사를 맞았다. 그는 플로렌스의 임종을 지켜야 한다. 자신의 소멸을 억제하고, 얼마가 남았든 자신의 활력과 인정을 그녀에게 쏟아부어야 한다.

"수명의 연장." 그가 중얼거렸다. 맑은 액체가 혈류에 섞여 머리와 가슴의 긴장을 분해했다. "윌슨과 크리스한테 하고 싶은 이야기가 있는데 자리 좀 비켜 주겠소?"

"물론입니다." 의사가 한순간의 다툼도 없었다는 듯 정중히 말했다.

던바가 그의 친구와 은밀히 이야기를 하기 위해 몸을 앞으로 기울였다. "찰리, 그 일에 대해 얘기하고 싶지 않네…… 할 수가 없어……"

"알겠습니다." 윌슨이 말했다.

"이 일이 끝나고 또 이런 일이 생기면 이 자식들이 나를 살려 놓지 못하게 해 주겠나?"

"사망 선택 유언장을 만들 수 있을 겁니다."

"그렇게 해 주게." 던바가 마치 인용구를 기억해 내려고 애쓰듯 말했다. "그리고 회사가 딸애들 손에 들어가지 못하게 해. 걔들이 회사를 장악하지 못하게 할 다른 수가 없으면, 차라리 코니 센티를 돕게. 또 둘 중 누구라도 플로렌스 독살에 연루되었는지 알아내. 만일 그렇다면, 반드시 감옥에서 평생을 보내게 하게."

"반드시 그러겠습니다. 애비게일은 이미 피터 워커의 자살과 관련해서 영국 경찰의 수배를 받고 있습니다."

던바가 다시 의자 등받이에 풀썩 몸을 기댔다.

"자살했다고?"

"죄송합니다, 플로렌스가 말씀드린 줄 알았는데."

"아니." 던바는 방을 가로질러 보았다. 생각이나 말, 또는 어떤 특정한 슬픔이 끼어들 여지가 없이, 과다한 공포에 일순간 텅 빈 듯했다. 그리고 눈 감은 채 꼼짝하지 않고 침대에 누워 있는 플로렌스가 보였다. 크리스는 그녀가 숨 쉬는 것을 지켜보며 옆에 앉아 있었다.

"아니, 듣지 못했어." 던바가 마침내 다시 입을 열었다. "가엾은 피터, 그는 내 친구였네. 그가 없었으면 탈출하지 못했을 거야."

그는 믿기지 않는다는 격렬한 표정으로 윌슨을 바라보았다.

"어떻게 이 지경이 되었지, 찰리? 자네 아들이 어째서 내 딸이 죽는 걸 보고 있느냔 말일세. 어째서 모든 게 파괴되었나, 내가 처음으로 그 모든 걸 깨닫기 시작한 바로 그 순간에?"

"우리는 모두 언젠가 죽어 재가 되잖아요." 윌슨이 말했다. "그래도 진실을 말하기 원하는 누군가 살아남는 한, 그 깨달음은 소실되지 않을 겁니다."

감사의 말

이 이야기에 나오는 기업과 금융 부분을 쓸 때 그 분야의 전문가로서 협조해 준 친구 도미니크 암스트롱에게 감사한다.

이 소설을 구성하는 과정에서 제기된 일부 법률 문제에 도움을 준 존 로저슨에게도 감사한다.

호가스 셰익스피어 시리즈에 관심을 갖게 해 준 모니카 카모나, 내가 이 시리즈에 참여하기로 한 뒤 뛰어난 편집으로 도움을 준 줄리엣 브룩에게 감사를 표하고 싶다.

또한 계속해서 격려를 아끼지 않는 내 최초의 독자 제인 롱먼과 프랜시스 윈덤에게 감사를 전하고 싶다.

옮긴이의 말

사랑과 비극

> 우리는 죽어도 사랑은 살아남으리.
> ─필립 라킨, 「어린들 무덤」

그리스 고전의 비극이 운명의 비극이라면, 셰익스피어의 비극은 인격의 비극이다. 인격의 결함이 빚어내는 비극이다. 인격 자체가 비극이라고 할 수 있다. 주인공은 인격의 결함으로 비극적 최후를 맞는다.

비극은 주인공의 파멸 곧 죽음으로 끝나는 극이라고 간단히 정의할 수 있다. 소포클레스의 안티고네, 셰익스피어의 코델리아가 비극적으로 죽는다. 『리어왕』은 물론 비극이다.✦

『던바』는 바로 이 『리어왕』을 소설로 새롭게 다시 쓴 작품이다.

✦ 우리가 익히 알고 있는 비극 『리어왕』은 1605~1606년에 걸쳐 쓰였고, 1606년에 최초로 공연되었으며, 1681년에 마지막으로 무대에 올려졌다. 이후부터 1838년까지는 네이엄 테이트Nahum Tate가 고쳐 쓴 행복한 결말의 『리어왕』만이 공연되었다. 네이엄 테이트의 『리어왕』에서 코델리아는 에드거와 결혼하고, 리어왕은 왕국을 되찾는다.

그래서 『던바』의 플로렌스가 죽는 것으로 소설이 끝나는 것은 필연이다.

코델리아 또는 플로렌스는 왜 파멸에 이르는 것일까? 『오셀로』의 데스데모나를 보면, 미덕도 파멸의 원인일 수 있다는 생각을 하지 않을 수 없다. 번영과 파멸은 인격과 무관한 듯하다. 부모 형제와 다른 사람들의 인격이 주인공의 운명을, 우리의 운명을 구성한다면, 개인은 무엇을 할 수 있을까? 던바는, 리어왕은 왜 시련을 겪는 것일까?

비극은 우리에게 어떻게 생각해야 하는지를 가르쳐 주기보다는 우리가 어떤 상태에 처해 있는지를 보여 주고 카타르시스를 준다. "희극은 인간의 어리석음을 비웃지만, 비극은 생존의 본질과 목적에 대한 근본적인 질문을 던진다."✦ 아리스토텔레스에 따르면, 비극의 주인공이 우리의 연민과 공포를 자아내려면 순전히 선하지도, 순전히 악하지도 않아야 한다. 선한 면과 악한 면이 적절히 섞여 있어야 한다. 리어와 던바, 코델리아와 플로렌스, 고너릴과 애비게일, 리건과 메건, 에드먼드와 닥터 밥, 켄트와 윌슨은 어떤가?

리어를 아는 것은 던바를 아는 것이다. 『던바』를 염두에 두고 『리어왕』을 요약하면 다음과 같다.

✦ John Peck and Martin Coyle, *Literary Terms and Criticism* (London: MacMillan, 1984), 96.

영국의 리어왕에게 자식은 딸만 셋이다. 고너릴과 리건은 결혼했고, 아버지의 총애를 받는 막내 코델리아는 미혼이다. 왕은 세 딸에게 왕국을 나누어 주고, 왕위에서 물러나고자 한다. 상속 조건은 공개 석상에서 아버지에 대한 사랑을 고백하는 것이다. 언니 둘은 "입에 발린 그럴듯한 말"(I, 1, 219)로 사랑을 고백하고 상속을 받는다.

코델리아는 아버지를 누구보다 사랑하지만, 그런 식의 고백을 거부하고 상속을 받지 못한다. 결국 코델리아의 몫은 언니들 차지가 되고, 코델리아는 지참금 없이 프랑스 왕에게 시집을 간다. 그 과정에서 충신 켄트 백작은 코델리아를 옹호하고, 그 대가로 리어왕에게 추방당한다.

한편 조신 글로스터 백작에게는 에드거와 에드먼드라는 두 아들이 있는데, 적자인 에드거는 서자인 에드먼드의 거짓 모함에 몰려 몸을 피한다.

왕위에서 물러난 리어는 100명으로 이루어진 수행원의 규모와 유지 비용, 두 딸의 성을 오가며 생활해야 하는 문제를 놓고 두 딸과 마찰을 빚는다. 그러다 리어는 배은망덕한 딸들에게 광분하여 폭풍우 치는 밤의 황야로 뛰쳐나간다. 그의 뒤를 하인으로 위장한 켄트 백작과 어릿광대가 따른다. 그들은 우연히 "가엾은 톰"이라는 미친 거지로 위장한 에드거를 만난다.

에드먼드는 아버지 글로스터 백작을 배신하고, 리건에게 리어왕의 복권을 꾀하는 프랑스군의 침공을 알린다. 리건과 남편 콘월 공작은 글로스터를 붙잡아 눈알을 뽑는다. 이때 글로스터의 하인이 달려들어 콘월에게 치명상을 입히고 리건에게 죽임을 당한다. 리건은 에드먼드의 배신을 알려 주고 글로스터를 황야로 내쫓는다.

코델리아는 프랑스군을 이끌고 도버에 상륙한다. 켄트는 코델리아에게 편지를 써서 리어의 근황을 알린다. 앞을 보지 못하는 글로스터는 황야에서 아들 에드거를 만나지만, 아들의 목소리마저 알아보지 못한다. 글로스터는 도버의 벼랑에서 몸을 던지려고 그 "가엾은 톰"에게 도버로 데려다 달라고 한다. 리어는 완전히 실성해서 황야를 배회하고 있다.

고너릴은 에드먼드에게 반하고 겁쟁이 남편 올버니 공작을 혐오한다. 리건도 에드먼드에게 반한다. 올버니 공작은 리어와 글로스터에 대한 아내와 리건의 잔인한 행동에 죄책감을 느끼고 고너릴을 비난한다.

고너릴은 콘월 공작이 죽자, 남편을 잃은 리건이 에드먼드를 차지할까 봐 걱정한다. 에드먼드는 둘 사이에서 갈등하고, 올버니를 죽일 계획을 꾸민다. 고너릴은 남편을 죽이려고 사람을 보내지만 뜻을 이루지 못한다. 코델리아는 켄트의 도움으로 리어를 다시 만나고, 리어는 제정신을 회복한다.

프랑스는 영국에 패하고 코델리아는 고너릴과 에드먼드의 명으로 처형을 당한다. 리건은 에드먼드와 결혼 의사를 밝히고 고너릴에게 독살당한다. 올버니는 에드먼드가 반역자임을 선고한다. 가면을 쓰고 갑옷을 입은 에드거가 나타나 에드먼드에게 치명상을 입힌다.

고너릴은 스스로 목숨을 끊는다. 죽어 가는 에드먼드는 뒤늦게 회심을 하고 코델리아의 목숨을 구하고자 고너릴과 자신이 코델리아를 처형하도록 명했다고 한다. 올버니 공작은 에드먼드의 말을 듣고 교수형 집행을 중단시키기 위해 사람을 급히 보내지만 너무 늦었다. 리어는 코델리아의 시체를 안고 온다. 올버니 공작은 리어에게 다시 왕위에 오르라고 하지만, 리어는 숨을 거두고 만다.

여든 살의 던바가 리어왕처럼 딸들에게 권력과 재산을 나누어 주고 스스로 은퇴하겠다는 것은 옳은 결정인 듯하다. 고령이라 예전처럼 거대 기업을 경영하기 어려운 탓도 있지만, 그런 승계 작업이 없이 세상을 떠날 경우 내분이 있으리란 것은 명약관화하기 때문이다. 여생을 편히 즐기기 위해서라도 그것은 옳은 결정인 것이다. 그런데 그것은 비극의 도화선에 불을 붙인 결정이 되었다.

왕은 자기 마음대로 왕위를 버릴 수 있을까? 왕위를 버리고도 왕에 걸맞은 과시적 요소들을 누려도 될까? 고너릴과 리건은 그렇게 생각하지 않는다. 애비게일과 메건은 회사 전용기도 못 쓰게 할뿐더러 더 나아가 아버지를 요양원에 집어넣는다.

코델리아는 리어의 예상과 달리 아버지에 대한 사랑을 공개적으로 고백하지 않는다. 코델리아는 언니들과 달리 발림소리를 할 줄 모른다. 진실만을 말하는 비극의 주인공이다.

리어는 자기를 가장 사랑하는 딸은 코델리아란 것을 잘 알지만, 그 사랑의 고백을 공개하도록 강요하는 우를 범한다. 리어는 코델리아의 성격이 그렇다는 것을 어째서 몰랐을까? 던바는 플로렌스가 인생의 가치관을 다른 데 두고 있다는 것을 어째서 인정하지 않았을까?

높은 위치에 있는 사람은 모두 진실에 눈이 어두워지는 것일까? 반드시 그런 것은 아니다. 켄트와 프랑스 왕, 윌슨을 보면 알 수 있다. 다만 리어왕과 던바는 너무 오랫동안 무엇이든 자기 마음대로 하고, 아부하는 사람들의 말을 너무 많이 들어 온 탓에 진실을 바로 보고, 옳은 판단을 내릴 능력을 잃었다. 좋은 옷과 음식, 발림소리가 없는 황야에서 광인의 입을 통해 진리에 눈을 뜨고 나서야, 진실된 인간으로 산다는 것이 무엇인지 바로 보게 된다.

『던바』와 『리어왕』이 플롯 면에서 크게 다른 점을 한 가지 꼽자면, 『던바』에는 글로스터와 두 아들의 이야기에 대응하는 부차적 플롯이 없다는 것이다. 주군의 두 딸과 동시에 관계를 가지고 주인공들의 파멸에 크게 기여한다는 점에서 에드먼드가 닥터 밥과 호응할 뿐이다.

에드먼드는 적자 상속권이 행사되는 사회에서 서자로 업신여김을 받지만, 두 자매가 자기를 놓고 독살과 자살을 한 것을 알고는 "에드먼드도 사랑을 받았다"(V, 3, 213)고 하고, 죽기 전에 좋은 일을 하고자 올버니에게 코델리아가 처형되는 것을 막으라고 이른다.

올버니는 "신들이여, 코델리아를 지켜 주옵소서!"라고 외치지만 신들은 응답하지 않는다. 에드먼드의 악행 뒤에는 서자 신분에 따른 동기가 있지만, 닥터 밥에게는 자기 행동을 정당화할 아무런 동기가 없다.

『맥베스』에서는 인과응보의 섭리가 공정하게 작용하는 듯한데, 『리어왕』에서는 리어와 코델리아가 왜 그런 시련을 겪어야 하는지 분명하지 않다. 맥베스는 비극적 실수를 저지르는 좋은 사람이 아닌, 자기 야망을 실현하기 위해 고의로 불의를 저지르는 악한이다. 따라서 그에 상응하는 희생을 치러 마땅하지만, 리어는 판단력이 흐려진 노년의 작은 실수에 비해 너무 큰 대가를 치른다.

에드거는 하느님의 섭리 또는 신들이 인간의 운명을 관장한다고 말한다. "인간은 태어날 때를 견디듯이, 죽을 때도 견뎌야 합니다. 만사에는 때가 있어요"(V, 2, 9-11)*라고 한다. 리어왕은 코델리아의 죽음 앞에 "개도 말도 쥐새끼도 목숨이 붙어 있는데 어째서 너는 숨을 쉬지 않느냐?"(V, 3, 280-281)라고 울부짖는다.

+ 『리어왕』의 원문 인용은 케임브리지 출판사의 2005년도 판 『The Tragedy of King Lear』를 썼다.

던바는 플로렌스의 죽음을 눈앞에 두고 "어째서 모든 게 파괴되었나, 내가 처음으로 그 모든 걸 깨닫기 시작한 바로 그 순간에?"라고 외친다. "너무 늦게 엿본 희망은 사라지기 마련"이라는 사르트르의 말은 진리인가?

용서와 화해는 던바와 플로렌스의 임박한 죽음에 철학적 위안을 주지 못한다. 플로렌스는 아버지에게 "죽는 게 무섭지는 않아요. 다만 나 때문에 다른 사람들이 아파할 걸 생각하면 속상해서…… 사랑이 낭비된 것도"라고 말한다.

사랑은 과연 낭비되었을까? 던바는 그렇게 생각하지 않는다. 그렇지만 곧 "자비는 없어. 이 세상에든, 어디에든"이라고 말한다. 신의 축복에 감사하며 눈물을 흘리던 던바는 이제 이 땅은 물론 저세상에든 "어디에든" 자비는 없다고 부르짖는다.

책을 덮고 나면 던바가 무엇을 잃었는지 분명히 알 수 있다. 그러나 던바가 얻은 것은 무엇일까? 연민과 눈물을 아는 인간다움의 회복일까? 사랑일까?

『리어왕』의 에드거는 "우리는 이 슬픈 시간의 무게를 짊어지고, 경우에 맞는 말이 아니라 감정에 충실한 말을 해야 합니다"라고 말한다. 그렇다면 소설의 끝에서 던바는 에드거의 조언에 따라 감정에 충실했다.

리어왕과 던바의 운명을 관장하는 우주가 우리가 살고 있는 곳이라면 우리가 할 수 있는 최선은 사랑뿐인지도 모른다. 가장 소중한 것은 과연 눈에 보이지 않는 것인가 보다.

2018년 3월
공진호

현대 소설가와 셰익스피어 희곡을 짝짓는 호가스 셰익스피어 시리즈에서 에드워드 세인트 오빈과 『리어왕』이 가장 훌륭한 짝을 이루는 듯하다. 가장 어둡고, 가장 초현실적이고, 가장 사람의 마음을 뒤흔드는 비극이 가장 어둡고, 누구보다 더 초현실적이고, 사람의 마음을 뒤흔드는 재사의 손을 거쳐 날카로워졌다.

《가디언》

셰익스피어 서거 400주년 기념 호가스 시리즈를 위해 『리어왕』을 다시 쓸 작가로 에드워드 세인트 오빈은 탁월한 선택이다. 『던바』는 문단의 대가들로 빛나는 필진 가운데 가장 탁월한 기여를 하는 작품이다. 세인트 오빈은 원전의 핵심을 쏙 뽑아다 놀랍도록 진품에 충실하게 현재에 접목시켰다.

《옵서버》

가슴을 파고드는 존재론적 고뇌의 초상. 잔인하리만치 날카롭다.

《데일리 메일》

에드워드 세인트 오빈은 강렬한 새 소설 『던바』에서 불꽃처럼 빛나는 문장력과 풍자로, 거대한 부를 놓고 벌이는 가족 간의 처절한 비극을 써냈다. 세인트 오빈은 타락의 전문가이지만, 구원의 가능성 역시 소중히 여긴다는 것을 보여 준다.

《스펙테이터》

기쁨과 마음의 치유에 이르는 희로애락의 혼란, 고조된 감각의 혼돈, 힘과 미묘함으로 이루어진 지적인 역작의 대비 앞에 그만 기가 죽는다.

《뉴욕 리뷰 오브 북스》

세인트 오빈의 언어는 정확하고 조각과도 같다. 자기중심적인 던바의 강박적 언행은 격정적이고 실감이 난다. 금방 해체될 듯한 간결한 농담을 구사하는 세인트 오빈의 재능은 변함없이 촌철살인적이다.

《파이낸셜 타임스》

세인트 오빈은 맨부커상 최종심에 오른 『모유』에서 노쇠로 말미암은 고통을 무섭도록 실감 나게 묘사했다. 시간 감각과 제정신을 잃고 비극적으로 경계를 오가는 던바의 의식 상태를 묘사할 때 세인트 오빈의 솜씨는 유감없이 발휘된다.

《이브닝 스탠더드》

던바가 컴브리아의 황야에서 환각을 보며 방황할 때의 유일한 대화는 자신이 자신과 나누는 대화이다. 말이 없고 찢어진, 가슴 아픈 영상들의 막이 하나씩 불타오른다. 여기서 우리는 세인트 오빈이 D. H. 로렌스처럼 명료하게 느끼고 썼다는 것을 알 수 있다. 그 결과는 시달린 인간적 연민의 정수다.

《뉴욕 타임스 북 리뷰》

에드워드 세인트 오빈이 『리어왕』을 새롭게 다시 쓴 이 소설로 성취한 가장 인상적인 성과는 아마도 처음부터 끝까지 숨 가쁘게 진행되는 이야기를 구성하는 방법을 찾은 것이리라. 어떤 결말인지 알고 읽어도 『던바』는 매우 흥미진진하다. 이 소설은 극도의 물질 만능 시대에 맞게 창의적으로 재편성해서, 가족과 인간의 기본적 품위보다 권력과 돈을 더 중시할 때 어떤 일이 벌어질 수 있는지를 보여 주는 교훈적인 이야기이다.

《스코츠먼》

HOGARTH
SHAKESPEARE

'그는 어떤 한 시대의 작가가 아니라 모든 시대의 작가이다.'
벤 존슨

지난 400여 년 동안 셰익스피어의 작품은 전 세계적으로 공연되고, 읽히고, 사랑받아 왔다. 그의 작품들은 새로운 세대마다 10대 영화, 뮤지컬, SF 영화, 일본 무사武士 이야기, 문학적 변형 등 다양한 방식으로 재해석되었다.

호가스 출판사는 1917년에 버지니아 울프와 레너드 울프가 설립했는데 당대의 가장 좋은 새로운 책들만 출판한다는 목표를 가지고 있었다. 2012년에 호가스는 그 전통을 계속 이어 가기 위해 런던과 뉴욕에 설립되었다. 호가스 셰익스피어 프로젝트는 셰익스피어의 작품들을 오늘날의 가장 인기 많은 베스트셀러 작가들이 다시 쓰도록 후원하는 계획이다.

지넷 윈터슨, 『겨울 이야기』
하워드 제이컵슨, 『베니스의 상인』
앤 타일러, 『말괄량이 길들이기』
마거릿 애트우드, 『템페스트』
트레이시 슈발리에, 『오셀로』
에드워드 세인트 오빈, 『리어왕』
요 네스뵈, 『맥베스』
길리언 플린, 『햄릿』

옮긴이 **공진호**

뉴욕시립대학에서 영문학과 창작을 전공했다. 옮긴 책으로 윌리엄 포크너의『소리와 분노』, 스콧 피츠제럴드의『밤은 부드러워』, 허먼 멜빌의『필경사 바틀비』, 하퍼 리의『파수꾼』, 이디스 그로스먼의『번역 예찬』, 샤를 보들레르의『악의 꽃』,『세계 여성 시인선 : 슬픔에게 언어를 주자』,『에드거 앨런 포 시선 : 꿈속의 꿈』,『안나 드 노아이유 시선 : 사랑 사랑 뱅뱅』,『아틸라 요제프 시선 : 일곱 번째 사람』,『베르톨트 브레히트 시선 : 마리 A.의 기억』,『월트 휘트먼 시선 : 오 캡틴! 마이 캡틴!』, 밥 딜런의『타란툴라』등이 있다.

던바

초판 1쇄 펴낸날 2018년 3월 30일

지은이 에드워드 세인트 오빈
옮긴이 공진호
펴낸이 김영정

펴낸곳 (주)현대문학
등록번호 제1-452호
주소 06532 서울시 서초구 신반포로 321(잠원동, 미래엔)
전화 02-2017-0280
팩스 02-516-5433
홈페이지 www.hdmh.co.kr

ISBN 978-89-7275-879-2 04840
       978-89-7275-768-9 (세트)

＊ 책값은 뒤표지에 있습니다.